オサヒト覚え書き追跡篇

台湾・朝鮮・琉球へと

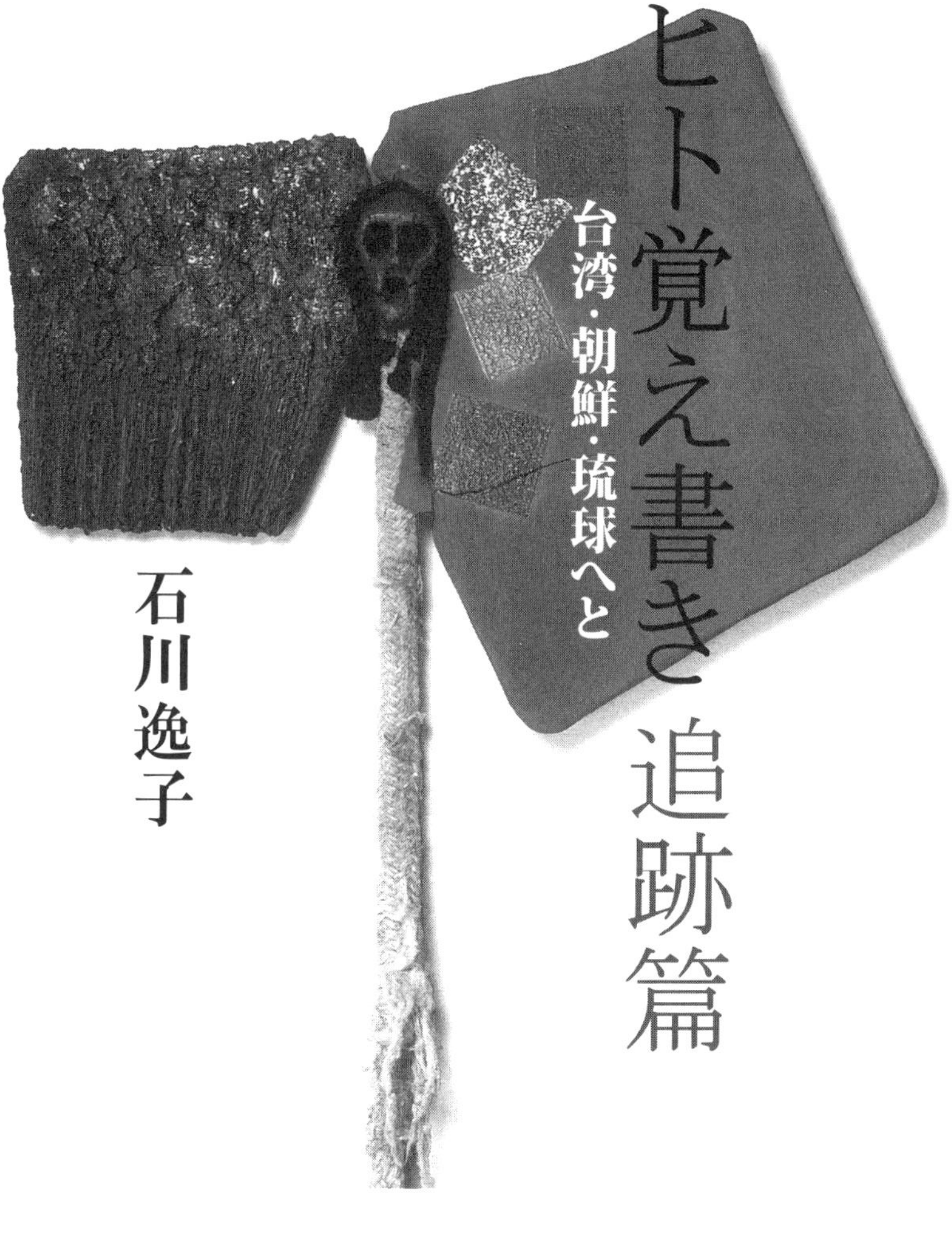

石川逸子

一葉社

オサヒト覚え書き 追跡篇
——台湾・朝鮮・琉球へと

目次

第一章 ヨシヒサを追って 5
第二章 閔王妃殺害を追って 119
第三章 「琉球処分」を追って 239
あとがき 337
参考文献 338

装画／カバー「割れた太陽」２０００年
表　紙「悼・マスク」２００２年
本　扉「悼Ⅱ」　　２００１年
関谷興仁作品集『悼―集成―』
（朝露館・一葉社）より
装丁／松谷　剛

第一章 ヨシヒサを追って

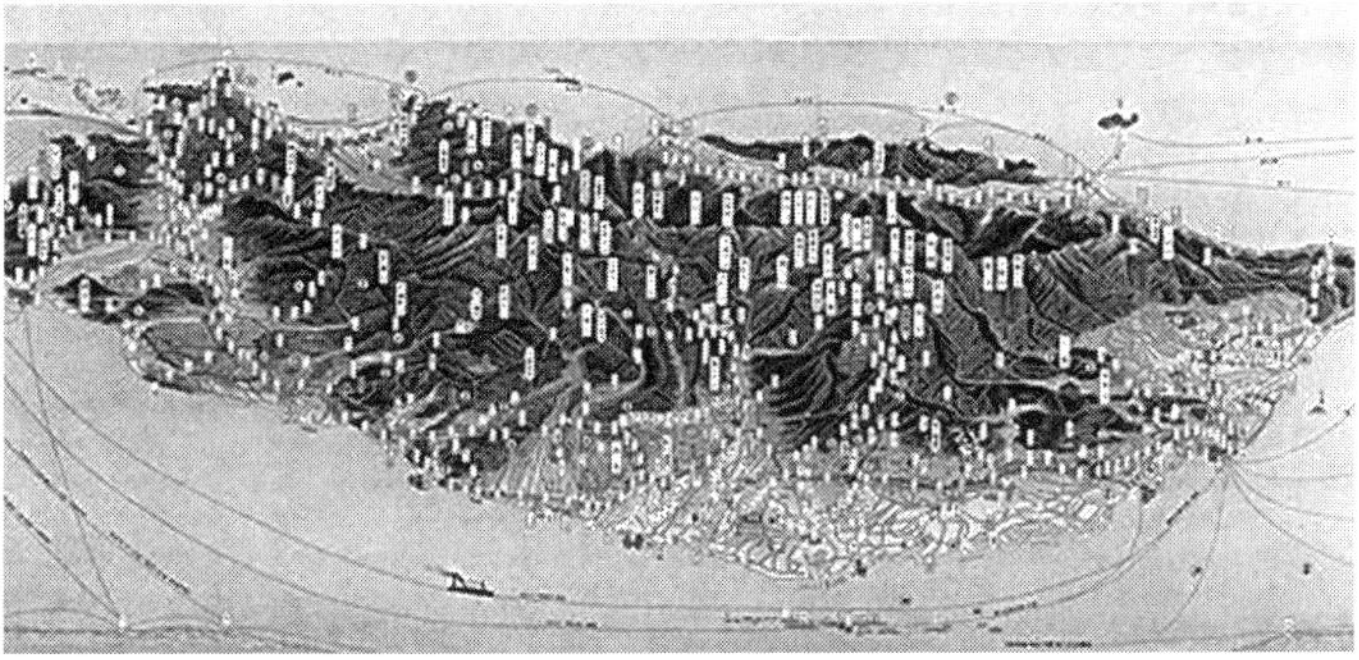

「臺灣鳥瞰図」（金子常光 画、台湾古地図史料文物協会）

1

憤懣やるかたない面持ちで、二〇一五年晩秋、姿をあらわしたのは、亡霊オサヒト。その傍に幼い女の子らしい姿が、ぼうっと霧のようにゆれているのが見える。

「全く長州はいつまで好き勝手をやるつもりですか。」

というところを見ると、亡霊も新聞を読むかテレビを見るかして、安倍自公政権が、完全にアメリカ軍産共同体のいいなりに、安保諸法案を強引に通したり、沖縄の辺野古や高江にこれまた強引に基地を造ろうとしたりとやりたい放題のありさまに業を煮やしているのであろう。

「なんでも昨年地元の山口県にお国入りしたとき、一八六八年の明治維新から五十年後が寺内正毅《てらうちまさたけ》、百年後が佐藤栄作と節目の首相が山口県出身だから、なんとか頑張って百五十年目（二〇一八年）までやりたい、と言って会場を沸かせたといいますね。寺内正毅といえば、初代朝鮮総督。憲兵に警察を兼務させ、日韓併合のおりには「小早川加藤小西が世にあらば今宵の月をいかに見るらん」と得意がった人物。そんな人物にあやかろうとは呆れるしかない。」

「たしかに」

オサヒトのいう通りなので、相槌を打つ。

あ、オサヒトってだれか？ですって。『オサヒト覚え書き』の読者ならご存じのはず。ムツヒト（明治天皇）の父、孝明天皇《こうめいてんのう》の亡霊のことで。

実は、その『オサヒト覚え書き』の読者である東京琉球館の島袋マカト陽子さん主催で、二〇一五年秋、「オサヒト散歩」なるものを行なったばかり。マイクロバスで総勢二十二人。大逆事件や竹橋事件犠牲者の追悼碑、管野《かんの》スガの墓ほか、彰義隊を祀る箕輪《みのわ》の円通寺《えんつうじ》、平将門《たいらのまさかど》の首塚《くびづか》、墨田区役所の勝海舟銅像などをまわったのだが、それにオサヒトも同乗してきたにはおどろいた。

ええ、次のような挨拶文までご丁寧に持って。

オサヒトからの挨拶

百四十八年目にみなさまにお会いできて
ほんに　うれしう

おもえば　わたしが闇に葬り去られてから
百四十八年の歳月がながれましたよな
あの世とこの世を　ふらふらとさまよいつつ
わたしが問うてきたは
はて　わたしが葬られたことは

このくにのその後の世には　よかったか
うまくはあらなんだか
そのへんが曖昧模糊
スッキリせぬゆえ　いまだに
さまようておるわけで……
百四十八年目の世を生きる　みなさまがた
ちかごろはまた　世の雲行きはめっぽう怪しく
おどろおどろしてまいったように見えますのう

気をつけねばなりませんえ
尊王といいつつ　わたしを殺めたものたちが
さながら将棋のコマのごとく
わたしのむすこ　ムツヒトをもあつかい
民に向けては
現人神であらせられると崇めさせ
逆らうたものをば　容赦なく殺し
権力を維持発展させていった歴史を
ゆめ忘れてはなりませせぬぞえ

ほんなら　ともに学ぶ旅
よろしうにお頼みしますぞな　ほほ

「ところで、あの散歩のとき、北の丸公園内にある北白川宮能久《きたしらかわのみやよしひさ》の騎馬像を見ましたよね。」

「はい、たしかあなたの義弟でしたね。幼くして寛永寺の貫主となり、戊辰の戦に巻きこまれ、逃れて一時は、奥羽越列藩同盟の盟主にまでなった。それから幾星霜、最後は近衛軍を指揮して台湾で病死してしまった。」

「そう、そのヨシヒサのことがこの頃気になりましてね。わたしからすると、ヨシヒサにあの騎馬像は似合わない。比叡山・東叡山《とうえいざん》・日光山を束ねた僧が、なぜ軍人になって剣をにぎり、異国まで攻めていき、骨となったか、一緒に調べてもらいたいのですよ。」

相変わらず強引だ。しかし、私にもいささか興味があるので、彼の望みに乗ることにした。ヨシヒサについて森鷗外が記した緻密な事蹟があることも知っていたから。

その『能久親王事蹟』を早速ひもといてみる。

「ええと、弘化四年（一八四七）、伏見宮邦家親王《ふしみのみやくにいえしんのう》の第九子として生まれ、嘉永元年（一八四八）、あなたの父である仁孝天皇《にんこうてんのう》の猶子《ゆうし》、つまり養子となり、代々皇族が入寺《にゅうじ》する青蓮院宮《しょうれんいんのみや》の附弟《ふてい》となった。しかし、嘉永五年（一八五二）三月、五歳のとき、梶井宮《かじいのみや》の附弟へと勅命が出て、大原三千院の後継者となることに決まる。

翌年からそのための学習が始まり、習字、儒教、仏典、声明、いずれも名だたるひとびとが師匠ですね。朝早くから夜更けるまで選ばれた学友とともに学習に励んでいます。

ところが九月には、輪王寺宮慈性親王《りんのうじのみやじしょうしんのう》の附弟になるようにとの勅令。輪王寺宮は、比叡山、東叡山寛永寺、日光山を管領するいわばトップの位といえます。

このためか、親王となり、能久《よしひさ》の名もこのとき与えられています。

「そう、その礼に参内したヨシヒサに会ったのを覚えています。わたしが贈った濃い紅梅と白梅が、段重ねとなった上着、その上に胸と背にあてる服も紅梅地の縫い模様、歩くとそよそよ音がする腰巻をお付けでした。これから剃る頭髪は黒く輝き、幼いながらしっかりと挨拶されましたよ。なんとも可愛らしい姿でした。」

「それからひと月後に剃髪。東叡山への出発は翌年正月ですね。」

「年頭の挨拶と暇乞《いとまご》いをかねて見えた。すべすべした頭と法衣がもう板についていて、幼子ながら、有り難いお坊様になっておられましたよ。これから鳥が鳴くアズマに下り、会うことなど、なかなかあるまい、と思えば哀れでもあり、いとしくもありました。

そう、あれが、最後だったとは！」

「下向《げこう》後の事蹟はもっぱら服装のことばかりですね。

はじめて日光山に登ったのは、万延《まんえん》元年（一八六〇）九月、あら、宮は十三歳になっていますね。

翌年四月にも日光山に登り、什宝《じゅうほう》を点検していますね。東照宮、家康の兜を見て、裏に脂が染みているのにおどろき、当時の戦の労苦はいかばかりであったかと供の者に語っていた宮。まさか、それ以上の苦難が、やがて我が身を襲うなど夢にも思っていなかったでしょうね。」

「慈性親王が病み、重症になって職を継ぐのが、なんと慶応三年（一八六七）五月とは！」

「あなたの死は前年の十二月。その頃には倒幕派の連中が宮を擁して蹶起《けっき》するかもしれないとの情報があったのでしょう、警護のものたちを幕府が派遣し、事があった場合はさっと逃げようと宮も粗末な服など用意しています。それでも、義兄であるあなたの一周忌は、とりおこなっていますね。」

「わたしの一周忌を行なっている最中、将軍慶喜《よしのぶ》が大政奉還した上表文《じょうひょうぶん》の写しを寺社奉行が献上しています。」

　さあ、明くる年から激動の波が、二十一歳のヨシヒサを襲ってくる。」

「その辺については、以前『オサヒト覚え書き』でも記したから省きましょう。」

「大阪から逃げ帰った慶喜に頼まれ、恭順しているので江戸のひとびとを救うべく征討はやめてほしいとの嘆願に、はるばる箱根を越え、吉原、府中までおもむいたものの、鼻であしらわれ、なすことなく江戸へ戻ったのでしたね。」

「その最中、すれちがった薩長の軍が、宮の輿《こし》の扉にわざと銃剣、槍の石突きが触れるようにしたり、ちゃかす歌を歌ったり、イヤな目にあわされています。」

「雨の降るよな鉄砲玉の中へ、上がる宮さんの気が知れぬ、とことんやれ、とんやれな、そんな歌を歌われていましたね。」

「そんな連中が、なにが尊王ですか。ヨシヒサはムツヒトの叔父ではないか。」

怒りだすオサヒトをなだめ、

「結局、大総督の有栖川熾仁親王《ありすがわたるひとしんのう》には会ったものの、すごすごと江戸へもどり、やがて勝海舟・西郷隆盛会談によって無血江戸城明け渡しがきまりました。

それからの宮の苦難は、以前『オサヒト覚え書き』にも記しましたから、省きましょう。」

「それはよいが、寛永寺にたてこもった彰義隊が、大村益次郎指揮する西軍にあっけなく敗れ、命危うく尾久村《おぐむら》の農家の納屋にひそみ、そこから脱出したものの、京では廃仏稀釈の嵐が吹き荒れていると知って、東京湾の軍艦群に停泊する榎本武揚《えのもとたけあき》を頼り、ついに開陽丸で奥羽へ行ってからの動向がさだかでないようだが……」

「『能久親王事蹟』には詳しく記してありますから、ちょっとたどってみましょうか。」

ヨシヒサが着いたところは、北茨城市の漁村。

そこからは武士がよく乗る切棒《きりぼう》引き戸の輿に乗り、お供のものたちは、商人姿で従い、奥羽越列藩同盟にくわわっているいわき市を目指す。いわき市からは、城主が金を献上、供のものにまで大小の刀、羽織、袴まで提供したので、ようやく一同は息をついた。

すぐ仙台藩へ向かったのかと思っていたが、そうではなく、会津藩の城下町、若松へ行ったのであった。途上、護衛の兵はどんどんふえて千人余になっている。

ヨシヒサを迎えた松平容保《まつだいらかたもり》の喜びはいかばかりであったことか。会津を頼った板倉勝重《いたくらかつしげ》、阿倍正静《あべまさきよ》の姿もそこにある。次々だれやらかれやらが謁見を乞う。寛永寺別当の地位にあり強硬派として一切を仕切り、ヨシヒサを窮地に立たせることとなった覚王院義観《かくおういんぎかん》も会津に逃れていた。嘆願するものがあって、ヨシヒサは謁見を許した。

十二日間、若松に滞在、米沢藩に寄り、藩主上杉茂憲《うえすぎもちのり》の供応を受ける。七日間滞在後、ついに仙台藩の白石《しろいし》、さらに城下町仙台へ。慶応四年（一八六八）七月二日。寛永寺を西軍に追われたのが、五月十日。二か月間、流浪の日々を送ったわけで。

「ところで、ヨシヒサは奥羽越列藩同盟の盟主になるわけですが、そのことは事蹟にどう書いてありますか」

「全く書いていませんね。山県有朋《やまがたありとも》への遠慮からか、鷗外も宮仕えの身、そこまで書くのはためらったか。あるいは宮家を守るためか、定かではありませんが。」

奥羽列藩同盟の成立は、閏五月三日。三日後、越後長岡藩や新発田藩らが加わって奥羽越列藩同盟となる。

太政官建白と盟約書の修正決定稿ができ、各藩の代表が署名捺印している。

（佐々木克《すぐる》『戊辰戦争』では、これより先、仙台藩タカ派の玉虫佐太夫《たまむしさだゆう》、若生文十郎《わこうぶんじゅうろう》が起草した軍事行動プランを紹介、「明らかに京都の薩長政権を意識し、それに対抗する権力組織を考えたもので、〈奥羽政権〉――あるいは東日本政権といってもよい――の樹立まで構想するものであったといってよいであろう。」と指摘している。）

東武皇帝の構想があったことは、どうやらたしかのようだ。

ともあれ、ヨシヒサを迎え、列藩の意気はどんなにか上がったことであろう。なにしろ「尊王」を西軍がいうからには、ヨシヒサはムツヒトの叔父。彼を盟主とする東軍を討伐することは、のちにかの三浦梧楼《みうらごろう》さえ述べているように、ムツヒトの孝道を問われることとなろう。

それは彼の名で出された令旨、各国公使に出された布告にはっきりとあらわれている。

たとえば令旨では、「薩摩は先帝の遺訓に背き、幼帝を欺瞞し、摂関幕府を廃し、表に王政復古を唱えながら陰で私欲逆威を逞《たくま》しうしている。しかも百万工作をし、幕府及び忠良十余藩に冤罪を負わせ、軍を起こした。」と述べ、公使たちへの布告では、次のように述べている。


　方今君側ノ奸臣等廟堂ニ謀議シ、朝典ヲ濫造シ、殺伐ヲ以テ海内ヲ擾乱《じょうらん》スルノ所業、朝命ニ託ストイエドモ、其実、新天子ノ至誠ニ出デザルハ、列聖神霊ノ鑑ミル所、天下億兆ノ見ル所、万々疑ウベキナシ。特ニ偽命ニ惑ハサレ、脅従威服ノ諸侯少カラズ。弧ハ今上ノ叔父ナリ。弧ニアラズシテ誰カ此ノ奸ヲ明白ニスベキ、故ニ今、万死ヲ冒シテ之ヲ一言ス……（傍点・引用者。前掲書）

「おう、よく言うてくれました。まさに、まさにその通りだ！　ヨシヒサはムツヒトの叔父、わが義弟。わたしがもっとも信頼しておったは、会津容保だとよう知っておるはず。わが朝廷に刃を向けてきたのは長州だということも。」

オサヒトは膝を叩かんばかり。ま、もうろうとしか見えない膝ながら。

「しかし、西軍の圧倒的強さの前に、同盟はたちまち瓦解、米沢藩まず下り、仙台藩も下り、宮も、陳謝状を白河口の四条《しじょう》総督にさしだす仕儀となります。

　返事を待つあいだ、榎本武揚から、敗残の兵たちが宮を擁していずこかへ連れ去ろうとしているゆえ警戒を怠らないよう、注意してきていますね。

そのうち、東京大総督から知らせが来て、いつでも南下できるよう準備をせよとの命が来ます。九月十六日、いよいよ四条総督が仙台に入り、奥羽鎮撫総督府を仙台城に置きます。宮の出発は十月十二日。

かの寛永寺別当の覚王院義観はといえば、どうか面倒を見てやってほしいと仙台の寺に宮は頼んでいますが、同日、檻で東京へ。一時、獄へ、そののち松平美作守《まつだいらみまさかのかみ》の屋敷へ幽閉され、やがて病没。小塚原刑場《こづかはらけいじょう》へ埋められていましたが、明治三年（一八七〇）無罪となり、寛永寺慈眼堂東側に葬られました。」

ヨシヒサの一行が千住に着いたのは、十一月三日。

大総督府の軍監、大橋慎三《おおはししんぞう》が翌日やってきて、即刻、出発、京の伏見宮のもとへ向かうよう命じる。それまでは六十人ほどの随従者がいたのが、随従者は二名と僕《しもべ》一人のみ、それも徒歩、他は退去を命ぜられる。

駕籠も会津藩が献上した栗色の網代駕籠《あじろかご》に乗っていたのを、普通の切棒駕籠に移され、いよいよ罪人の身になったことが実感されたことであろう。

京の伏見宮邸へ着いたのは、十九日。伏見宮邦家親王への面会も許されず、一室に謹慎、仕えるものは先の二名のみ。刑法官の役人が交代で目を光らせていた。

謹慎が解かれるのは、翌年（一八六九）十月四日。ようやく邦家親王との対面が許され、三百石をもらえることとなった。

一年の年月、二十二歳の若者は、なにを思って過ごしたことであろうか。

早速、儒者を呼んで講義を受け、輪王寺宮慈性親王三回忌の法会を毘沙門堂に頼み、翌年（一八七〇）三月に毘沙門堂に付属する僧、順慶を呼んで密法を伝えるなどしている。

その年の十月、すでに東京に居を定めたムツヒトに参内するため、ヨシヒサは上京する。心機一転、ヨーロッパ留学を請願するためであった。

いかにしてもヨシヒサには日本は居心地悪かったろう。

十一月二日、伏見宮満宮《ふしみのみやみつのみや》ヨシヒサと名を復し、年金五千円を与えてプロシア留学せよと決まる。

皇族だからと若者に年金五千円。一方では、政府は八十八歳以上の老人に支給されていた養老扶持米を打ち切る。復活をもとめる建白に、「親を養うは子の義務、官が養い、祝すべき条理はない」とつっぱねていますよ。

歴史学者の牧原憲夫は次のように分析している。

仁政は身分制国家の統治理念だった。しかし、明治国家は自由主義経済が政策原理だから、規則・約束に基づいて行われるべきであり、それは平等・公平の名において強者の自由を保障するものだった、と。

つまり、ヨシヒサへの厚遇は、その政策実行のため、〝みこし〟としての利用価値があればこそであったにちがいない。

十二月三日、出発。まずサンフランシスコへ向かい、ワシントンでグラント大統領と会見している。それからロンドンを経て翌一八七一年（明治四）二月十八日、プロシア・ベルリンへ。

一八七二年（明治五）三月、北白川宮を継ぐ。

まずドイツ語を学び、翌年（一八七三）三月にはプロシアの士官たちを呼び、数学・測地学・兵制・歩・工・砲兵学を学ぶ。その年の暮れ、文部省管轄の留学生三百七十三人はみな帰朝するのに、ヨシヒサだけは留まって留学を続けるよう、三条実美《さんじょうさねとみ》からお達しがくる。

太政官達で、皇族は海陸に従事すべき制度ができたのであった。皇族は戦争の〝みこし〟として使える、とのイワクラから出た知恵であろう。戊辰戦争時、有栖川熾仁《ありすがわたるひと》親王を大総督にして先頭に立たせた効果をよく知っているイワクラだ。

ヨシヒサは、ドイツ陸軍所管の大砲鋳造工場などを見学したり、ドイツ皇帝の誕生日を祝って宮廷におもむいたり、大演習を見学。

一八七五年（明治八）には、クリイグスアカデミイ（陸軍大学校）の第一期生として入学する。

プロシアのドイツ統一は、一八七一年。ちょうどヨシヒサがベルリンに着いた年だ。ドイツ帝国は、ほかほかと湯気が立っているわけで。

その年、ビスマルク首相の力によって、バイエルン王国を吸収、オーストリア、フランスとの戦いに勝ち、ヴェルサイユ宮殿の鏡の間で、即位したヴィルヘルム一世であった。

一八六二年にプロイセン首相となり、下院で否決された軍事予算を、かの有名な「鉄血演説」で強引に推し進めた宰相ビスマルクに、ヨシヒサも対面したのであろうか。

語り伝えられることになる「鉄血演説」――「ウィーンの諸条約によるプロイセンの国境は、健全な国家の営みのために好都合なものではありません。現下の大問題が決せられるのは、演説や多数決によってではなく――これこそが一八四八年と一八四九年の重大な誤りだったのですが――、まさに鉄と血なのであります」を、ヨシヒサも聞き知り、そうだ！　彰義隊も、奥羽越列藩同盟も、大村益次郎ひきいる近代式戦法にはひとたまりもなく、敗れ去ったのだから、と頷いたのだろうか。

ヨシヒサの帰朝は、一八七七年（明治十）。四月に卒業するや、ただちにベルリンから出発。西南戦争の真っただ中に帰国したわけだ。京都にいるムツヒトに帰国報告するため、京都に向かっている。

実はこのとき、政府の眉をひそめる出来事を、彼は起こしていた。

前年の暮れ、貴族の未亡人ベルタと婚約、政府に許可を願い出たのである。

運命にもてあそばれた若者を、しっとり暖かく包んでくれた聡明なベルタに、異国の地での遊び心ではなく、（このひとと生涯過ごしていけるなら）と真剣に願ったのだった。

しかし、（とんでもないこと）とイワクラらは首を振る。

「神国の皇族に異国の血が混じってはいけませんぞ。」

「まことまことと」「高い金を出して軍人にさせてやっているというに。」

たちまち帰国命令が出たのであった。

それでも恋の成就を願ったヨシヒサは、婚約をドイツの新聞に載せ、既成事実を作って結婚を認めさせようと抵抗する。

非難ごうごうのうちに帰国したヨシヒサを待ちかまえていたのは、イワクラ。

説得は恫喝もふくんでいたろう。

「そも、お上に弓ひかれた宮に、勝手なことが許されるとおもっておいでですか。」

所詮、かなう相手ではない。

しばらく謹慎を命じられ、以後は政府の言いなりに職務を果たすしかなかったわけで。

「この件も鷗外は書いていませんね。」

「鷗外自身も彼を追ってきたエリスを追い払わねばならなかった。自分の恥部と同じ。触れたくはなかったでしょう。」

おとなしくなった〝みこし〟への待遇は悪くない。

一八七八年（明治十一）二月、陸軍戸山学校入学。同十二月勲一等旭日大綬章。

「そういえば、イギリスの旅行作家イザベラ・バードが、江戸が東京に代わってから十一年経った東京について書いているのもこの年ですね。

「実のところ江戸はもう存在しない。お堀、塀、石垣、朽ちかけた大名屋敷の長い列、黄昏時にありながらも金や彩色のいまだ華麗な芝と上野の神社が、その輝かしい過去を思い出させるばかりである。城郭の中の宮殿はもはやなく、最後の将軍は静岡で引退生活を送っている。大名は郊外に散らばり、『二本差し』の男性はひとりも見当たらない。神々の息子である『現人神』睦仁は、洋服を着て西洋式の馬車に乗り、頓着のない見物人のいる街を通っていく。」などと。」

「はてさて、西洋かぶれもいいところだ。」

「かつて僧形姿だった宮も、軍服に身をかため、颯爽と馬に乗って町を闊歩するわけですから。それにしても、この頃はまだ天皇の通行に、のちのようには規制がなかったみたいですね。」

一八七九年（明治十二）、歩兵中佐。この年、金子堅太郎、公法、憲法を講義。

一八八二年（明治十五）、紀尾井町の居宅、完成。

同年、紀尾井町の地の二千坪を西村捨三《にしむらすてぞう》に与え、大久保利通記念碑を建設する場所に提供（現清水谷《しみずだに》公園《こうえん》）。

彼の運命に、イワクラと同じく大きな力をもった大久保は一八七八年（明治十一）、ヨシヒサが帰還してほどなく殺害されたのだった。

五月十四日早朝、ムツヒトに会うため、二頭立ての馬車で麹町区三年町裏霞が関の自邸を出発、紀尾井町清水谷（紀尾井坂付近）にさしかかったところで、待ちかまえていた六名に惨殺されてしもうたのだ。犯人たちは、加賀士族の島田一郎ら五名に、島根県士族の浅井寿篤《あさいとしあつ》。斬奸状《ざんかんじょう》でもっとも言いたかったことは、「公論を途絶し、民権を抑圧し、以て政事を私す」であったようだ。

島田一郎は、戊辰戦争に参加した藩士。西郷隆盛の下野に憤激し、西郷の死後、テロへと走っている。われらが命を懸けて戦った「ご一新」が、民権抑圧の政治でよいのか、鬱屈した思いがあったようだ。

浅井寿篤の場合は、五人とちがって元巡査、西南の役には政府軍にくわわって奮戦している。ところが戦後、わずかの違反行為で免職となり、以後、奉職を許されず、島田たちの誘いに乗ったらしい。

大久保は、黒田清隆などとちがい、私の財産には一切執着なく、どんな貯金も残さずに死んでいる。ただ、権力を独裁し、日本を「富国強兵」の大帝国にしたい強力な欲があった。

「そういえば、大久保の死で勢いづいたは、ムツヒトの側近、佐々木高行《ささきたかゆき》、吉井友実《よしいともざね》ら侍補《じほ》たち、であったな。」

「はい。そうでした。」

侍補たちは、ムツヒトを焚きつける。

「昨今の政令は、上はお上のお心から出たものでなく、下は人民の公儀によるものではございませんでした。ただ、顕官数人の独断専決でございました。今こそ親政をなさるべきかと存じまする。」

「いかにも。これからは深く注意しようぞ。そちたちは協力してわたしを助けてくれ。」

こんな問答があったろうか。

「侍補たちはよろこび、親政の望みを政府に申し出る。が、彼らに実権を握られてはたまらないイワクラや伊藤博文らは、内閣の会議にムツヒトがときたま出るのはかまわないが、侍補の陪席は宮中と内閣府が混同してしまうおそれがあるので認めないと釘をさしておる。

ムツヒトは吉井らに、内閣府への登用が、薩長土のみなのは問題で、東北のものも入れるべきだ、と言ったりするものの、なに、採用はされぬわな。

ヨシヒサはといえば、この年、特別なお計らいということで、わたしの父、仁孝天皇の養子に復し、親王にも復すことをやっと許される。祝いにムツヒトから鯛一折、清酒一荷が届けられ、返しに鯛一折を献上しておる。」

同年十一月には、山内容堂（旧土佐藩藩主）の長女、光子との婚儀が組まれ、両人で参内。

以後、いわれるままの軍人暮らしを大過なく過ごすわけで。

たとえば一八八〇年（明治十三）の事蹟は次のようだ。

一月十七日　日本赤十字社の前身、博愛社に入る。

二月十二日　陸軍の将校の社交機関である偕行社に入る。

三月二十六日　第二回内国勧業博覧会事務総裁就任。
四月　九日　参謀本部出仕任命。この月、イタリア皇族の接待。
六月十四日　参謀本部長に従い、対抗演習におもむく。
七月　四日　参謀本部長に従い、伊勢国亀山付近の演習に参加。のち京都、奈良、大阪など歴遊。
　　　五日　年金一万八千円。
九月　三日　軍務で下総国佐倉におもむく。
という具合。
「たしか明治十三年といえば、政府が自由民権運動の高まりに業を煮やして集会条例を発布したのでは？」
「そうです。それでも運動はさかんになるばかり。とうとうその翌年の十月には十年後に国会を開設するから政府に逆らう運動をやめるようにムツヒトの名で詔勅が出されています。その年で好況が終わり、デフレに突入、翌年松方正義《まつかたまさよし》大蔵卿は、軍事費をのぞいて緊縮財政、酒税などの間接税や地方税を引き上げ、歳入に余剰が出ると紙幣を焼却したとか。米価はやがて半値になり、地租滞納者が全国で十万人をこえたそうです。」
「もう雲の上人《うえびと》になっているヨシヒサには、遠い世界のできごとであったでしょう。」
「なにしろ一万八千円という大層な年金をもらっているのですから。」
「たしか竹橋事件のころの兵士の一か月の給料が八十二銭五厘、つまり一年でいえば九円九十銭、近衛兵でも二円五十銭、年三十円でしたね。ヨシヒサは、べらぼうに高い年金を受け取っていたわけだ。

以後のくだくだしい事蹟は飛ばすとしよう。」

「はい、そうしましょう。

大きなできごととしては、一八九一年（明治二十四）、大津で遭難したロシア皇太子ニコラスの帰還にさいし、陳謝、送別するためにムツヒトに付いて神戸に行っていることでしょうか。

そう、一八九三年（明治二十六）一月、陸軍中将、第六師団長になった宮は、熊本へ向かわせられていますね。

赴任にさいしてヨシヒサに、およそ次のような内諭が出されています。

第六師団の所在地は、政党がたがいに割拠して、争い合い、軋轢があると聞く、よくよく注意して、師団と人民との間の円滑をはかり、また、地方官と師団との関係に留意し、いやしくも一方に偏して間隙を生ぜしめてはならぬ。

ときどき、状況、人情などを報告しなさい。

おもうに皇族の身で辺境の地に赴任するのは、あなたが初めてであるから、よくよく諸事つつしんで懈怠《けたい》なきように。と」

「ふむ、なんだか冷たい内諭ですね。かなり割りの悪い任務をやらされているように見ゆる。叔父をこき使ううしろめたさは一天万乗の君となったムツヒトにはないようだ。」

「で、熊本を起点にあちこち、軍隊視察のため、出かけていますね。そう、福岡、佐賀、長崎、対馬、鹿児島、宮崎、沖縄まで行っています。」

「ふむ、「此のとき宮、沖縄の民の蕃藷《ばんしょ》を常食とすることを聞かせ給ふをもて、王城にて蕃藷を午饌に上らしめ給ひき」と書いてありますね。占領地の首里城で、はじめてサツマイモを食べたわけか。」

「三月には葡萄酒二箱、葉巻煙草十箱とともに、そろそろ地方の事情に習熟したとおもうゆえ、管下の状況、県治の得失、民情の実態について意見を具申するように、との書が届いています。密偵の役割もさせられたということでしょうか。」

「翌年は日清戦争がはじまり、ヨシヒサの運命も変わってくるのか。」

事蹟には、「五月、韓国に東学党の乱起る。八月一日、清国の兵を韓国に出すを見て、征清の詔《みことのり》を発せさせ給ふ。」とのみ記されている。

「さて、日清戦争とは、まずどんな戦争であったか、大国清と戦争するなど恐ろしいことをどうしてやったのか。東学党の乱とは何か。レクチュアしてください。ムツヒトは何をやったのか。」

実はわたしにも詳しいことはわからない。一人で調べるのも業腹なので、オサヒトにも調べさせることとしよう。

ところで、この間、かの幼い女の子らしき姿は、相変わらず霧のようにぼおっとオサヒトの袖につかまり、よく見ると、話に耳を傾けている様子にも見える。

「その子は?」

尋ねると、

「それがわたしにもどういう子かはわからないのです。わたしがあなたのもとへ向かう途中で、ぼうっとうずくまっていたのが、わたしを見るやだまって付いてくるのですよ。尋ねてもなにも言わない。姿も判然としません。ま、そのうち、わかることでしょう。」

オサヒトも、かつてと違い、亡霊になったことでだいぶ鷹揚になったらしい。気になりながら、わたしも様子を見ることとした。

2

オサヒトの日清戦争学習

わたしが手にしたのは、このたび文部省検定に通った『ともに学ぶ人間の歴史――中学社会（歴史的分野）』（学び舎発行）。現場の教師たちが苦心惨憺作成したものと聞き、初心者のわたしには格好の教材と思うたわけで。

日清戦争は、「朝鮮王宮を占領して、清との開戦へ」「日本軍と戦った朝鮮の農民たち」「条約改正の実現と日清戦争」「下関と台湾の征服」の四項目に分かれておった。

これを読むに、ことは一八九四年（明治二十七）七月二十三日の夜明け前、日本軍が乱暴にも、朝鮮王宮の門を破壊して突入、占領し、国王を監禁して清に従ってきた朝鮮政府を倒し、日本のいうことを聞く政府を作ったことが始まりらしい。

それというのも、当時、朝鮮には日清両国の軍隊が出兵しておった。朝鮮南部で起こった農民蜂起をおさえるため、朝鮮政府が清に出兵をもとめ、以前から清との戦争を準備していた日本もまた、朝鮮に出兵したというのだ。しかるに両軍が出兵したときには、すでに農民軍は政府と和解し、参加したひとびとは故郷にもどっておったから、出兵の名目など、まことは無くなっておったわけであった、と。

いま少し詳しく知りたくて、図書館に行ってみる。

『東大生に語った韓国史』という書物が目に入った。やはり朝鮮側からの主張をまず知るべきだとおもい、とりあえず読むことに。

ソウル大学校人文大学国史学科教授の李《イ》泰鎮《テジン》先生が、東大に招かれ、六回特別講義を行ったものをテープ起こしした書物だ。

三回目の講義は、「日清戦争前後に行われた日本の暴力」というタイトル。わたしを葬ったものたちは相変わらず暴力で隣国との関係も片づけようとしておるのか、ムカッとしつつ、読みはじめた。

講演は、まず国際法と条約に関する大韓帝国側の認識について説明、一八八七年（明治二十）に出た『各國約章合編』の序文を紹介している。

> 信義を根本とせよ。礼儀で相手を待遇し、愛情で約書を制定せよ。故にこれを国民だけが持っているのでなく、国民すべてが知るようにして全国民が各国に対する信頼を持つようにすれば、両国間に友情関係が自然に生じるようになるのだ。

国際法は「強者が弱者を捕って食う法だ」とうそぶく木《き》戸《ど》孝允《たかよし》との違いの大きさよ。

そう、かつて日本でも、朝鮮との折衝に当たった対馬の外交官雨森芳洲《あめのもりほうしゅう》は「外交の基本は真心の交わりである。外交においては相手方の心を知り、まずそれを尊重しなければならない。互いに欺かず、争わず、真実をもって交わることこそ、まことの誠心である。」というておったではないか。

現実的でないという考えに対し、著者は、一八八〇年代の朝鮮では君主をはじめ朝鮮では永世中立国となることが生きる道だ、と模索していたのだと分析している。その実現のためにも国際法順守の模範国たらんとしていた、とも。

なんと、その希望を打ち砕いたのが、一八九四年（明治二十七）の日本軍のソウル無断侵入であったとは！

同書によれば、全羅道《チョルラド》で東学農民軍なるものが蜂起したのが、一八九四年。農民軍は支配集団による収奪への批判とともに、大量のコメを持っていって、綿製品をやたら輸出してくる日本商人、なんの制限もなしに朝鮮国内で商売しつづける清商人をも闘争の対象にしていた。

東学農民軍の「東学」とは宗教らしいが、どんな宗教か、奥が深そうなので、そのへんについてはあなたが調べておいてください。

清の出兵ですが、朝鮮にひろがる反清感情を察知した袁世凱《えんせいがい》は、朝鮮政府の幾度もの拒絶にもかかわらず、東学農民軍弾圧の援助のための出兵を、政界の大物、閔泳駿《ミンヨンジュン》を通して要請しておった。再三再四の要請に、やむを得ず政府は、条件付きで受諾することとなるのだな。

一つ、農民軍が動かねば上陸できない。

二つ、農民軍の動きがあっても、国際法によりソウルから二百里以内には入れない、との条件だ。

ところがこの話を、かねて置いていた密偵によって嗅ぎつけた日本は、清からの出兵通知を正式に受け取る前に早速、出兵準備をととのえてしもうた。

十年前、緊張状態にあった日清両国は、朝鮮からともに完全に撤退し、以後出兵するときは相互に照会するとの天津条約（一八八五年）を結んでおったというに。

一八七六年（明治九）、朝鮮にとっては不平等な日朝修好条規を、武力で威嚇、結んだことは、以前、あなたが調べ、『オサヒト覚え書き』に記してくれましたね。

さ、そのあとの朝鮮はどうなったかを、簡単に追ってみる必要がありそうだ。

まず、日本が関わった事件として、壬午《イモ》事変（一八八二年）が目につく。

そのころ、朝鮮では成人した高宗《コジョン》が、近代化をめざし、開化派と手を組んで、日本から軍事顧問をまねき、新式の「別技軍《べつぎぐん》」を組織し、西洋式訓練を行なっておった。

それに対し、守旧派を背にした高宗の父、大院君《テウォングン》が政権奪回をはかる。

「別技軍」より待遇が悪く、砂がまじった俸給米に怒った旧軍兵士ら。彼らをたきつけて漢城（のちのソウル）で大規模な反乱をおこしたのです。

反乱軍の怒りは日本人にも向けられる。

そこへ、日本に大量に流出していくことで、米価が三倍にも暴騰、生活が困窮し、横暴な日本商人に敵意を抱いた貧民たちも加わって、日本公使館、軍事教官らを襲うのですね。

花房公使一行は、機密の漏えいを防ぐため（朝鮮人に読まれたらまずいことがあったのでしょう）、自ら公使館に放火し、命からがら仁川《インチョン》へ。そこでも襲撃されて小舟で脱出、漂流しているところを英国の測量船に保護され、辛うじて長崎に帰還します。

このとき、軍事顧問の堀本禮造陸軍工兵少尉ほか、公使館雇員や巡査、学生ら十四名が戦死、かれらはヤスクニに祀られましたね。

清に代わってあわよくば朝鮮をわがものにしたいとの日本の野望が、民衆にはよく見えていたため、襲撃を受けたのではないでしょうか。

閔《ミン》王妃は、このとき、王宮を脱出、朝鮮に駐屯していた清国の袁世凱に助力を求めるよう、高宗国王に密書で進言しました。

そして、国王の請願により、直ちに大軍をひきいて出動した袁世凱の軍は、ソウルに駐留、首謀者の大院君を清国に連行し、天津に幽閉、三年間、朝鮮にもどらせなんだ。

さ、ここで、わたしはまた、貴重な著書を手に入れましたよ。

一九一三年生まれ、黄海道載寧《ファンヘドチェリョン》生まれの金膺龍《キムウンヨン》が著した『外交文書で語る日韓併合』です。

著書の紹介に、「土地取り上げに抵抗して、日本の官憲に追われ日本に渡った父を頼りに、母、妹たちと別れて十二歳で来日。植民地時代の日本を知る、数少ない在日一世。過去の歴史を時代に正しく伝えるため、自己の体験を日韓の歴史の中で検証するライフワークに取り組む。」とあります。

金膺龍は、実に、執念をもって外交文書を探索しつづけ、本書にまとめました。史実に忠実、かつ、迫力をもって日韓の歴史に迫っており、わたしは脱帽せずにはおれませんでしたよ。

なに、亡霊が帽子を冠っているわけもなかろうって。単に言葉のアヤですよ。ふふ、曾孫のヒロヒトもとんでもないところで使っておったが……。

(亡霊が笑うと女の子がぶるっと体を震わせた。そう、ヒロヒトは一九七五年十月三十一日、日本記者クラブ主催の合同記者会見で、自身の戦争責任について問われ、「そういう言葉のアヤについては私は文学方面はあまり研究もしていないので、よくわかりませんが、そういう問題についてはお答えができかねます。」と答えたのだった。）

著書には、自身の生涯も詳しく記してありますが、ここは今のところ省いて、その研究の成果を頂戴し、参考にしながら、その後をたどっていくこととしましょう。

いったん逃げ出した花房公使は、軍艦四隻と輸送船四隻に千五百名の軍隊をひきいて朝鮮にもどってきます。

そして、襲撃されたことを不当として、殺された人への補償金五万円と加害者の逮捕、公使館・兵営の建築、公使館警備のため日本軍若干の駐屯まで要求し、認めさせるのですから呆れます。

大院君が全国各地に建てた斥和碑《せきわひ》（排外碑）の撤去までやらせていますね。

済物浦《チェムルポ》条約といわれておる。清国の仲介を受けてできたようだが。

ちゃっかり、ソウルに近い楊花津《ヤンファジン》（のち竜山《ヨンサン》）を日本商人のために開き、日本外交官と家族たちの旅行の自由、開港場での日本商人の行動範囲を十里から五十里に代えさせることまで認めさせた。ああ、二年後には百里にしてしもうた。

そのうちに、清国はベトナムの支配権をめぐってフランスと戦争をはじめ、そちらで手一杯となる。頃はよし、と思ったのが、花房に代わって公使となっていた竹添進一郎《たけぞえしんいちろう》。

彼は、一八八四年（明治十七）十二月四日に起きた、甲申《カプシン》事変の半月ほど前に、「日本軍を煽動シテ内乱ヲ起コサシムルヲ得策トス。」との建議を伊藤博文首相、井上馨《いのうえかおる》外相に行なっています。

竹添は、すでに十一月四日、開化派の金玉均《キムオッキュン》、朴泳孝《パクヨンヒョ》らを日本公使館に呼んで、クーデター決行について相談しあっていた。

高宗国王から竹添宛てに、王城護衛の依頼文があれば、日本軍は出動できる、と言うておったのだ。

清国の介入に憤慨に堪えず、新たな国造りをしたい、開化派中の急進派、金玉均・朴泳孝らと、高宗。その真摯な彼らをけしかけ、クーデターに踏み切らせたのは、失地回復をはかりたい日本側だったといえる。

井上馨外相は、当時としては十七万円という大金を横浜正金銀行《よこはましょうきんぎんこう》から借り、金玉均に軍資金としてわたしていますよ。

このころ、清国軍は、朝鮮に千五百名駐留しており、対するに日本軍は二百名。

それでも竹添公使らは、日本軍の精鋭をもってあたれば清国軍など撃退できる、と、金玉均らに胸をたたいて豪語したのです。

先に、日本に知恵を借りにきた金玉均らを、表だっては福沢諭吉、後藤象二郎らが、そそのかし、井上馨外相とソウル駐在の竹添進一郎公使とも、緊密に連絡をとるなかで、ついに一八八四年十二月四日、事を起こします。

いわゆる甲申事変。

その過程で金玉均らと緊密に連絡し、動いたのが、福沢諭吉、後藤象二郎の書生だった井上角五郎《いのうえかくごろう》です。朝鮮にわたり、一八八三年（明治十六）、外交顧問となり、一方、「朝鮮の独立と朝鮮人の啓蒙のために、朝鮮語による新聞の発行が不可欠」との福沢の励ましを受けて『漢城旬報《かんじょうじゅんぽう》』を発行する。日本政府からの援助も受けてです。

福沢は真に朝鮮の独立を願うておったか。

いや、その頃、福沢はこう言うておりましたよ。

「世界各国の相対峙するは禽獣相食《は》まんとするの勢にして、食むものは文明の国人にして食まるるものは不文の国とあれば、我日本国は其食む者の列に加はりて文明国人と共に良餌を求めん」

朝鮮がその良餌の対象になったわけでした。

井上のその後は、衆議院議員に連続当選するほか、北海道炭鉱鉄道社長、日本製鋼所設立者でもあり、朝鮮の京釜鉄道《けいふてつどう》、中国東北部の南満州鉄道設立にも関わっていますね。まさに福沢のよき弟子であったといえるでしょう。

さて、甲申事変ですが、郵政局落成祝宴会場に政府の要人たちが集まるなか、別宮《べつぐう》に放火し、飛び出してきた閔王妃派の大臣を皆殺しにして新政権を樹立するとの計画で、金玉均らのほか、竹添公使は、駐留日本軍を出動させ、日本の公使館員、井上角五郎ひきいる壮士らもくわわっておった。

詳しいことは省きますが、高宗王から竹添公使宛てに王宮護衛の依頼書を書かせ、落成式場から王宮にもどった大臣たちを、金玉均が一人ずつ中に入れ、閔派の大臣たちをことごとく殺しました。

そして、新政権を樹立。

しかし、金玉均らは、「門閥廃止」「人材登用」「貪官汚吏《たんかんおり》」の改革草案を次々発表したものの、袁世凱ひきいる清軍の反撃で、クーデターはあっけなく三日で崩壊してしもうた。

金玉均らは高宗を擁して江華島《カンファド》に逃れ再起をはかろうとしたが、察知した閔王妃が、脱走、清の陣営に逃れたため、王妃を重んじる高宗は応じなかった。

金玉均らは、高宗への閔王妃の影響力を甘くみておったのですね。

竹添公使は、公使館に火を放ち、脱出。亡命を希望する金玉均らをいやいや乗せて日本へ向かう。逃げそこなった日本の公使館員・居留民ら四十名が殺されています。

余談ながら、竹添は、のち東京帝大教授となり、漢文学を教えていますね。漢文学と、かつての行為との矛盾をどう思っていたことか。

事変のあと、転んでもただでは起きない日本政府は、在外邦人が殺され、兵営を焼かれたとして、難癖をつけます。

ムツヒトの委任状をもった井上馨外相が、二個大隊と護衛艦も付けて、談判し、漢城条約を押しつけるのですね。

委任状はこうです。


天佑ヲ保有シ万世一系ノ帝祚《ていそ》ヲ践《ふ》ミタル大日本皇帝此ノ書ヲ見ル者ニ宣示ス。朕ガ命ヲ奉ジ朝鮮國ニ駐留スル弁理公使ヲ本年十二月初旬朝鮮京城ニ於テ襲撃シ火を放チ使署及ビ兵営ヲ焼キ、且ツ朕ガ国民ノ彼ノ地ニ在ル者数十名ヲ殺害セリ。（中略）故ニ這般《しゃはん》ノ事ハ朕ガ自ラ其ノ地ニ臨ミ之ヲ処理スルト異ナルナキヲ証ス

ふふ、何を偉そうに。万世一系などとんでもない、わが祖は足利義満であることを忘れたかえ？その条文も、呆れましたよ。

他国の政府要人を殺害するのに軍を出動させて加担した重罪には頬かむりしながら、日本への謝罪を要求し、怪我人、壊され奪われた財物へ金十一万円の賠償を飲ませ、日本公使館の建築費四万円を支払わせ、公使館を護衛する兵舎を建てることも飲ませているとは！

ムツヒト、道をあやまっていますぞ、こう叱りたい気分です。

もともと粗悪品を売りつけ、高利貸で担保にした土地を取り上げるなど「一旗組《ひとはたぐみ》」の日本商人と、我が物顔にふるまいだした日本軍への民衆の憎悪が根っこにあったわけというに、日本政府は「清国の暴挙」だけを大々的に報道したから、抗議・追悼集会が各地で開かれ、清を武力で断固蹂躙すべし、と日本の世論は沸き立つ。

そう、やたらに中朝を非難する今の政権とマスメディアに何か似通っていませんか。

伊藤博文らは、さすが清との戦争は時期尚早とみて、一つ、日清両軍の朝鮮からの撤退、二つ、再派兵時には事前通知をおこなうとさだめた天津条約を、清とむすびます。

一方、野心あっての手助けであったから、亡命し、朝鮮政府に命をねらわれる身となった金玉均は、日本にとってお荷物となる。札幌・小笠原諸島にひそまなければならなくなり、ついに危険を冒して上海へ。そこで朝鮮政府の放った刺客に射殺されてしもうた。

天津条約の締結に落胆した福沢諭吉が、かの「脱亜論」を発表したのもこのとき。

我国は隣国の開明を待て共に亜細亜を興すの猶予あるべからず、寧ろその伍を脱して西洋の文明国と進退を共にし、其支那朝鮮に接するの法も隣国なるが故にとて特別の会釈に及ばず、正に西洋人が之に接するの風に従って処分す可きのみ。悪友を親しむ者は共に悪友を免る可らず。我は心に於て亜細亜東方の悪友を謝絶するものなり……云々。（傍点・引用者）

福沢は、先述したように、書生の井上角五郎を朝鮮に送り、事変のときには井上の集めた壮士も参加していた。旧自由党の大井憲太郎も応援していた。ことアジア侵略に関しては、民権主張派も政府と考えに変わりないわけだ。

長く文化の恵みを受けてきた隣国へのなんという節操のなさよ。悪友はむしろ日本というべきではないか。

歴史学者の牧原憲夫は、これら日本人たちの動向を、「連帯を名目とした侵略の先駆け」と位置付けしています。正しい指摘といえましょう。

ま、政府の宣伝もあって、申甲事変以来の反清ナショナリズムが激化し、清への報復に、日本国中は沸騰しておる、ほほ、これも今と似ておるような。

日清戦争前夜にもどれば、日本は清国からの通知が届いたときには早、出兵の準備をととのえていたから、ただちに出動、清国より二日早く八千人の兵力で仁川に到着、たちまちソウルに侵入した。

韓国の役人たちや西洋の外交官らが道をふさいでの抗議もものかわ、ソウルが日本軍であふれるなか、大鳥圭介《おおとりけいすけ》公使は再三国王との謁見を要請するのだな。農民軍の蜂起をなくすには、朝鮮の内政改革が必要で日本がそれに手を貸すという、見えすいた口実で。

しかし、やむなく六月二十日、謁見は許可したものの、国王も政府も、改革はわが国でおこなうこと、ソウル駐屯は国際法違反だと主張、日本側の要求を飲まないで頑張る。

さて、ここで、このときの外務大臣陸奥宗光《むつむねみつ》が記した『蹇蹇録《けんけんろく》』ものぞいてみよう。

彼によれば、いったん事あるときは機先を制しなければならないゆえ、清国政府からの出兵通知を受け取る前に、あわてて横須賀に停泊していた軍艦八重山に大鳥公使を乗せ、仁川に上陸、ソウルに向かわせたのだ。

ほかに「第五師団より派出したる一戸少佐が率いたる一大隊の陸兵は京城に到着し、なお我が政府が予定したる混成旅団の全数は逐次に同国に派出することとなれり。」というありさま。

休暇中だった大鳥公使を陸奥宗光外相は呼び出し、こう言うておった。

「たとえ事の行き違いにより、またはあなたの独断で戦争をはじめることがあっても、その責任はわたしが取ります。ゆえにためらうことなく全てのことを決行されよ」

同席しておった林董《はやしただす》外務次官が述べておるから間違いない。もちろん陸奥の独断ではなく、伊藤博文首相の同意を得ての発言であろう。

清国軍はソウルには入ってきていない。ソウルもいたって平穏な様子に、大鳥公使から陸奥のもとへ、朝鮮のひとびとのみならず、他国の外交官・商人らも、あちこちに徘徊する日本軍に疑念を抱き、本国の新聞に日本の行動について報告している様子ゆえ、これだけ多くの軍隊派遣は外交上得策でない、と打電してくる。

しかし、「最早騎虎《きこ》の勢い既に成り、中途にして規定の兵数を変更する能わず」、と民衆感情のせいにして、「引いてはいかんぞ」初手から開戦予定の陸奥は訓令する。

上陸をためらう大鳥に、乗船している軍人たちは、なんと軟弱な、と騒然とするのを見て、大鳥は俄然、好戦的になったようだ。

東軍の降将である彼は、そうでなくとも薩長中心の軍人たちから白い目で見られておったからな。

清国からは、とにかく両国の軍隊を撤退させ、そのあとで朝鮮の善後策については検討しようと言ってくる。

いや、朝鮮の内政改革を認めさせないかぎりは、断固撤退はしない、と、日本側は突っ張る。

陸奥は、六月十六日、日本駐在の特命全権公使汪鳳藻を招いて日本側の提案を本国に伝えるよう談判、汪はあらがい、五時間後の深夜、ようやく本国への打電を承知する。

同月二十一日、清国から回答が来た。

日本側の提案に同意せず、理由を三点あげてきた。

①内乱はすでにおさまったので清軍が討伐に出向く必要はなくなった。

②朝鮮の改革は自主の国である朝鮮自らが行うべきである。

③事変がおさまれば軍隊を撤兵させることは天津条約に規定してある。

およそもっともな清国の提案だ。だが、陸奥は、朝鮮内政の改革が必要、との日本の主張は、「政治的必要のほか、何らの意味なきもの」とハッキリ書いておるよ。ハナから口実にすぎないと考えておるのだ。

ゆえに駐日清国大使に、たとえ貴国政府の所見と違うことがあっても、わが政府は断じて朝鮮国に駐在する軍隊の撤去を命ずることはできない、との文書を手渡し、七月十二日、陸奥は大鳥公使に打電する。

「今は断然たる処置を施す必要あり。いやしくも外間《がいかん》より甚だしき非難を招かざる限りは何らの口実を用ゆるも差し支えなし」と。いよいよ牙をむきだしにしたわけだ。

陸奥が考えた朝鮮への無理難題は、伊藤首相も「最明《さいみょう》」ウマイ案だと言うて、同調しておった。

七月十六日、条約改正の第一歩となる日英通商航海条約調印が行われたあとの七月二十日、大鳥公使は、朝鮮政府に四項目を突き付ける。

前日の十九日には、大本営はすでに朝鮮にいる日本軍に、清国が増派すれば独断ことを処せ、と開戦許可を与えています。
①ソウルと釜山の間に、軍用電信を日本政府が架設する。
②すみやかに日本軍のために相当の兵営を建てること。
③牙山《アサン》駐留の清軍は不正の名義でやってきたのだから撤退させること。
④朝鮮の独立に抵触する清との諸条約は一切廃棄すべし。
回答期限は七月二十二日まで。

なんとも盗人たけだけしい要求ではないか。

箱館の五稜郭で西軍と対峙した大鳥はどこへ行ったか。陸奥にいわれるままとは、情けないことよ。

いや、それどころか、大鳥は、王宮占領という、とんでもない計画を企画、第五師団混成旅団長大《おお》島義昌《しまよしまさ》少将に旅団を進めて王宮を囲んでほしい、と依頼するのだな。

そうすれば閔王妃と対立している大院君を王宮に入れて形だけの「政府の首領」とする。

大院君が、清の軍隊を追い出すことを日本軍に頼んだという体裁にして、「開戦の名義」を手に入れる、かような算段です。

引き受けた大島少将が部下に命じ、作成された「朝鮮王宮に対する威嚇的運動の計画」草案は、呆れるほど細かい。

当時の模様を、中塚明奈良女子大名誉教授が、福島県立図書館から『日清戦史』を発見、王宮占領のなまなましい実態と計画を発表しておるのを読みましたが、いやはやヒドイものでした。

七月二十二日、当然にも朝鮮からの回答が得られないのを理由に草案の作戦通り、王宮占領は行われるのだ。

七月二十三日深夜、眠らずに連絡を待っていた大島少将は、大島公使からの電報「計画のとおり実行せよ」に従い、諸隊に王宮入城を命ずる。

ソウルの城郭を取り囲み、景福宮《キョンボククン》に侵入した日本軍。

なにしろ堅くしまった王宮の門をオノやノコギリでうちやぶり、宮殿内に突入したというのだから野蛮も甚だしい。抵抗する警備兵との約三時間にわたる銃撃戦を制し、国王をさがす。

高宗国王・閔妃《ミンビ》（明成皇后《ミョンソンファンフ》）は、義和門にいて兵士たちに守られていた。兵士たちの武器を没収しようとする日本軍を、「いま、外務督弁を日本公使館にやって談判しているところだから、待ちなさい」と国王本人が制止しています。

しかし日本軍は聞き入れるどころか、国王の目の前で剣をふりかざし、国王を守っていた朝鮮兵士たちを力づくで、武装解除し、無防備となった国王を、閔王妃もろとも「保護」、実際にはとりこにしたのだ。

王宮の各所でなお、朝鮮軍兵士らは抵抗し続け、戦闘がおさまったのは、午後二時頃であった。

このとき、日本軍は、あくまで日本に従いそうもない賢明な高宗の王妃、閔妃を殺害するつもりもあったようだ。しかし察知した彼女が、国王とともに威和堂にこもっていたため、殺害を果せなかったのだ。

自分の国の王ですら——わたしのことだが——あっさり殺せる連中だ。結局、一年後に目的を果たし、王妃を殺してしまうのだが、全く怖れを知らぬものたちではある。

大鳥公使としては、日本が表だって朝鮮の国政を牛耳るのは都合悪く、王妃と対立していた国王の父、大院君を、なんとしても、王宮に連れてこなければならない。

杉浦書記官、岡本柳之助《おかもとりゅうのすけ》らが、雲峴宮《ウニョングン》に逼塞する大院君の説得にあたるが、大院君は応じない。

かの竹橋事件で奇妙な行動を取った岡本柳之助。極秘であるゆえ、一介の浪人である岡本を大鳥公使が重宝に使ったのであろう。

その背後にはかねて岡本と親しい陸奥外相がいる。関係者の間では岡本を陸奥と大鳥との連絡係とみて、「私設公使」と読んだとか。

両人ほかの説得にも大院君は応じない。

困り果てた大鳥は、ついに非常手段に出た。

大院君の股肱《ここう》の臣である鄭雲鵬《チョンウンボウ》が、折しも入牢中とわかり、なんと、深夜、国分書記生なるものに命じて、兵卒十名、巡査十名を連れて獄舎に向かい、鄭をむりやり公使館に連行したのだ。つまり公使ともあろうものが、他国の牢破りを、軍警に命じてやらせたわけですよ。

で、鄭に、大院君を王宮に来させるよう、説得せよと迫った。鄭は、大院君に会えるのはうれしいけれども、自分は国王陛下の命で禁固中の身、日本人の手で解放されるのは不本意だという。

いや、大院君が出てこなければ国民を救えないではないか、と、るる説得、やむなく鄭が従ったので、国分書記生は彼を同道して大院君の邸にやってくる。

大島公使は、陸奥外相あてにこの件を詳しく報告していますね。

同君（大院君）ハ日本人ニヨリ入闕《にゅうけつ》セシメラレタトアッテハ、評判悪シトテ容易ニ蹶起スルノ様子之レナク候得共、鄭雲鵬種々述告スルトコロ有リシ為メ、稍《やや》其ノ心動キ始メタルモ今一歩ナリト言フ。然シナガラ此ノ問答ニ時間ヲ費ヤシ夜モ明ケントセリ。王城ニテハ我ガ兵ト朝鮮兵トノ間デ砲戦アリテ遠方ヨリ望見スルニ、国王陛下ニハ闕外へ落チ行カレタルヤト憂慮シ（中略）勅使ヲ迎エルニ至リテ、同君モ漸ヤク入闕スルコトニナレリ。

杉村書記官が、「このたびの行動は、実に正義のためであって、断じて朝鮮国の土地を一寸たりとも奪う気持ちはない」と一札書いたため、なかなか応じなかった大院君も、ようやく王宮に入ることを肯《うけが》ったようだ。

王宮占領後、表向きは大院君のもと、新政府が発足。

しかし、実際に彼が行えたのは、閔氏一族を追放、閔王后を孤立させただけ。

この日本の行動に欧米諸国はどう動いたか。

つとに、東アジアをねらうロシアは、日清両軍の朝鮮からの撤去を、再三いうてきておりました。それに対して、伊藤首相と陸奥外相は、ひそかに二人だけで話し合い、ロシアの要求に従えないことでぴったり意見が一致するのだな。

日本の返答に対し、ロシアからは「朝鮮に対して侵略の意図が全くなく、朝鮮国の内乱が平穏にふせば速やかに軍隊を撤去するとの返答に、ロシア皇帝陛下はおおいに満足している」との返答が来る。もし、日本が朝鮮の独立に対して背馳《はいち》する場合は決して許さないぞ、とのことだ。

大国ロシアの東アジア進出に脅威をおぼえるイギリスは、先述したように、七月、日英通商航海条約に調印、日本に不利であった不平等条約の改正にふみきる。

「清国上海は、英国利益の中心であるから、今後、日清開戦にいたっても、上海港その近くで戦争を行わないとの約束をしてほしい」と言うてもきた。陸奥は即、約束すると返答する。

アメリカからは、日朝いずれの国にも友誼をもっているので、朝鮮の独立並びに主権を重んずることを希望する、との忠告がなされ、陸奥は、日本がたやすく軍を撤退させないのは、「東洋平和のため」だと在日公使に説明し、納得を得る。

かくて、イギリス、ドイツ、イタリア、アメリカ、オランダ、スペイン、ポルトガル等々が局外中立を宣言。安堵した日本は、いよいよ清国軍に、戦争をしかけるのだ。

ところで、王宮占領について記述した朝鮮側の資料があるのだな。

筆者は、『梅泉野録《ばいせんやろく》』の著者、黄玹《ファンヒョン》。

一九一〇年九月十日、「日韓併合」に悲憤してアヘンを飲んで自死した硬骨の仁だ。そう、この仁にも、香華を手向けねばなりませんね。

彼は、王宮占領のさいの朝鮮兵士についてあらまし次のように記しています。

大鳥圭介が宮中を犯した時、平壌兵五百人がたまたま護衛に付いていた。銃を連発し、轟かして撃った。

大鳥圭介は、脇門から王のいる処に来て、王を脅かし、「盲動する者は斬る」との旨を宣告させた。兵たちは、みな痛哭《つうこく》し、銃を壊し、軍服を裂いて逃げた。

また、諸営の兵たちもあい率いて、下都監に集まり、誓って言った。

「われわれは、兵卒で、賤しい階級に属しているけれども、みな、手厚く、国の恩を受けている。今、変事がここに至った。宮中のことは知ることができない。

彼は、諸営が解散しないことを知れば、必ずや、敢えてほしいままに横暴なことはできまい。万一、意外な事がおこれば、ひとしく、決然と死を願う。それで、大砲を塀沿いに据えて防ぎ、守る。日本人が宮中から出て来て、もし、将来、営を奪い取るならば、営内の大砲を一斉に発射する。」

大鳥圭介は、王の意を得て兵器を放棄させた。

諸営の者たちは憤り、叫んで大いに騒ぎ、抜刀して石を砕いた。哭声は、まるで山の崩れるかのようであった。

解散した。

諸宮の資材・武器は、すべて日本人のものとなった。

これで、日本人は四方で略奪した。

およそ、宮中の財貨、宝物、列代諸王の珍貴な宝物や法器、宗廟《そうびょう》の酒器のたぐいは、ことごとく、行李に入れて仁川港に運搬し、持って行った。

国家が数百年蓄積してきたものが、一朝にしてなくなった。

そして、京師《けいし》には、ひとりの兵士もいなくなった。


当時の朝鮮兵士、あるいは朝鮮民衆の心の内はここに記されてあるとおりであろうな。

王宮占領からわずか二日後。

一八九四年（明治二十七）七月二十四日。牙山に駐留していた清の軍艦を奇襲攻撃、勝利、ついに、清との戦争がはじまる。宣戦布告もなし、一方的開戦だ。

七月二十五日には、豊島沖《ほうとうおき》の奇襲攻撃にも勝利。宣戦布告もしていない戦いというのに、日本の民衆は酔いしれる。

陸奥も「朝鮮政府は全然我が帝国手中の物となれり。」との大鳥公使からの打電に、愁眉《しゅうび》を開く。

宣戦布告は実に一週間遅れの八月一日。

八月十一日、戦争開始の奉告祭を宮中で行う。ムツヒトは行かず、式部長が代わりに拝み、祝詞を奏する。

伊勢神宮並びにわたしを納めた月輪東山陵に奉告させる勅使については、ムツヒトに九条道孝《くじょうみちたか》掌典長が説明したところ、ムツヒトはもってのほか不機嫌で言うた。

「その儀にはおよばない。このたびの戦争は、わたしは不本意で、大臣らがやむを得ないといってきたので、許しただけだ。神宮や先帝の陵に奉告することは心苦しい。」

おどろき、諫言する九条。

「先に宣戦の詔勅を裁可なされながら、今さようなことを仰せられるは、間違いではありませぬか」

「言うな。そちの顔など見たくないわ。」

やむなく退席した九条は、伊藤首相に伝えれば伊藤も困ろう、はたしてどうしたものか、夜も眠れず、輾転反側《てんてんはんそく》したというわ。

ただ、翌日には、侍従長が九条宅へやってきて、すみやかに勅使を選定、知らせるように、とのムツヒトの意向を伝えてきた。で、おそるおそる九条がムツヒトに会うたところ、機嫌よく許可したそうな。

わたしが考えるに、ムツヒトは大国清との戦が恐ろしかったのであろうよ。

幼いおり、長州に御所を攻撃され、気絶してしもうた恐怖が、ふとよみがえったのではあるまいか。

さらに、大事なことを、ろくに自分に報告せず、勝手に事を進める伊藤や陸奥に不満があったろう。

伊藤は首相になったとき、

「前の首相（松方正義）は、ことごとにお上に奏上してからあと、閣議にはかっておりました。私は不肖といえども、重任を拝するからは、万事ご委任していただきたい。大事件はもとよりことごとくご意見を伺うことを怠るものではありませんが、他はすべて私の責任でやっていこうと存じます。」

と言ってのけ、ムツヒトはやむを得ず、

「よう言うた。わたしは何事も干渉する気はない。ただ奏聞《そうもん》があれば意見をいおう。」

答えたものの、面白いわけではなかった。

しかるに何ぞや、清という大国と戦争するという大事件なのに、わたしにろくに諮《はか》ることなく、勝手に事を進めるとは！　実に不愉快、もし、清と戦って負けたら、一体どうするつもりか。

こう思い、心中おだやかではなかったのであろう。

ムツヒトがごねたことは、たちまち伊藤らの知るところとなったにちがいない。

(これはしっかり教育せねばなるまいて)

伊藤たちは思ったのではなかろうか。

九月十五日、広島に大本営を設置、以後七か月間、ムツヒトは広島城に置かれた第五師団司令部の二階正面の一部屋(四十八畳)で過ごさねばならないこととなる。

横六間、奥行き四間のだだっぴろい部屋は、御座所というのは名ばかりで、まことに殺風景のきわみといえた。椅子・机、臣下の椅子三脚と、書物入れの箪笥、屏風があるだけ。寝るときには椅子・机を片付けて寝台を取りだし、屏風で寝台を囲むだけ。暖炉もなく、二個の手あぶりで暖を取るだけ。

そこにムツヒトは、一着の軍服を着つづけ、軍靴を履き、「大元帥」「現人神」として居続けねばならなかった。

わたしなど、とてもたまりませんね。

(これは天皇の、そう、あなたの戦争ですよ)

と、伊藤たちは、この御座所に居続けさせることで、ムッヒトに駄目を押したかったのでは？　自分たちは、多分、夜はふかふかした寝具で寝ていながら。

その甲斐あって、ムツヒトは〈股肱の臣〉たちを統《す》べる大元帥である己が役割をしかと認識し、窮屈な日常を苦ともおもわず、過ごすようになっていったのではなかったか。

もともと、平和主義者ではなかったことは、その後、日本軍が連戦連勝するや、おおいによろこび、自ら軍歌を作詞作曲、陸軍軍楽隊に歌わせた一事をもってもしれよう。

はは、次のような軍歌を、北条氏恭《ほうじょううじゆき》侍従に手を入れてもろうて作っておりますね。

成歓役

頃は水無月初めより　京城内なる我兵は
水原県を目ざしつつ　旭に輝く日の丸を
押立出る勇々しさは　敵の有無を探らんと
斥候兵を出しつ々　暗さは暗し闇の夜に
安城渡を押し渡り　成歓駅の砲塁に
堅く守れる敵兵を　唯一斉に打破る
我勇猛のつはものは　彼我の屍《しかばね》を踏越えて
勇み勇みて進み行く　ここは牙山の本営と

進めや進め我軍の　鋭く打出す砲撃に
守れる敵も乱れつつ　苦もなく砲塁乗取て
三度凱歌を唱えけり　三度凱歌を唱えけり

ほほ、いい気なものではありませんか。

このあと、日本陸軍は北上、ピョンヤンで清軍を破り、国境の鴨緑江《アムノクガン》をわたって清に侵入するのだな。さらには旅順《リューシュン》と遼東《リャオトン》半島一帯を占領し、清の首都ペキンにせまる勢いをみせる。

戦争に動員され出征した将校・下士官・兵卒の数は、十七万四千十七人。ほかに牛や馬の代わりに軍需品の輸送や連絡線の確保など、いわゆる輜重《しちょう》と兵站《へいたん》を担う軍夫が、十五万三千九百七十四人。給料は一日あたり千人長が、一円五十銭、百人長は七十銭、並夫は、四十銭、戦地に出れば十銭ずつ加算された。国内での賃金が、よくて三十銭ゆえ、義戦と思い、かつ賃金も悪くないことで人集めには困らなかった。

軍夫には、旧藩士ほかの志願者や、大倉組の募集に応じたもの、すもう力士もいた。おもに請負人を通して軍夫は集められ、請負人には、侠客が多かった。また、志願者には、戊辰戦争の汚名を晴らしたい東北諸藩の士族が多くいた。

河田宏『日清戦争は義戦にあらず』によれば、秩父事件に連座、獄中生活を送った上吉田村の農民、柳原正男は、日清戦争を義戦と信じて、勇躍、軍夫に応募している（一八九五年四月五日、脚気で死去）。

軍夫になる条件は、三十二歳以上、健康で一日約四十キロを背負って連日行動できるものが選ばれ、半纏筒袖《はんてんつつそで》にまんじゅう笠、わらじ履きだから、さながら股旅姿といえた。

しかし、高賃金といえ、軍は軍夫を使い捨てとしか見ていなかった。

過酷な状態を老医師・渡辺重綱が、『征清紀行』中に書きとめている。

「凍傷その他の病患にかかって解雇された者が、続々ともどってくる。そのありさまは、顔は煤にまみれ、手足は凍傷のためによろめきつつ歩いている。破れた毛布にくるまり、」さながら「百鬼夜行《ひゃっきやぎょう》」のさまだったという。

死者は、六千六百二名。戦闘中あるいは敵襲により死亡したもののみ顕彰され、靖国神社に合祀されたので、顕彰者はまれであった。

朝鮮人も軍夫として、多くが強制的に徴収された。

ところで、日本と清との戦争というても、戦場はほぼ朝鮮。陸奥も「各地方は行軍の準備、軍需の徴発のため擾乱繁忙を極め朝鮮全土殆ど戦場に異ならず。」というている。

八月十五日には、第一次金弘集《キムホンジプ》内閣が発足するものの、まことの人事権は日本側がにぎっておったからの。

杉浦書記官が指名した親日派の要人だけで「軍国機務処《ぐんこくきむしょ》」と称する機関を作り、「軍務ノ機務並ビニ一切ノ事務ノ改革」を取り扱わせたのよ。

大院君は「執政」という名の飾り物にすぎなんだ。

「軍国機務処」は、近代化をはかり、度量衡統一、銀行の設立、人材登用、人身売買禁止など、なかには東学教徒のかかげた改革を取り入れたものもあったといえ、あまりに性急であり、日本としては単に政治的必要のため行ったにすぎなかった。

当然にも、日本の野心を見破った民衆は、そっぽを向き、改革の失敗を日本側も認めている。

大鳥公使の報告に、陸奥外相は長々と返書を書く。


今回、大兵を発して、多額の費用をつかったゆえ、「平和回復」のおり、得ることがなければ世論がうるさかろう。ゆえに日本の利益となる事業を取っておくことが必要だ。鉄道、電線、鉱山などの権利、軍用電線などはある年限は日本が管理し、他日、朝鮮のものとするような約束をしてもよい。とにかく当分のあいだは、「恩」より「威をもっておどしつけ」るがよかろう。新朝鮮政府はカネがないだろうから、八万円は貸し与えてもよいが、万一転覆しても、取りはぐれがないような約束をむすんでおくように。


ま、こんな具合よ。

もともと近代化をきらう大院君自身は、今、隠忍自重《いんにんじちょう》すれば、いずれ清が勝つと信じており、ひそかに清に密書を送り、一日も早く日本を負かして救援にきてほしいと依頼している。

王宮のなかで幽閉同然の閔王后も、同様の密書を清国に送っていたのだが……。

八月二十日の「暫定合同条款《ざんていごうどうじょうかん》」では、ソウル・プサン及びソウル・インチョン間に日本の資金、経営で鉄道を敷設すること、軍用電信線の架設などもみとめさせてしもうた。

八月二十六日には、大日本大朝鮮両国契約なるものを有無も言わさず、朝鮮政府に飲ませた。

一、清国兵ヲ朝鮮国境外ニ撤退サセ、朝鮮国ノ独立自主ヲ鞏固ニシ日朝両国ノ利益ヲ増進スルコト
二、日本ハ清国兵ニ対シ攻守ノ戦争ニ任ジ、朝鮮ハ日本軍ノ進退及ビ糧食ノ準備ニ便宜ヲ与ウルコト
三、平和条約ナルヲ待チテ廃罷《はいひ》スル

かくて朝鮮全土を日本軍ほかの日本人が、我が物顔に闊歩しつつ、進軍することとなる。

それでは、清国降伏までの戦闘を、小松裕《こまつひろし》『「いのち」と帝国日本』をつまみ食いしてまとめてみよう。

日本陸軍は、山県有朋司令官ひきいる第一軍が、釜山、仁川、元山《ウォンサン》などに上陸、平壌《ピョンヤン》で大規模な戦闘後、鴨緑江をわたり、九連城《くれんじょう》、海城《かいじょう》に攻め入り、大山巌《おおやまいわお》司令官ひきいる第二軍は遼東半島の花園口に上陸、金州《きんしゅう》、そして旅順、大連に攻め入る。

進撃が早くて、食糧の運搬が間にあわず、兵士たちは持参の生米をかじって飢えをしのいでいる。さらに冬に入り、防寒具の支給も同じく間にあわず、凍傷にかかる兵士が相次いでいる。

「さきごろ、福島・原町の詩人、若松丈太郎さんが『福島民報』に記した「言論人　井土霊山」を読みました。

井土霊山《いどれいざん》の父は、相馬中村藩士。霊山が十歳のとき、東軍にくわわった藩は、敗北しています。

それが彼の人格形成に恐らく関係したか、日清戦争の翌年、井土霊山は『征清戦死者列伝』を編著、出版しています。

四百八十一人の戦死者の経歴・人柄などを、従軍した記者とともに記述。

福島県人は十二人収載されていて、そのなかの一人、原町村《はらまちむら》(当時)の廣瀬敬信は、講和条約調印後、肺炎で亡くなっています。慶應義塾、本願寺で学び、僧籍、二十六歳。

この戦争では、どうやら戦病死者の九割は、コレラ、赤痢、マラリア、脚気などで、のちに霊山は、「千有余年来の支那を誤解して日清の役を興したのは、真に千古の愚挙」と決めつけていますね。」

夏目漱石の『坊ちゃん』に登場する体操の教師のモデル、浜本利三郎の日記も、戦場の苦しさを赤裸々に記していますよ。なに、直接読んだわけではなく、先述の小松裕の著書によるのだが。

「え? 体操の教師など『坊ちゃん』に出てきましたっけ」

「さ、そこまでは」

「ちょっと待ってください。調べてみます。ええと……。ああ、やっと見つけました。いました。ほんの脇役で、会議のときはいつも末席にすわっていると書かれていますね。うらなりの送別会にも、黒ずぼんでかしこまっています。日清戦争の祝勝会とおもわれる練兵場での式典には、八百人の生意気な生徒をひきいて、静かに静かにとたしなめながら、歩いています。」

モデルの彼、浜本利三郎は、軍曹として従軍、八月五日、元山に上陸、ソウルへと行軍する。途上、川も井戸もなく、汗も出なくなり、「黄色の脂」が全身からわきだす。休憩時間には昏倒し、手足も動かない状態。

十月二十五日、鴨緑江をわたり、十二月十日、攀家台の戦闘で九死に一生を得る。

第三小隊をひきいて先頭にたち、「突貫」を命じる浜本。五十人余を連れて突撃したのに、残ったのは十四～五人のみ。他は戦死してしもうたのだ。

大隊はさらに猛進。両側の高地と全面の村落の三方から猛烈な射撃が加えられるなかで、被弾した大隊長が立つこともできないまま、「前へ！　前へ！」と絶叫。浜本も死を覚悟しながら第一・第三小隊につづき、突撃し、一番乗りをはたす。しかし、過労と空腹で失神してしまうありさま。

気が付いてみると、かたわらには戦死した清国兵の遺体。そのカバンのなかに血のついた小麦粉の団子三個を見つけ、むさぼり食った。

娘の愛子によれば、浜本は終生このことを忘れず、毎年十二月十日には塩味だけの団子三個を食べ、「この団子はいのちの親です。あのときの感謝を忘れては申し訳ない。お父さんを助けてくれた支那兵の冥福を祈りましょう」と語ったという。

戦った相手ながら、浜本には中国兵への差別観はなかったわけだ。

そんなことも雲《く》の上人《うえびと》のムツヒトは知るまい。

ああ、わたしも、その名も知れぬ清国兵のために祈らねばな。南無阿弥陀佛、南無阿弥陀佛。

海軍はといえば、これは、豊島沖の海戦、黄海海戦でいずれも大勝利。

連戦連勝に沸き立つ日本民衆。

前線の兵士らの苦労などつゆ知らぬ。勝利だけ書きたてる新聞報道が大きな役目を果たしておった。

この戦争をテーマにした大衆演劇では、清国兵に扮した俳優が、激高した観客に殴りかかられる事件が頻発したほどだ。

朝鮮に渡航している民間人たちも、虎の威を借る狐同然、我が物顔に、隣国の土地でふるまう。

牙山の戦闘に従軍した新聞通信社総員は、戦争が終わったので帰ろうと海岸に出たところ、一隻の船が岸へ来た。

船に乗っていたのは、戦争が始まっているのを知らなかった仁川の中国商人。牙山の中国兵に物を売るためにやってきたのだった。

新聞社連中は、とっさの内に船に乗っていた商人九人を斬殺あるいは射殺し、荷物を奪い取り、船に乗れるだけのものは乗って仁川へ。乗りきれなかったものは、翌日また、やってきた船の中国商人十三名を虐殺、船頭の朝鮮人を脅して仁川へ。

一行を乗せた船頭が、上陸後、すぐ税関にかけつけ、通報、外国人にも知られることとなったというが、新聞社連中まで銃や剣を帯同し、ひとを殺すことを屁ともおもうていないのだな。

そう、この連中は、のちの閔王妃殺害にも加わっていました。

当時、仁川の役人だった天野恭太郎は、外務次官として西園寺公望《さいおんじきんもち》に代わり、実務を取っていた原敬に、戦争の裏面について書簡を送っており、そこにはウマイ汁を吸おうとする商人たちについての記述もあります。

大もうけしようとする商人たちが、一か月の間に千を数えるほど渡航してきて、たくさんの貨物を持ってくるので、人と貨物がどの家屋・場所にも充満している、と。

また、一八九五年一月一日には、尼僧殴打事件が発生したことも報告されている。

すなわち、宣教師ラヴェルの不身持に怒った日本人たちがフランス天主堂に押しかけ、そのとき朝鮮女性をかばって一室に入れようとした尼僧を、日本人らが殴打したもので。

ラヴェルはすぐ、ソウルのフランス外交官に通報、日本領事館に抗議が来て、憤慨した井上は警部を派遣して調査を命ずる。結局、犯人は不明で、公使の手前、斉藤清吉という男を犯人に仕立て、重禁固二十日にしている。

さらに威海衛《いかいえい》が陥落したとき、紀元節（二月二十一日）に、仁川で大規模な祝賀会が開かれたことも、天野は原に報告しています。

費用実に千円。山車や模型軍艦を作り、市内要所に仮小屋を作って酒をふるまった。その日は、日本人たちは狂したごとく、酔客が路上に彷徨、はては中国人をなぐる、窓ガラスを壊す、日本人軍夫間でも喧嘩、というありさま。

天野は、外人雑居の居留地でこのように大げさにやるのは考え物だと苦々しく記していますね。他人の土地で、我が物顔に傍若無人にふるまう日本人たちの様子が目に浮かぶ。

世情を風刺した『オッペケペー節』（権利幸福きらいな人に自由湯をば飲ませたい、オッペケペッポーペッポポッポ）を歌って世に流行らせた、かの川上音二郎《かわかみおとじろう》などまで、「壮絶快絶日清戦争」「戦地見聞日記」を上演し、大喝采を浴びるわけで。

「そういえば、子どものとき、手毬を撞《つ》くさい、日清談判破裂して……と日本軍の勇敢さをたたえ、中国人の駄目さをあざけった手毬歌を意味もわからず、歌っていましたが、日清戦争のときの名残だったのですね。

漱石の『坊ちゃん』にも、太鼓持ちの野だが、丸裸の越中ふんどし一つになって、棕櫚箒《しゅろぼうき》を小脇にかかえこみ、日清談判破裂して……と練り歩く場面があるのを最近気づきました。

坊ちゃんは、その野だの頭を、日清談判なら貴様はちゃんちゃんだろうと拳骨でぽかりとなぐるわけで、漱石も、当時の中国蔑視観に残念ながら染まっていたといえましょうか。」

奪取した戦利品は、ムツヒトがながめたあと、靖国神社での展示を皮切りに全国を巡回、戦意高揚に一役買っています。「併合」された日本への不満が多い沖縄にも、回覧されておった。

一八九四年十一月二十一日、旅順占領。

一八九五年二月十二日、清国艦隊降伏。

同年三月、清国全権大使、李鴻章《りこうしょう》と談判開始。

同年四月、下関条約締結。

勝利した日本は、清に朝鮮の独立を認めさせ、遼東半島（のちロシア・ドイツ・フランスの干渉で清に返却）と台湾・澎湖諸島《ほうこしょとう》を日本領とし、賠償金二億両（約三・一億円）をぶんどる。

交渉中、李鴻章は日本の提案に対し、なかなかもっともな長文の覚書をだしておった。

「清日両国は比隣《ひりん》の邦《くに》、歴史、文学、工芸、商業一として相同じからざるなきに、何ぞ必ずしも此の如く讐敵《しゅうてき》となるをなさんや。」と述べ、今後の日本がもし、「徒《いたずら》に一時の兵力を恃《たの》み任意誅求《ちゅうきゅう》するにおいては、清国臣民勢い必ず臥薪嘗胆、復仇《ふっきゅう》これ謀《はか》るに至るべく、東方両国、同室に矛を操り永久怨仇《おんきゅう》となり、互いに相援《たす》けず、偶々《たまたま》以て外人の攘奪《じょうだつ》を来《きた》すあるのみ」との警告だ。

李鴻章を高く買っていたのは、勝海舟。後年次のように言うておった。

「伊藤さんは李鴻章より智慧があるよ。けれども李鴻章を見なさい。戦敗国のなんのと人は嗤《わら》うけれども、世界という大舞台の上からは、李鴻章のほうが大もてではないか。伊藤さんの眼のつけどころと、李鴻章の眼のつけどころとは、まるで違うからだよ。」

兵士の死が、「名誉の戦死」ともちあげられたのも、この戦争からであった。

本来、殺戮を厭うはずの仏教界でも、出征する兵士を集めて説教し、朝鮮で死んで身はそこの土になっても、魂は極楽浄土に行って仏の仲間入りをする、など説いておったものよ。

戦後行われた戦死者追弔法会《ほうえ》でも、遺族に、彼らは概略、次のように諭しておった。

「この度の戦死についてはさぞ愁傷であろうが、しかしながらよくよく思いめぐらしてみれば、皇国に生まれ、名誉の戦死をとげて名を海外に輝かしたことは実に喜ばねばならぬではないかの」

遺族になにか弔慰金が払われるわけではなく、純朴な村の人びとが、遺族の面倒を見てやるだけ、国はしらんぷりであったな。

さて、このとき、世界のニュースになってしもうたのが、旅順占領時の虐殺事件だ。

日本兵の遺体が腹部を裂かれ、中に土砂をつめこまれていたり、路傍にさらし首にされているのを見たことで復讐が始まったのだともいわれるが、はたしてどうであろうか。

旅順占領後五日目に外出許可が下りた輜重輸卒の小野六蔵は、「毎家多きは十数名少きも二、三名の敵屍あり。白髯の老爺は嬰児と共に斃れ、白髪の老婆は嫁娘と共に手を連ねて横たわる。その惨状実に名状すべからず……海岸に出れば波打際に死屍の漂着せるを散見せり。帰路他路をとる。何ぞはからん途上死屍累々として冬日も尚ほ腥《なまぐ》さきを覚ゆ。」と手記に記しておりますよ。

虐殺の凄まじさは、従軍記者のジェームズ・クリールマンが『ニューヨーク・ワールド』紙に書いた目撃場面によっても知られよう。

捕虜にする、ということはなかった。

兵士に跪《ひざまず》き慈悲を乞うていた男が、銃剣で地面に刺し通され、刀で首を切られたのを、私は見た。別の清国人の男は、隅で竦《すく》んでいたが、兵士の一分隊が喜んで撃った。道に跪いていた老人は、ほぼ真っ二つに切られた。

また、別の気の毒な人は、屋根の上で撃たれた。もう一人は道に倒れ、銃剣で背中を何十回も突かれた。

ちょうど私の足元には、赤十字が翻る病院があったが、日本兵はその戸口から出て来た武器を持たない人たちに発砲した。

毛皮の帽子を被った商人は、跪き懇願して手を上に挙げていた。兵士たちが彼を撃ったとき、彼は手で顔を覆った。翌日、私が彼の死体を見たとき、それは見分けがつかぬほど滅多切りにされていた。

女性と子どもたちは、彼らを庇《かば》ってくれる人とともに丘に逃げるときに、追跡され、そして撃たれた。

市街は端から端まで掠奪され、住民たちは自分たちの家で殺された。

仔馬、驢馬、駱駝の群れが、恐怖に慄《おのの》く多数の男と子どもたちとともに旅順の西側から出て行った。逃げ出した人たちは、氷のように冷たい風のなかで震え、そしてよろけながら浅い入江を渡った。歩兵中隊が入江の先端に整列させられ、ずぶ濡れの犠牲者たちに絶え間なく銃撃を浴びせたが、弾丸は標的に命中しなかった。


ここまで付いてきている幼子らしい姿をふと見ると、むつかしい話がわかるのだろうか。小さな顔はまっさおで、体中ふるふると震えているようだ。

「ああ、こんな子のまえで、心ないことをしてしまいました。この先はやめておきましょう。」

「たしかに」

するると、わたしたちの話がわかったかのように、幼子は首をふるのだ。オサヒトの袖をぎゅっと握って、あたかも、読むのを続けてほしいというように。

「この子は、読んでほしいのでしょうか。そうなのか？」

オサヒトが問うと、なんとしっかり頷くではないか。

わたしたちは顔を見合わせ、オサヒトはまた記事を読みだした。

「では……」


最後に入江を渡ったのは二人の男であった。そのうちの一人は、二人の小さな子どもを連れていた。彼らがよろよろと対岸に着くと、騎兵中隊が駆けつけて来て、一人の男がサーベルで切られた。もう一人の男と子どもたちは海の方へ退き、そして犬のように撃たれた。

道沿いにずっと、命乞いをしている小売り商人たちが撃たれ、サーベルで切られているのを、私は見ることができた。戸は破られ、窓は引っ剥がされた。全ての家は侵入され、略奪された。

第二連隊の第一線が黄金山砲台に到達すると、そこは見捨てられているのがわかった。それから彼らは逃げる人でいっぱいのジャンクを見つけた。一小隊が埠頭の端までひろがり、男や女、それに子どもたちを一人残らず殺すまでジャンクに発砲した。海にいる水雷艇は、恐怖に打ちのめされた人々を満載したジャンク十隻をすでに沈めていた。

五時頃、退却する敵を追って行った乃木以外の全ての将軍が、陸軍大将とともに集まった操練場に音楽が流れた。何と機嫌よく、何と手を握り合っていたことか！　楽隊から流れ出る旋律の何と荘重なことか！

その間ずっと、私たちは通りでの一斉射撃を聞くことができ、市街にいる無力な人々が、冷血に殺戮され、その家々が掠奪されているのを知ることができた。

みると、幼子は、声をださずに泣いているらしかった。

「ひょっとして、この子は旅順にいて、殺されてしまった子どもの一人でしょうか。そう、もしかして日本軍が、天皇の軍隊が殺した中国人の幼子かも？」

「おう、そんな！」

オサヒトは首をふりながら、幼子を、やにわに抱きかかえ、

「このことを、はたしてわが息子、ムツヒトは知っておったろうか。ムツヒト！　ムツヒト！　出てきて答えるのだ！」

叫びながら闇のなかへ消えて行った。

でも、わたしは知っている。

虐殺はこれにとどまらない。世界のニュースにはならなかったところで、大虐殺が行われていったことを。

すなわち朝鮮人への大虐殺。東学農民軍への虐殺だ。

3

オサヒトは、しばらく姿をあらわさず、その間にわたしも、東学農民について少々調べてみた。

年の暮れ、再びオサヒトがやってきた。

その後ろに従っているのは、相変わらず、ぼうっと霧にもみえる、かの幼子。

その子について問おうとすると、しっとオサヒトは唇に手を当て、わたしをだまらせた。

わたしの東学農民軍・学習

ええと、わたしが目にしたのは、不遇のうちに太平洋戦争中に死去した呉知泳《オジョン》が記した『東学史——朝鮮民衆運動の記録』（梶村秀樹訳注・平凡社）と、中塚明・井上勝生《いのうえかつお》・朴孟洙《パクメンス》著『東学農民戦争と日本——もう一つの日清戦争』（高文研）。

呉知泳は一八九〇年代から一貫して東学運動のなかにいたという。

東学の創始者は崔済愚《チェジェウ》（一八二四年生）。母親が再婚者だったため差別され、成人前に両親を亡くし、貧困生活を送った。迷いのなかで朝鮮八道をさまよい、すぐれた人物にも会って修行するなかで一八六〇年、はじめて東学の主張を世に伝えた。

その法への質問に対する崔済愚の答のいくつかを呉知泳はあげている。

「古人の「天道」とどう違うのか？」

「古人の「天道」は、人間以外のところに別に最古無上の唯一神を設定して、これを人格的上帝にしたて、人間はその下位にいてこれに拝跪し、自己の生命や禍福をすべてその命令によって定まるものとしている。私の「天道」はこれとは反対で、人が天であり、天が人であるというのだ。」

「人が天であるとはどういうことか？」

「はじめに神があって創ったものだというなら、その神は最初いったいだれが生んだものなのか？人に父母なしに生まれたものがあるだろうか？　父母のまた父母というようにたどっていっても、最初に生んだ父母はだれかなどということは分かりはしない。したがって、人の根本をたずね求める場合、最初から最後まで人なのだということが、いちばん正しい説明なのだ。」

「道の道淵とは？」

「道の道淵は人間それ自体のなかにある。だから、この道を学ぼうとするものは、私をたよるのでなくて、むしろおのおの自分自身で探究しなければならないのだ。」

東学の主な思想は、次の四つらしい。

「侍天主《じてんしゅ》」（すべての人々は自分のなかに「天主」が存在している）、「輔国安民《ほこくあんみん》」（国の悪政を改め、民をゆたかにする）、「後天開闢」（今の混乱した世のあと、理想的な世が来る）、「有無相資《うむそうし》」（経済的に余裕のあるものが貧者を助ける）。

黙想したところ病人が治ったとか、道まで水に浸かった川を渡っていっても馬の脚が濡れなかったとか、頭上に瑞気《ずいき》がたなびいていたとかの幻想的な逸話も残っている。

「「尊王」でなく、「尊民」のわけだ。そこが明治政府を作ったものらとは根本的にちがうわけだな。」

ふいにオサヒトが口を出す。

「あなたは知らなかったでしょうが、日本でも農民一揆が各地で起こっていましたよ。民間宗教もあった。ただ、広範なひろがりは持てませんでしたよね。」

崔済愚の教えはひろまり、慶尚《キョンサン》・全羅・忠清《チュンチョン》で、信者は数万人となる。朝鮮政府はこれを邪教として取締り、ついに彼を捕らえ、大邱《テグ》監獄で処刑した（一八六四年）。獄中で詠まれた詩のなかから一篇をあげておこう。

風雨霜雪過ぎ去りて後
一樹花開き万樹の春

非合法化されても、二代目の指導者、崔時亨《チエシヒヨン》によってますます教えはひろがり、組織ができ、点の存在から面になっていく。崔済愚は無実の罪で殺されたのだ、その名誉を取り戻し、東学の布教を認めよ、との要求を政府に行うまでにいたる。

二〇一五年十二月二十三日、来日した韓国・円光《ウォングァン》大教授・朴孟洙《パクメンス》氏（近現代韓日関係史勉強会主催・文化センター・アリラン）は、講演「韓国における東学農民革命の研究状況と課題」で、崔時亨の再建運動をもっと大きく評価する必要があると力説していた。

その地下布教期に東学経典が、漢文・ハングルで刊行されているとも。

一八九三年（明治二十六）二月には、ついにソウル王宮、光化門《クァンファムン》前で、四十余名が三日間ひれ伏し、東学の公認を訴える。それでも認めない政府に対して、崔時亨は東学の総本部を置いていた忠清道の報恩で大集会を計画、全土の教徒に集まるように呼びかけた。こたえて二万～三万人が集まったらしい。なにしろ京畿道《キョンギド》、江原道《カンウォンド》、忠清道、全羅道、慶尚道——朝鮮半島の南半分の全地域から教徒がかけつけ、「斥倭洋倡義」の旗をかかげ、一か月以上も示威をおこなった。

益山《イクサン》では、なんと『東学史』の著者、呉知泳が、住民数万の代表に選ばれて事にあたっていた。在地の両班《ヤンバン》が、小役人と示しあわせて税米をつまみ食いし、帳簿上は「民より未収」としておいたのを、郡守が、その未収分を農民から取りたてようとしたのだ。

再徴集の撤回をもとめても応じない郡守。怒った農民は郡庁襲撃を主張する。呉知泳は彼らをおさえて、まず全羅道庁に訴え出てみよう、蹶起はそれからでも遅くない、と農民たちをさとし、道庁に向かう。

はじめ監察使は、乱民とみなして呉知泳を捕らえ、即座に銃殺しようとしたものの、その議論を聞くと理にかなっているため、再徴集を禁じ、郡守を免職にし、横領した両班らを捕らえる。しかし、悪賢い役人らにより、結局くつがえされてしまう。役人たちは、「奴らはみな東学軍だ」とキャンペーンを張ったのだ。

他の地でも同様なことがあり、おだやかに要求をしても無理とわかって、捕らえられたものがあれば、互いに連絡しあい、呼応して、力づくで奪い返し、役所を占領するまでになっていく。

一八九四年（明治二十七）一月十日、古阜《コブ》で全琫準《チョンボンジュン》らが武装蜂起。しかし弾圧され、南下して茂長へ。その地の東学指導者らと意思がようやく一致して、政府の悪政をただす決起にふみきり、三月二十一日、倡義文（蜂起の宣言文）を発表する。

長文の倡義文の一部は次のようだ。


莫大な賄賂は国庫には入らず、ただ個人の私腹を充たすのみであり、国家に積年の債務があっても、これを清算しようとする考えももたず、嬌慢にして奢侈、淫乱で卑しいことのみを恥ずるところもなく行い、朝鮮八道がその好餌となり、万民が塗炭の苦しみにあえいでいる。守宰が民を虐げ暴利を貪って、どうして百姓が困窮しないわけがあろうか。百姓は国家の根本である。根本が衰えるなら、国家は必ず亡びるのだ。


この宣言文を発すると、たくさんの農民が同感して続々と集まってきた。

全琫準らは、即刻蹶起、古阜の邑城を包囲、またたくまに陥落させる。そして行動の四原則を定めた。
一、人をむやみに殺さない。家畜を捕まえて食べるな。
二、忠孝を尽し、世間を助けて民を平安に。

三、日本人を追い出し国の政治を新たに立て直す。
四、兵士を集めてソウルに攻めこみ、権力者や貴族たちをすべてなくす。

さらに、降伏するものはあたたかく迎えるとか、貪欲でむごいことをしたものは追放する、生活に困っている人は助ける、など十二カ条の規律も定めた。

規律正しい東学軍は行くところ、好意的に迎えられる。一方、民衆を捕まえて財物を奪い、婦女も強かんする政府軍はすっかり民心を失ってしまう。

全羅道西海岸の地域を次々占領、ついに四月二十七日、全羅道の首府、全州《チョンジュ》を占領。市が立つ日をねらったのだ。

四方の間道に散らばった東学軍は、あらかじめ約束しておいたとおり、市場商人たちの群衆にまぎれて場内に入り、数千名の人々が市場内にひしめいていた。正午ごろになると市場の向かい側の便竜の峠の方で一発の砲声が上がり、数千の銃声が一時に発射されて市場内は大混乱におちいった。突然の銃砲の乱射にたまげた市場商人たちは、あわてふためいてめちゃくちゃに散らばって行き、邑城の西門へ、南門へと潮のように押しよせていった。これに乗じて東学軍の兵士たちも、市場商人にまぎれて門内に入り、太鼓を打ち鳴らしながら銃撃をはじめた。西門を守っていた官側の兵丁たちは、何が起こったのやらわけも分らぬうちに、倒れ、捕らえられ、そして逃亡してしまった。たちまち城内にも東学軍の声が充ちあふれ、城外もまた東学軍の声で埋められた。(『東学史』)

呉知泳はこのように記述している。

東学軍は官軍に悪政改革案二十七カ条を提出、政府側に認めさせて全州を明け渡す。内戦に日本・清が、出兵してきたことに危うさを覚えたのと、中央からの政府軍の派遣が伝えられるなか、全州占領を保つ困難さを気づいたためであった。

政府軍は、改革を飲む。「全州和約」と呼ばれ、画期的な改革案であった。

主なものは次のようだ。
一、むやみやたらに税をとる強欲な役人を処罰し、やめさせる。
二、田税、人頭税、貸付穀物の利子税の改善。
三、外国商人の不法な活動の禁止。
故郷にもどっていった東学軍は、一時的な自治機構を作り、和約の実行をおこなおうとする。保守色の強い地域は実行不可能だったといえ、全琫準らは道の長官と談判、役所の実務者を農民に選ばせることに成功していた。

呉知泳は、金鳳得《キムポンドク》という十七歳の若者の活躍を次のように活写している。


雲峰への道は山深く険しかったが、かれはこれを平地を歩むように駈け進んだ。邑城の門を守っていた兵士たちはこのありさまを眺めみて「あの男は本当に天の仙人だ。人間ではない」と思い、潰走してしまった。鳳得は馬上で剣舞を踊りながら城門を入り、官庁を襲撃した。雲峰の大小の官吏が即座に降伏したので、武器をすべて没収し、獄門を開いて囚人を釈放し、倉庫を開いて百姓に分配したのち、執綱所を設立して庶政を処理した。

全土とはいかなくても、日本よりはるかにすすんだ改革がはじまっていたのだった。

「おう、ムツヒトの罪は深いわけだ。」

「そう、和約が結ばれ、東学軍はそれぞれ故郷にもどり、めざましい内政改革をはじめたわけで、日本がチョッカイを出す口実はなくなったわけですよね。

しかし、本来、陸奥らの目的は、内政改革なんぞではなく、朝鮮を支配下に置きたくてひたすら隙をねらっているにすぎない。そのことに気づいて、刑曹参議の李南桂《イナムギュ》が、上疏《じょうそ》を行なっています。

「今、日本人が兵をひきいて都に入っています。臣はその意図が何処にあり、出兵の名分が何であるのかさっぱり分りません。もし隣国の困難を救おうというのであれば、我我は援兵を求めたことなどありません。もし商民を保護するためだというのであれば、わが国はその安全を保障しています。助けを求められもしないのに、なお救うと称するのは、うぬぼれです。安全を保障されているのに、なお保護などというのは、我が国を疑うものです。（略）外交に当たる官吏が理を明らかにし誠意をもって当たれば、かの日本も退かないことはないでしょう。もし理をつくしても動かないというならば、これはすでに敵なのであります。」

まさに理をつくしても日本軍は動かなかったわけです。

かくて日本は清に一方的に戦いをはじめ、その結果、勝手気ままに朝鮮領土を蹂躙することとなります。抵抗する東学農民軍と日本軍との凄絶な戦いがくり広げられていくことになるのですね。

日清戦争は、日本と清との戦争でありながら、最も戦死者が多かったのは、朝鮮人であったそうですよ。」

「殺人を厭う仏徒であったヨシヒサもついに加害軍人になってしまったか！」

大きくため息をつくオサヒト。

「では、日本軍対東学農民軍の戦闘を追ってみましょうか。

ああ、『東学農民戦争と日本』の52頁に出ている地図をみてください。

清軍を破り、鴨緑江を渉ろうとする日本軍の進路を！

まさに朝鮮南部の各所を、そこに人なきが如く勝手気ままに、軍用道路を作り、軍用電信線を敷き、進んでいっていますね。そんな真似をされて、朝鮮人たちがだまっているはずもない、夜、ひそかに電線を切ったり、使役を拒否したものは後を絶たなかったでしょう。

だから、竹槍と火縄銃しかない東学農民軍が、なんと数十万も蜂起して、近代的兵器を持った日本軍を疲れ果てさせたのです。結局は、数万名が戦死、農民軍は敗北するのですが……」

「わたしも『東学農民戦争と日本』の本を読んでみましたが。」

オサヒトがふいに口を出してきた。

「あなたと一緒に講演を聞きに行った朴孟洙氏は、一九九五年七月、北海道大学研究室で農民軍の頭骨が発見されたのを知って、矢も楯もたまらず、北大へ飛んで行き、留学したそうですね。」

「ええ、家族も一緒に連れていったため、飢え寸前の暮らしだったと言われていました。」

「でも、その頭骨の発見が、日韓双方をつなぐ大きな役割をしたとか。」

先述の著書3頁に紹介された、されこうべの写真を見ると、たしかに墨で書かれた次の文字が読み取れる。

韓国東学党
首魁ノ首級ナリト云フ
佐藤政治郎氏ヨリ

さらに添えられていた書付の便箋の写真も紹介されている。

髑髏《どくろ》（明治三十九年九月二十日 珍島に於て）
右ハ明治二十七年韓国東学党蜂起スルアリ、全羅南道珍島ハ彼ガ最モ猖獗《しょうけつ》ヲ極メタル所ナリシガ之ガ平定ニ帰スルニ際し其首唱者数百名を殺し死屍道ニ横ハルニ至リ首魁者ハ之ヲ梟首《きょうしゅ》セルガ右ハ其一ナリシガ該島視察ニ際シ採集セルモノナリ　佐藤政治郎

まさに百年の時を経て明るみに出た、されこうべ。恐らく〝標本〟として佐藤政治郎が、得意満々で持って帰ってきたのではあるまいか。
その発見は、日清戦争の真の意味を忘れてほしくない、闇に葬ったままであってほしくない、との朝鮮人数万の犠牲者たちの怨念が凝って現れたのであったろうか。

発見を契機に日韓双方の学者、民間のひとびとの協力も得て、真摯に、かつ徹底的におこなわれた調査、研究。

中心を担ったのは、本の著者たち。すなわち奈良女子大名誉教授中塚明、北海道大学名誉教授井上勝生、円光大学校教授朴孟洙。

そして、韓国で一九九一年に発足した「社団法人東学農民革命記念事業会」と北大との間で数十回にわたるやり取りの結果、一九九六年五月三十一日、農民軍リーダーの遺骨は、実に約百年ぶりに韓国に奉還されたのだった。

「本を読んでいておどろいたのは、東学農民軍の蜂起に、広島に設置されていた大本営が、ことごとく殺戮せよとの命令を出していたことです。大本営にはムツヒトもいたはず。」

「南部兵站監部陣中日誌に記録が残っていてわかったのですね。そこには、以下の文が記されていました。

「釜山今橋少佐より、左の電報あり。川上兵站総監より電報あり。東学党に対する処置は厳烈なるを要す、向後《こうご》悉《ことごと》く殺戮すべしと。」

一八九四年（明治二十七）十月二十七日、夜九時三十分の記録です。

二十六日昼前後に大本営は、忠清道東学農民軍が蜂起したことを知ったそうです。そして、ことごとく殺戮せよ、との命令を出すわけです。

この命令は着実に実行されます。すなわち、翌日、慶尚道洛東《キョンサンドナクトン》兵站司令部の飛鳥井《あすかい》少佐から、問い合わせがきたときです。

首領とおぼしいものを二名捕獲してきて、種々取り調べたが、白状せず、首領ともおもわれないが、斬殺してよいか、こういう問い合わせに対し、「東学党、斬殺の事、貴官の意見通り実行すべし」と返答したことも記録されていますね。

さらに同日、洛東兵站司令部から、報恩付近の東学農民軍をことごとく殺戮の手段を実行いたしたいとの問い合わせもありましたが、「厳酷の処置は固《もと》より可なり」と承認しています。」

「また、二十七日深夜、二日前に仁川港に着いた井上馨公使は、東学農民軍討伐専門の軍隊を、二中隊、至急派遣してほしいと伊藤博文首相に充てて打電していますね。」

「翌日、大本営で緊急会議が開かれ、二中隊を上まわる三中隊派遣を決めています。」

実は、その三中隊の後備第一九大隊をひきいた大隊長の氏名と経歴を知って、うべなるかな、と頷かずにはいられなかった。

もと長州藩の陪臣、南小四郎。

小倉戦争から始まって南が参戦した内戦は、禁門の変、幕長戦争、戊辰戦争、箱館戦争、佐賀の乱、和歌山県地租改正反対の農民一揆鎮圧、萩の乱、西南戦争など、ありとあらゆる戦争で活躍していたのだ。

「なるほど、内乱のさい、捕虜虐殺をためらわなかった長州軍の一員であってみれば、東学農民軍皆殺しもためらわなかったでしょうね。」

「ただ、言っておかねばならないのは、南の遺族が、保管していた文書を、山口県文書館にすっかり寄贈され、公開も許可されていることです。」

「おう、なかなかできることではないですね。」

「はい、そう思います。」

南小四郎が幕末時に加わった軍は、鴻城軍といい、その総督は井上馨。日清戦争では井上は朝鮮公使。東学農民軍をせん滅できる大隊長に、信頼できる南を推したのであろう。

だが、南ひきいる日本軍は、圧倒的に強い殺傷力をもつスナイドル銃で戦いながら、竹槍と火縄銃のみの東学農民軍に苦戦する。

それまで対立関係にあった崔時亨ひきいる「北接」教団と全琫準ひきいる「南接」教団が、協力し共に戦うこととなったのも大きかった。二手に分かれて進軍する農民軍兵士たちによって、論山から公州までの山野は人で埋まったという。

論山平野北部にある錦江河畔の要地、公州城に拠った日本軍と、北上してくる南北接合同農民軍との戦闘（十二月十日から）は、最後に日本軍勝利となって終わったものの、地の利、人の利を得た農民軍の戦法と闘志により、二十日間を要したのであった。

ああ！　かれら匪類幾万の衆、四、五十里にわたって包囲し、路あれば奪い合い、高峯あれば占拠しあい、声、東におこれば西に走り、閃き、左すればたちまち右する。旗をふるい、鼓を打ち、死を喜びて先登し、その義理、その胆略を語るに骨おののき、心寒し。

（姜在彦『朝鮮近代史』所収「巡撫先鋒陣謄録」）

第三中隊は約六百名余、死者一名、農民軍は数万名が戦死。

南小四郎文書によれば、農民軍敗退後、論山で立ちながら昼食を取りおわり、前進しようとした「その瞬間、眼前の丘、城壁、山に白衣の東学農民軍が一斉に姿を現し」、四囲の丘、城壁、山は真っ白になった、その数三万名、であった、と。

全琫準指揮下の本隊の退却を援護する陽動作戦であったらしい。

その後、日本軍は、北と東と西南から農民軍を海岸際に追いつめる包囲せん滅作戦を取り、一八九四年（明治二十七）十二月二十八日、全琫準も逮捕される（翌年四月二十三日、処刑）。

しかし、それでも農民軍の抵抗は止まない。

「南小四郎文書に、三中隊とも全羅道南部の羅州に入った後備第十九大隊は、羅州に東学農民軍せん滅作戦本部を置き、「多く匪徒《ひと》を殺すの方針を取れり」「真の東学党は、捕ふるにしたがってこれを殺したり」とありますね。」

「おう、彼は次のようにも記していますよ。

「これ、小官の考案のみならず、他日、再起のおそれを除くためには、多少、殺伐の策を取るべしとは、公使ならびに指揮官の命令なりしなり。」

つまり、せん滅作戦は、現場の暴走ではなかったわけだ。」

「南大隊長は、二月十一日、帰還していきますが、逮捕・処刑した残敵の員数を報告、「もはや再興の患いなきものの如し」と記述しています。」

「東学農民全体の犠牲者は、根拠があるだけで、三万人から五万人に達すると研究者の趙景達《チョギョンダル》さんは言われているそうです。」

「珍島から佐藤政治郎なるものが、鼻高々と持ち帰った東学農民軍首魁の頭骨。最南端まで追いつめられた農民兵士たちの必死の戦闘があったのでしょう。かれらを烏合の土民と蔑み、皆殺しをゆるがず、そこで彼らを指揮した男の人がらが偲ばれます。

行なったとは！　南無阿弥陀仏、南無阿弥陀仏。」

「崔時亨ひきいる北接農民軍はといえば、南まで後退したあと、全羅道の東部を迂回して北上、交戦しつつ報恩にもどったものの、待ちかまえていた後備歩兵独立第十九大隊の一小隊に夜襲され、数百人が犠牲になったそうです。」

「なにしろ朝鮮の総人口約千五十万人中、三分の一から四分の一の農民たちが立ちあがったというのですから。女性や子どももいたでしょう。

犠牲者は三万人以上、でも名前を確認できたひとは、わずか二千六百人だといいます。あとの九〇%の死者たちは名前も死に場所もわからないのですね。死者に対する礼儀も畏《おそ》れもあったものじゃない。ま、すでに戊辰戦争からしてそうでしたが。」

「対するに、東学農民軍は、人をむやみに殺す戦いは愚、殺さずに勝つ戦いこそ最良、と謳っていますね。」

「おどろいたことに、」

オサヒトは、身を乗り出して、

「なんと、かの田中正造が、彼らの戦いぶりを賞賛しているそうではありませんか。」

「はい。田中正造は、日清戦争全体については、日露戦争に対してとちがい、他のひとびと同様、日本は文明国、野心なき王者の軍、朝鮮は野蛮で日本軍捕虜を撃殺するとの認識でしたが、こと東学党に関しては「東学党ハ文明的、一二カ条ノ軍律タル徳義ヲ守ルコト厳ナリ。人民ノ財ヲ奪ハズ、婦女ヲ辱シメズ、其兵站ノ用ハ国郡知事、郡衙《ぐんが》ニヨリテ、兵力ヲ以テ権ヲ奪ヒ財ヲ取リ其地ヲ脩《おさ》ムコト公平ナリ。偶《たまたま》軍律ヲ犯スモノアレバ直ニ銃殺ス。」と記しているそうです」

「日本側の戦死者がわずかなのは、十二カ条規律の「刀を血に染めずして勝つものを第一の功とする。止むを得ずして戦うとしても、切に命を傷つけぬことを尊しとする。陣列が行進していくときは、切に他人のものを害してはならない、降伏するものは温かく迎える、困っている人は助ける、逃げるものは追わない、病人には薬を与える」との東学思想のおかげだったのですね。」

日本でも、全く例がないわけではない。『オサヒト覚え書き』にも記したように、戊辰戦争のおり、庄内藩（東軍）の勇将、酒井玄蕃《さかいげんば》は、投降した者をあざけったり生け捕ったものを辱めてはならぬとの陣中規則をだし、規則が徹底するため、写しを沢山作って配布した。軍律を犯したものは死罪と記してあった。

また、新庄を占領するや、新庄藩士の家族で、民間に隠れ難儀しているものには、行き届いた手当をするように、租税は半額とする、占領軍に不心得のものがあれば遠慮なく訴えでよ、などなど、諭《ゆ》達書《たつしょ》を出している。玄蕃の場合、宗教ではなく、これが本来の武士道であったのだろうか。

しかし、権力を掌握したものたちには酒井玄蕃の清廉な精神を引き継ごうとするものはなかった。あるいは多少とも近づこうとしたものたちも、消されていってしまったのだった。

「朴孟洙さんは、また、秩父事件の遺族に会い、小さな村の博物館の壁に掛かっていた秩父困民党の行動綱領を読み、「命」を大事にしていたことがわかって、喜んでいます。」

その綱領（軍律）をあげておこう。

第一条　私ニ金品ヲ掠奪スル者ハ斬
第二条　女色ヲ犯ス者ハ斬
第三条　酒宴ヲ為シタル者ハ斬
第四条　私ノ遺恨ヲ以テ放火其他乱暴ヲ為シタル者ハ斬
第五条　指揮官ノ命令ニ違背シ、私ニ事ヲ為シタル者ハ斬

「ああ、秩父事件！　それもいつか調べてみねば！　わたしの知らぬことがどれほどあることか！」

オサヒトは溜め息をつく。

「東学農民運動のリーダーで捕らえられ、処刑された全琫準を、民衆が慕って歌い、はやった民謡を知っていますか。小柄だった彼は緑豆《ノクト》将軍と呼ばれていたそうですが……。

たしか次のような歌詞です。

鳥よ鳥よ　緑豆鳥よ
緑豆の畑におりたつな

緑豆の花が散るならば
青舗《チョンボ》売りが泣いて行く

青舗とは豆で寒天のようにつくった菓子だそうです。

処刑の日まで全琫準の行動を終始見守っていた姜《カン》看守部長は言っていますね。

「かれは容貌からして、万人にすぐれた人物であった。清らかに秀でた顔と精彩に富む眉目をもち、厳しい気迫と剛壮な志によって一世を驚かすに足る大偉人・大英傑となったのだ。

まさにかれは、平地に忽然と屹立し、朝鮮の民衆運動を大規模に開始した者であったから、その死に直面しても、その意思を屈することなく、初志そのままに泰然として逝ったのだ。」

今、井邑《チヨンウプ》市古阜面新中里新中部落《コプミヨンシンジユンリ》には、「緑豆会館」が建てられ、また、その前には「無名東学農民軍慰霊塔」が建てられているという。

東学農民戦争で倒れた人々を悼んだ歌には、次のようなものもあると聞く。

鳥よ鳥よ　青い鳥よ
なにしに出て来た
松葉竹葉　青いから
夏だと　思ったのに
白い雪が　ひらひら

厳冬雪寒に　なった

あるいは、

…………

忠清道にゃ　空が泣き
智島《チドソム》にゃ　雨がしみた
その雨は　雨じゃなく
億万軍士の　涙だよ

「そういえば、二〇一七年に全琫準を追いかける旅をした友人がいますよ。『韓国通信』というメール通信を出している小原紘《おばらひろし》さんですが、その中でローソクデモに南部の農民が大挙、トラクターに乗ってソウルの集会に参加、「東学農民・全琫準」の旗を掲げていたと記しています。東学精神は、延々受け継がれているのですね。」

「東学農民戦争を、朝鮮農民の側から記した、金重明著の歴史長編『小説　日清戦争』も刊行されましたね。

全琫準ひきいる東学農民軍のもとで火車隊隊長の元旅芸人トルセと、娘子隊隊長チナを軸に展開される物語。日本側の史料にも忠実な著書は、日本人にこそ読んでもらいたいものです。」

4

ヨシヒサが、一八九一年（明治二十四）に発足した近衛師団の師団長に任ぜられたのは、一八九五年（明治二十八）一月二十八日。

三月には師団を率いて広島へ向かう。到着後、大本営におもむき、皇后に謁見、伊藤博文首相、西《さい》郷従道《ごうつぐみち》陸相を訪問し、四月十日、宇品で海城丸に乗船、一路、大連に向う。

「以後、金州で第二軍司令官大山巌に会ったり、旅順に行って諸砲台を巡視したり、また金州へ行ったりと事蹟はこまごま記していますが、三月十六日、征清大総督に任ぜられた彰仁親王《あきひとしんのう》とも会っていますね。」

「彰仁はヨシヒサの兄にあたるわけだが、戊辰戦争では奥羽征討総督、佐賀の乱では征討総督、西南の役では旅団長として活躍しておるから、根っからの軍人になっておったでしょう。ほう、ついには元帥にまで昇りつめていますか。」

「はい、上野恩賜公園には銅像が建っています。ただ子女がなかったため、ヨシヒサの第四子が後を継いでいますね。」

「この頃には李鴻章との間に、下関で講和会議が開かれていたのではありませんか。」

「そうです。そして三月十四日には、李鴻章が狙撃されて負傷し、日本は大慌てで無条件休戦を行います。」

「事件が国民に与えた衝撃はよほど大きかったらしいですね。もし、李鴻章が亡くなりでもしたら、日本はどうなるのかと心配でオロオロし、昨日まで清国の悪口ばかり言っていたというのに、一転して、お詫びしたい群衆が使者の宿に市をなすほどだったとか。」

「陸奥も日記に「昨日まで戦勝の熱に浮かされ狂喜を極めたる社会はあたかも居喪の悲境に陥りたるが如く」と記していますね。」

「一方では、日本政府は抜け目なく、三月二十三日、澎湖島《ほうことう》を占領しています。もちろん、先の台湾がねらいでしょう。」

「李鴻章の遭難は清に有利に働いたというべきか、三月三十日、休戦条約調印、四月十七日、講和条約が調印されます。」

「ええと、中身は、朝鮮の独立承認、遼東半島・台湾・澎湖列島の割譲、賠償金二億両（約三億一千万円）支払い、欧米並みの通商条約締結、威海衛保障占領でしたか。」

「はい。ちなみにこの戦争で、日本側は、死者・廃疾者一万七千人、馬一万千五百頭の犠牲、軍費が二億四十七万円かかっていますね。あ、先にも言ったように、軍夫の死者は数に入れられていません。それで軍夫たち数百人が、請負主の日本建築会社相手に、戦地賃金支払いをめぐって騒ぎをおこしています。」

「大阪ではタバコ職人三百人らが、賃上げを要求してストライキをしたとか。」

「兵庫県三原郡の小作人七千人余が、小作料引き下げを知事に要求したのもこのころですね。」

「それでも一般には農民騒擾はへり、戦争景気で呉服屋がさかえ、二重回しを着るものがふえ、地方で靴をはくものもふえています。」

「ところで、条約調印六日目には、独・仏・露国が、遼東半島を清に返還するよう要請してきますね。」

「やむなく全面放棄を決定したのが、五月四日。世論は沸騰、「臥薪嘗胆」、ぐっと我慢して取り返しに備えよう、が、合言葉になっていきます。」

「五月十六日。ヨシヒサに、台湾総督・樺山資紀《かばやますけのり》の命を待って、台湾・澎湖島を守備せよ、との命令が発せられます。これまで戦闘に加わらなかった近衛軍はすわこそ腕をふるうとき来たる、と勇みたったようです。まさかシビアな戦いが待ち受けているとも知らず。」

「樺山資紀は、薩摩藩士ながら、たしか、西南の役では西郷方につかず、熊本鎮台参謀長として熊本城を死守した人物だったのでは。」

五月二十二日、ヨシヒサは、旅順から日本郵船所属の薩摩丸に乗って出発する。

このとき、ヨシヒサはマラリア性の熱病にかかっていて、やや快方に向かっていたとはいえ、完治してはいなかったが、押して出発する。師団司令部および陸軍少将川村景明《かわむらかげあき》ひきいる第一旅団の将校下士卒三百余名がともに乗船した。姫路丸には歩兵第一連隊、豊橋丸には第二連隊。

沖縄県中城湾《なかぐすくわん》に停泊、横浜からやってきた樺山総督から、尖閣島の南五マイルに集合せよとの命を受け、出発。輸送船十一隻とともに。

出発前、樺山は以下のように訓示した。

「新領土を治めるには、恩威両方で、対していかねばならん。

清国政府の公報によると、台湾島民は割譲を憤り、一部の軍人と組み、清国官吏に抵抗しておるという。もし不慮の変があれば、断然これを打ち払い、仮借してはならんぞ。」

「さあ、ヨシヒサの前途はきびしいようですね。」

「樺山もヨシヒサも、なに、帝国軍の力をもってすればなにほどのことかあらんと高をくっていたようです。

台湾島民はどう抵抗したのか。わたしはヨシヒサの動静を受け持つから、あなたはそちらを調べてくれませんか。」

「日清戦争についてはかなり知られていますが、台湾島民の抵抗については、それほど知られていませんね。ええ、調べてみましょう。」

日清戦争時、清が台湾を任したのは、唐景崧《とうけいすう》。科挙最高位の試験に合格もしている生粋の清の官僚だ。それに福建水師総督だった楊岐珍《ようきちん》と、太平天国の乱にくわわり、のち黒旗軍をひきいてフランス軍を駆逐した勇将、劉永福《りゅうえいふく》を渡台させ、軍事をゆだねる。（唐景崧は、劉永福と合わず、南部守備を命じている。）

三国干渉をよろこび、ひょっとして台湾も清に復帰できるかとの期待が一時ふくらんだ台湾。しかし、期待は空しく、下関講和条約で日本領土になることが確定してしまう。

唐景崧らは、各地の指導者である士紳たちの要請により、五月二十三日、台湾民主国独立を宣言する。

日本、清国を欺凌《ぎりょう》し、わが国土台湾の割譲を要求す。台民朝廷に嘆願を重ねるも功を奏せずして終われり。

われもしこれを甘受せば、わが土地、わが家郷ことごとく夷狄《いてき》の所有に帰す。（略）わが台民、敵に仕うるよりは死することを決す。また会議において台湾島を民主国とし、すべての国務を公民によりて公選せられたる官吏を以て運営せんことを決定せり。（略）公印すでに刻せられ、初二日酉刻を期し、全台湾の紳民によりて上程す。（略）

全台民の名においてこれを布告す。

と勇ましく謳い、二十四日、英文訳文とともに在台諸国領事館に配布、二十五日、独立式典。藍地に黄色い虎を描いた国旗を制定して短命の台湾民主国が誕生する。

総督は唐景崧、副総統は台湾人士紳代表の邱逢甲《きゅうほうこう》、大将軍には劉永福（南方守備）。唐景崧の本心は、一刻も早く逃れて本国にもどりたい。しかし、士紳たちに動静をみはられ、公金も財産も持ち出せず、やむなく日本軍と戦うしかない状態。

なにしろ唐の母親が衛兵にたのんで、官邸から荷物を運び出そうとしたのがみつかり、島外持ち出しと見間違った住民や兵士たちが騒ぎ出して荷物を奪いとり、金目のものがなかったため、獲物をもとめて官邸を襲い、衛兵と衝突、死者まで出るさわぎが起きている始末。

そんな状態だから、当初、日本軍はほとんど抗戦意欲のなかった清国正規軍三万五千を相手に戦ったわけで、五月二十九日、台湾北東部の岬に上陸してから、四日目の六月二日には早くも瑞芳《ずいほう》を占領、翌三日には基隆《キールン》占領、六月七日にはかんたんに台北を占領してしまう。

瑞芳で戦闘中、ドイツ国旗をかかげた艦船に乗った清国委員・李経芳《りけいほう》が、樺山総督に、行政事務と官有物を譲り渡す。李経芳は、李鴻章の息子。台湾を日本にさしだしたことで、島民にひどく恨まれているとわかっているから、身の安全のため、ドイツを頼ったのだ。

以後、台湾で起きることは日本の国内問題ということになった。

唐景崧はといえば、基隆占領の報を聞いて、四日夕刻、大金五万ドルを払ってひそかに台北を脱出、ドイツ商船に乗って本国へ逃亡する。

多くの官吏、士紳たちも、兵士たちに見逃し料を払って逃れていく。給与を得られなかった兵士たちは、官邸に乱入、めぼしいものを奪ったのち放火。多く奪ったものは、得られなかった兵士らに狙われ、殺し合い、そこへ基隆から逃れてきた兵士たちが加わって、ついに民家を襲う惨状を呈した。

かくて混乱収拾のために有力者の市民たちは、日本軍の入城を願うにいたる。

台北近辺の台湾人上層階級が、最も意を用いたのは、敵前逃亡した唐景崧ら同様、抗日ではなく、あくまで自己の保身だったのである。（喜安幸夫《きやすゆきお》『台湾島抗日秘史』）

日本軍上陸後、台北近辺でうたわれた民謡には、住民の思いが如実にあらわれている。

去年の六月五日に城を迎え
今年の六月六日は軍装を奪う

けしからぬは、真先に逃げ出して
われら庶民には反乱をけしかけ、
白旗（叛旗）を掲げさす。
日本人を主にたてやがった。
わが皇帝が悪いのだ。
下から劉永福戦いだし、
日本人と対抗しだす。
そして、わが淡水は戦場にされちまった。

同様な状態で、六月十日、淡水占領。北部一帯の敗残兵三千余名も、ぞくぞく投降。樺山総督は彼らの罪を問わず、無償で本国に送還する。無頼の徒はいてほしくないとの理由もあったろうが、楽な戦闘であったため、寛大になれたのであろう。

六月十七日、台北で閲兵式のあと、総督府開庁の始政式が行われた。

樺山は「残留支那兵はなお干戈《かんか》を弄して我に抗拒したりといえども、幸いに之を一撃のもとに電掃し、本日ここに台湾島始政の祝典を挙行するにいたれり。……」と胸を張って式辞をのべた。以後はじまる台湾島民のはげしい抵抗を予想だにしていなかった。

「楽だったといっても、ヨシヒサや攻める将兵からすれば、なかなか大変だったとおもいますよ。」

と、オサヒトが口を入れてきた。

「基隆を攻めるときでも、なにしろサツマイモを植えた畑にテントを張って寝るわけですから。いよいよ出立となれば、わらじをはき、脚絆をまとい、双眼鏡と弁当も自分で持たねばならない。頂《ちょう》双谿《そうけい》という部落に着いたものの、大風雨というのに将兵たちは露営、ヨシヒサは土間に戸板を敷いて寝ています。

六月二日、前進。冬服を着た兵卒たちは、汗びっしょりになっても水筒の湯茶はなく、道には飲む水もない。特に砲兵は、砲身、砲架を背負い、輜重輸卒《しちょうゆそう》は弾薬・隊の糧食を背負って進軍するわけですから大変でしょう。

ヨシヒサは、師団本部の先頭に立って進んでいたが、嶺の頂上に登り、やがて険阻《けんそ》な道を下っていくとき、だれもかれも疲れて特に休めの命令が出たわけでもないのに、それぞれ道ばたの石に腰かけて小休止しています。

幕僚の河村秀一が背負袋に入れた炭酸水を取り出し飲もうとして、ヨシヒサが休んでいるのを見てさし上げようとする。断るヨシヒサを見て、管理部長の佐本が半分さし上げればと言い、半分を河村に返す。

雨が降ってきて、下る道は険しい。ヨシヒサは竹を切らせ杖にしてようやく降りていく。

その両側に病み、呻き苦しむ兵卒、疲労しきった軍夫らが休んでいて、宮が通るのを見てあわてて立って敬礼します。そのたびにヨシヒサは、右手の杖を左手にもちかえ、答礼する。幕僚が見かね、代わりに答礼しますと言ったが、許さなかったそうです。

基隆が陥落したときには、それまでの敵の兵営を宿とすることとなった。

兵卒数人がまず兵営に入って、血に汚れた床や壁を洗う。従卒が兵営前で焚き火し、ヨシヒサのびっしょり濡れた外套を乾かそうとし、ヨシヒサは将校たちと火を囲んでいる。

と、営内に射撃の音。おどろいて衛兵に捜索させると、敵兵十余人が床下にひそんでいたのです。銃を持ったもの、鉾を持ったもの、いずれも逃げようとしていたとわかって、捕まえ、解き放つ。ようやく兵営内に入れたというわけで、ま、わたしなど、ああ、御所のうちにミソサザイでいてよかった、ヨシヒサが気の毒になってきます。まして、兵卒たちは。」

なのに、とオサヒトは続ける。

「かたやムツヒトのほうは、つとに東京へ帰り、六月十八日には戦勝を祝って、大本営および第一軍第二軍司令部付将佐官ら八十六人と陪食をしています。

ヨシヒサはといえば、大変だったのは、それから先。

なにしろ台湾の主要都市は、南の台南。そこに依る劉永福を倒し、台南を占拠しなければ、全島を征服したことになりません。

劉永福は、士紳らや地元民と血杯を交わし合い、新議会を設置、独自の新貨幣を発行して台湾と存亡を共にすると誓い合っているというのです。

そこで、近衛軍が、まず新竹《しんちく》をめざし、南進するわけですが、これまでのあっけない勝利に、甘く相手をみくびっていたのが仇になったようです。清国兵だけでなく、住民によってつくられた義勇軍が立ち向かってくることを予想していなかったわけで。日本軍は地理にくわしい彼らを相手に非常な苦戦を強いられますね。」

六月十九日、台北を発った日本軍が台南に入城できたのは、十月二十一日。まるまる四か月費やしたわけで、当初思ってもみない苦戦の果ての占領であった。

台北から八キロの距離にある新竹。台北を出発した近衛師団第二連隊は、各所で、小部隊の義勇軍の攻撃に悩まされる。

それでも城下に迫り、六月二十二日、城壁をよじ登って意外にあっけなく入城。しかし、これは義勇軍の作戦であった。

新竹占領を報告するため台北に向った五人の騎兵は、途上で全員殺されてしまう。また、三日後には、六百余名の義勇軍が城を包囲、第二連隊は孤立する始末。

樺山総督はそれまで近衛師団の残部を南部に上陸させ、一挙に台南を占領できるとおもっていた作戦を変更、近衛全部隊を北部に投入しなければならなかった。

ただ、地の利があるというものの、台湾人がわの戦いにも短所があった。清国軍と地元住民の義勇軍は、ばらばら。義勇軍同士は、日本軍への必死の抵抗は同じながら、それぞれ自分の地域を勇敢に守り抜こうとするだけで、他の地域と一体となって戦うことはなかったのだ。

しかし、それぞれの作戦はなかなかのもの。

七月十三日、三角湧《さんかくゆう》を発った第二大隊の行軍を、林のなかでだまってやり過ごし、わずか二十五名の食糧輸送隊を、五千六百名でわっと襲う。

十一名が殺され、囲みから逃れ出た十四名も、追撃を受けて五名戦死。負傷した五名は、逃げきれないとみて自決してしまう。すでに捕虜になることは屈辱との考えがゆきわたっていたのだろう。結局、生還してこの状況を報告しえた者は二名のみ。

偵察を命じられ、台北を出発した二十二名の近衛騎兵小隊への島民がわの作戦もみごとだった。沿道を行くと、どの家も「大日本善良民」の札を戸口に貼り、日本の国旗を振って、茶や粥をすすめる。

ところが安心して進んで行くと、ふいに砲声がして小銃の弾が飛んでくる。おどろいて先ほどの村にもどり、そこを拠点にして戦おうとすると、なんと村人たちは男女問わず、銃を持って向かってくるではないか。子どもまでが竹槍でかまえている。結局、命からがら戻れたのは、たった三名。

住民にとっては、勝手に侵入してきた「賊」が相手だから、村ぐるみで戦うわけで。

ただし、後日、日本軍は、仕返しにこの村を襲撃、住民を殺し、家々を焼いている。

第二大隊そのものも、頼りの食糧を奪われたうえに、三角湧と大嵙崁《おおかかん》間で義勇軍に囲まれ、孤立してしまい、にっちもさっちもならないありさま。やむなく島民に変装した斥候が救援をもとめて死地を脱け出し、三角湧をめざすありさま。

本隊の第一大隊は、七月十四日、龍潭坡《りょうたんぱ》を落とす。

もはや村民すべてが敵に見え、殺し、村の家屋をことごとく焼き払う。

十六日、斥候の到着によってようやく第二連隊の窮状がわかり、大嵙崁へ。城内を守る義勇軍の抵抗は、すさまじく、家屋に立てこもり日本軍が発する雨あられの砲弾にもめげず戦う。武器を手にした女性の姿もある。陥落できたときは午後八時になっていた。

日本軍は、これら家屋に火を放ち、義勇軍諸共焼き払った。

指導者の江国輝は捕らえられ、拷問にも屈せず、敢然として処刑される。

「おう、江国輝、その名を覚えておき、彼にも香華を手向けねば。ムツヒトは、他国のすぐれた人物を次々殺していっていることに自覚はないでしょう。いえ、ヨシヒサにしてもそうでしょう。ヨシヒサはもうすっかり侵略の軍人になりきってしまったようですね。」

以後、樺山総督は、台北―新竹間の義勇軍を「匪徒」と呼び、「狡猾ニシテ頑迷」であるゆえせん滅する、との作戦を決定、決行。

かくて第一期は、七月二十二日から二十四日まで、第二期は七月二十九日から八月三日まで、台北―新竹間の村落に「土匪ヲシテ再ビ家屋防御ヲ為スノ余地無カラシメ」る猛攻を行った。良民か賊民かわからないため、みな殺しにしていったのだ。三角湧付近十数キロは人影も絶えはてたという。

「ああ、朝鮮では東学農民たちを、みな殺しにし、ここでもそんなことをやったのですね。ヨシヒサは仏心を全く失ってしもうたのか！

ムツヒトはといえば、八月五日には、日清戦争の功労者への勲章授与式が行われ、総理の伊藤博文を大勲位に叙し、侯爵を授けて金十万円を渡している。山県有朋、大山巖、西郷従道らには各三万円。」

「七月三十一日から八月二日間に戦死した日本兵だけでも、十六名います。

二卒　　手塚九二三（栃木）

二卒　　土岐四郎（京都）

二卒　　川野良次（大分）

二卒　　小松屋長次郎（秋田）

二卒　池田述次（大阪）
一卒　稲田市蔵（兵庫）
一卒　大橋兵吉（兵庫）
一卒　兼古辰三（新潟）
一卒　水口治三郎（京都）
一卒　中島徳一（佐賀）
二軍曹　青野信太郎（愛媛）
二軍曹　浦田与助（佐賀）
二軍曹　渡邊彦七（山形）
上兵　中村熊次郎（京都）
上兵　村上伍一（熊本）
上兵　田上弥太郎（高知）

近衛師団に選ばれて入ったわけだから、いずれも五体健全でとりわけ頑健、めったなことでは死んだりしない人たちだったでしょう。彼らを殺したのは、台湾人ですが、島に攻めていったらこその戦死。真の犯人は大日本帝国というべきでしょう。」

「伊藤博文たちへの授賞は、むろん決めたのはムツヒトではないから、いわばお手盛りの勲章。まこと一将功成って万骨枯るを、地で行っているわけだ。」

「そしてその日本軍に殺されていった、あまたの島民は、名さえ残っていません。」

「たしかに。あう、まこと罪深いことです。」

「八月六日、日本領となったといえ、これではまだ到底全島を治めたといえないとの認識から、総督府は軍政に変わります。近衛第一師団だけでは無理とわかり、旅順にいた第二師団の半数で混成第四師団を編成、台湾北部の防備を固めさせました。ここも、旅団長は、皇族の伏見宮貞愛親王《ふしみのみやさだなるしんのう》です。」

「敦宮《たつのみや》のことでしょう。伏見宮邦家親王の第十四王子で、あれが二歳のとき、わたしの養子になったのでした。二年後に邦家の跡取りの貞敬《さだよし》が亡くなったため、またもどって伏見宮家を継いだのでした。」

「当時、三十七歳。このひとは長生きし、在郷軍人会の総裁にもなり、元帥に登りつめていますね。」

「ヨシヒサのような貧乏クジは引かなかったわけですか。」

「八月中旬には旅順に置いていた第二師団の残部ほかを投入することも決まります。師団長は乃木希典《のぎまれすけ》。」

「ムツヒトの死に殉死した軍人ですね。武士道精神の権化みたいに賞賛され、神社までできているが、さて、気になってちょっと調べてみると、なんと小倉戦争に山砲一門を持った部隊をひきいて、山県有朋指揮下で戦い、小倉城一番乗りの功績をあげているではありませんか。

そう、わたしが以前に調べた、長州藩が対岸の小倉藩を攻めた戦争ですよ。

『オサヒト覚え書き』を繰ると、次のように書いてあります。

「小倉藩のサムライぶりにくらべ、かたや攻めてきた長州がわの所業はあさましい。山県有朋ひきいる奇兵隊が先陣をつとめるわけだが、情け容赦ない無頼のものたちよ。空き家となっている民家にふみこみ、略奪し、火を放ち、肩をそびやかしてのさばり歩く。

本陣となった長浜には、分捕り品がつぎつぎ運ばれておる。武器大砲、小銃、弾薬をはじめ米やら財宝やら。」

占領軍司令官の前原一誠《まえばらいっせい》が、嘆いて、「兵は驕りて　野禽少し」云々の漢詩を友人に書き送ったくらいです。」

「ちょうどその戦争のすぐあと、下関海峡をわたるフランス軍艦に乗船していた海軍士官、エドゥアルド・スエンソンはその惨状を書いていますよ。

「平和で戦火に見舞われていないのは北側の海岸だけだった。反対側、九州側の海岸は、市民戦争の悲惨をまざまざと見せていた。半分以上の村が焼き払われ、黒焦げの焼跡が、以前村だった所を示しているにすぎなかった。残りの半分の村は、われわれが海峡を通過中、炎を上げて燃えていた。この海岸は豊前国（福岡県）にあり、領主が大君側についていたため、反対側の戦闘的で狂信的な住民が、好機をとらえて無防備の海岸地帯を襲い、略奪を行ったのだった。」

小倉戦争だけではありません。

これも前述の書に出ている、あなたが調べた一向一揆。要求を受け入れたふりをして、喜んだ群衆が家に帰っていったあと、名古屋鎮台歩兵一中隊がやってきて首謀者たちの屋敷にふみこみ、次々捕縛していったのでしたね。なんと、その歩兵一隊をひきいていたのが、乃木希典だったのですよ。

新しい世に生きていてほしかった誠実な金森顕順《かなもりけんじゅん》たちを血祭にあげるのに力を貸したのです。

わたしは、この二件だけで、乃木が許せませんね。」

興奮するオサヒトをなだめ、台湾にもどる。

せん滅作戦が決まり、新竹を出発した近衛師団は、新竹の南十二キロの山岳に砦を築いた約千名の義勇軍を圧倒的な武力で撃破、その先の高地での戦闘にも勝利し、八月十四日には、苗栗城《びょうりつじょう》に入城。

このとき、もっとも日本軍を悩ませたのは、敵軍ではなく、台湾独特の気候と劣悪な食事によって蔓延したマラリア、赤痢、脚気などの病気であった。

なにしろ各隊それぞれ半数以上が病にばたばた倒れるありさま。

軍夫も軒並みやられ、ために糧秣《りょうまつ》を運搬するものが極度に減ってしまう。海路からの輸送を考えたものの、天候不良でそれも無理。

「南へ南へ向かうしかないと、ヨシヒサも気が焦っているようで、糧食が届かない事態が起きたときも、「糧《かて》なくば芋を食うて進まんのみ」と励ましていますね。実際、水とてなく、干し飯《いい》を、稲田の汚れた水で蒸して食べたりすることもあったようです。

露営するにも、木陰とてない。じりじり耐えがたく暑い場所で襲撃を恐れ、夜着にも着換えず、うつらうつら寝ている状態だったでしょう。

はて、そんなにしてまで、他人の地を攻め取らねばならないことに、疑いを持ったりはしなかったものか。」

「それどころか勇みに勇んでいたようですよ。」

「たしかに。紐で襟にぶらさげた望遠鏡で敵陣をのぞいたとき、五メートルばかりの頭上を榴散弾《りゅうさんだん》が飛んできて背後に落ち、破裂こそしなかったけれど、土砂がヨシヒサの袴にばっと振りかかったけれど、あわてず、望遠鏡を放して、幕僚と敵の兵数を語りつづけたと事蹟にありますね。もう根っからの帝国軍人になっていたわけだ。」

「二十七日台中入城、二十八日には清国兵と義勇兵合わせて四千名が立てこもっていた彰化城《しょうかじょう》を攻め落とします。」

「彰化城内で埋めた「敵の屍」は三百八十二体に及び、追撃中に殺した「敵」は五百を超えたと事蹟にもあります。ひとくちに数をいうけれど、その一人ひとり名があり、日本軍さえ攻めこまなければ、おだやかな暮らしがあったはずなのです。」

「ヨシヒサは、敵将の黎景順《れいけいじゅん》の邸宅に陣取り、采配をふるう。いわば江戸城に乗りこんだムツヒトの心境を味わったにちがいない。」

「たしかに。樺山総督から祝いの電報が届いており、ほっと一息というところでしょうか。」

「そんな苦労も知らず、ムツヒトは台湾に視察に行ってきた佐々木高行に、「台湾は物産に富む。統治がよろしければ実に有望であろう」など、のんきに言っている。

ま、わたしもそうだったが、所詮ムツヒトもミソサザイであることに変わりはないのだなあ。」

5

「たしかヨシヒサが死んだのは一八九五年（明治二十八）十月二十八日でしたね。」

久しぶりにあらわれたオサヒトはのっけに言う。

「ええ、おそらく。

日本軍が台南に無血入城したのが、十月二十一日早朝。その前の九日、劉永福がついに投降を申し入れてきて、匪賊として処刑するつもりの日本軍は拒絶し、劉は十九日英国軍船スエルス号に乗って逃れ去っていますが、ヨシヒサはすでに十七日に発病、以後悪化の一途をたどりますから、轎《きょう》にかつがれ、熱高くいわば虫の息で、台南入城の興奮を部下とともに祝う状態ではなかったでしょう。」

「では、マラリヤとの戦いに疲れ果て、第二師団到着を待っていたヨシヒサが、十月三日、南進をはじめたときからその死まで跡をたどってみるとしますか。」

八月二十九日から十月はじめまで、樺山総督ははやるヨシヒサをおさえ、休養期間に充てていた。なにしろ病死者は続出、入院患者は二万六千九百九十四名に達し、健康者はわずか五分の一。山根少将まで病死してしまうのだ。

さらに、偵察隊を先に送ったところ、大莆林《たいふりん》に向かった偵察隊が、乱暴をはたらき、羊豚をほうむり、道路を住民に清掃させて日本軍を丁重に迎えた村の長老、簡精華《かんせいか》を敵にまわしてしまう一大事もあった。

「日本兵士による姦淫、残酷、暴虐さは天も日もなし」と簡は、嘆き、憤っている。

警察資料では、一部の兵士が平時に婦女子を強かん、殺害したゆえ、住民がおどろいて村外に逃げた、と記している。実際には、簡に婦女子二百名を献上せよ、と命じ、簡がきっぱり断ったことで立腹した偵察隊が乱行におよび、怒った簡は、義勇隊を組織するにいたったのだった。

当時、配られた檄文には、「日本の犯した十大罪状」として、「①天を敬まわず、神明を敬まわない。

②孔子を敬まわず「字紙」を惜しむことをしらない。③汚職役人の人民を軽侮すること。④法律を尊重せず、酷刑を課する。⑤廉恥を顧みず、禽獣同様である。⑥善悪の区別がなく、天意に逆らっている。⑦日本人のすることは乞食と同様である。⑧放尿に罰金を課する。⑨売買に税を課する。⑩台湾人は迫られて奮然義兵を起こす。」とあり、清国の統治を謳歌していた。

この間、十月四日から六日、侍従武官吉井幸蔵《よしいこうぞう》は、ムツヒトからのブドウ酒持参で、戦況視察にあらわれ、復命している。その結果であろうか、戦闘の長引くのを見越してであろうか、政府は、沖縄県に来年一月からの徴兵令一部の施行を命じる。

そもそも沖縄県は、未だ徴兵令を施行する程度に達していないけれども、既往の状況にかんがみ、将来をおもんばかって住民志操の発達をはかる一手段として、小学教員を六週間現役に服させ、国民精神を注入させて、子弟の薫陶に及ぼさせる必要を認めるゆえである。(引用者訳/『明治天皇紀〈第8〉』)

琉球王国を滅ぼしてから二十四年、琉球人も鉄砲玉の一員とすべく、皇民化政策へとぐっと乗り出したわけで。

さて、休息期間を終えた樺山は、南進にあたって三道合撃作戦をとり、成功する。近衛師団を南進させるとともに、大連にいた第二師団、混成第四旅団を布袋嘴《ほていし》に上陸させ(海軍指揮官は東郷平八郎)、乃木ひきいる第二師団は台南より南の枋寮《ぼうりょう》に上陸させ、挟み撃ちにする作戦。

全軍あわせて約四万の大軍だ。

「ヨシヒサひきいる近衛師団は、全部隊を中央左右に分散、同時に行動をおこす作戦をとっています。

斗六《とろく》、他里霧《たりむ》、土庫《とこ》、いずれの地でも、劣悪な武器で義勇軍は必死に抵抗し、日本軍は市街に火を放ち、焼け尽くしたところでやっと入城する始末であったようだ。

他里霧では、なんと三万四千八百発の弾丸を使ったそうな。

義勇軍の首を切られた遺体がいくつか、転がっている写真を、あなたも見たでしょう。あさましいことです。殺すだけでなく、なんで首を取ったりしたものか。」

「戦時中、台湾の高砂族は、敵の首を取ったりする野蛮でどう猛な首狩り族だと、大人からよく聞かされたものですが、日本軍もやっていたとは！

それに最近見た映画では、彼ら山岳民族は獣を狩って食べるしか生きる手立てがなく、一頭の獣をめぐってし烈な戦いがあり、射止めた獣をねらう敵に勝ち、その首を切ることが勇敢な戦士としてたたえられたようですが、日本はといえば、温暖で水もゆたか。なにも他国に攻めていかなくても暮らしていけますよね。よほど、日本のほうが、どう猛で野蛮といえる気がします。」

日清戦争にもろ手をあげて賛成した福沢諭吉は、このころ次のように日本軍にさかんにエールを送っていた。

台湾の反民等は必死と為りて抵抗を試みるよしなれども、高の知れたる烏合の草賊、……農工商一切の事業を……文明化……。北米合衆国及び加那陀の如き、今こそは純然たる文明国なれども、其本を尋ぬれば蕃民の巣窟にして、其今日あるは祖先の白人種が土着の蕃民を其土地より駆逐して自から経営したる結果に外ならず。……無知蒙昧の蕃民をば悉く境外に逐ひ払ふて殖産上一切の権力を日本人の手に握り、其全土を挙げて断然日本化せしむることに方針を確定し……永遠の大利益を期せん。（傍点・引用者／安川寿之輔『福沢諭吉のアジア認識』）

そう、福沢諭吉は、先住民の土地を奸計あるいはむきだしの暴力で奪い取った米国の手口を「文明」と尊敬し、模倣しようとしたのである。

十月九日、近衛軍は嘉義城《かぎじょう》を占領する。ここには台南にこもる劉永福の叔父、劉歩高《りゅうほこう》が指揮者であったが、敗戦の色が濃くなると姿を消す。義勇軍の死者四百余名、捕虜五百余名、日本側は死者一名、負傷者十三名。

翌々日の十一日には混成第四師団全員が嘉義をめざして布袋嘴に上陸。

同日、乃木軍も最南部に上陸。

清国軍・義勇軍はいよいよ追い詰められていく。

ただ、義勇軍の抵抗も凄まじかった。

第二師団歩兵第四連隊の先頭で戦った徳江万平《とくえまんぺい》中尉は、次のように述懐している。

其最も感ずべきは彼等の夫が銃剣を揮ふて戦ひ、妻は弾薬兵糧を運搬し、夫婦共に戦闘に従事する有様なり。現に大庄に於ても婦人等より射撃されしが、我兵之を追い払へり。

まさに村ぐるみ一家総出の戦闘。

地の利を生かした義勇軍のゲリラ戦に、混成師団も難渋する。

竹林にかくれた義勇軍は、小隊が通るや突如現れて襲撃、あるいは道路にイバラのある竹柵を据え、後方に穴を掘って、日本軍が柵を越えようとすると、穴の中から竹やりを突き出し、あるいは発砲する。

同十一日、大熊少佐がひきいる第十一、第十二中隊の場合。夜っぴて鼓の鳴るのを聞き、夜明け戦闘準備についたが、なんと義勇軍の数は十倍。四方から隊を囲み、堂々と迫ってくる。川岸の堤防に沿って猛射するもそれ以上近寄れず、対峙したまま、午後三時になってしまった。長引けば各兵士にそれぞれ残っている弾薬は平均三、四十発のみ。

孤立無援の状態に、大熊少佐が一計を案じる。全線に射撃を中止させたのだ。と、相手は旗幟《きし》を振り、鼓を鳴らして突進してきたため、逆襲、なんとか退ける。

第三大隊の荷物を運んでいた部隊は、襲撃され、兵士軍夫、数十名が生死不明となり、荷物の大半を奪われる。

十月十一日の戦死者だけで、少尉一名、軍曹二名、上兵一名、一卒六名、二卒三名、軍夫四十三名の戦死者。

食料ほかの荷物運搬を受け持った軍夫たちも多くねらわれた。刀をさしているゆえ、兵士としか見えないわけで。肩印の付いた百人長や二十人長は、ねらわれ、一人に二、三十人ほどで打ち掛かり、殺された。従う軍夫は農民だったから、おどろいて逃げ去り、味方していない。死体は戦利品として持ち去られてしまった。

猛烈な暑さ、夜は虫と蚊と村民の襲撃に責められ、「辛酸申様之無候」などと、故郷への手紙も一刻も早く帰りたい思いでいっぱいとなっていた。

元仙台藩士で、藩主側近として西洋砲術を学び、戊辰戦争にも額兵隊《がくへいたい》を組織してくわわった大石篤実百人長は、病を押して糧食運搬中、落伍して路傍に倒れ、腐敗しているのを発見されている。西南戦争にも参加、頭部に負傷、記憶喪失症となって恩給も受けたのに、なにがこの老いた男を駆り立てたのか。軍夫を志願、遼東で凍傷に冒され、半病人でありながら、台湾行きを志願、さながら自滅を願ってでもいるような生き方に見える。

さて、義勇軍の捨て身の抵抗に手を焼いた混成師団は、近衛師団と同様に、無差別殺戮と放火作戦に転ずる。

村落まるごと焼かれ、一家のほとんどを失った島民の惨状は、実に悲惨であった。

従軍神職の一通の手紙は、「土匪の頑固」さが招いたこととしながら、るる次のように記している。

家屋は悉く灰となり、田畑は血池となり、路上に原野に屍の山を築き、かしこに半死の屍、ここに半焼の死体、或は四肢は犬に喰はれて半ばを失へるあり、土堤の陰に家族枕を並べて死せるあり、路傍に捨てたる子の息絶えずして悲しげに泣くなど、蓑虫の事さいおもひたさる。ぬしなき犬は徒にほえ、牛羊原野に空しく日を送る、鶏は晨《あした》をつくれとも起き出つる人は何地にあるや。打ちもらされたる老男女、泣く子をなだめながら行路に哀を乞うなど目もあてられぬ有様なり。……

これらの手紙が、公にされることはなかった。

ある村では、子どもの泣き声によって隠れ場がみつかるのを恐れた母親が、抱えていた幼児を泣きながら殺すこともあった。（『台湾民主国の研究』の著者、黄昭堂《こうしょうどう》はこれは祖母の黄許妾《こうきょきょう》が語ったことだと記している。）

また、彼の故郷〈簫壠《シャウラン》〉は、逃げ遅れた住民が全員殺されて無人の地となってしまったため、「消人《シャウラン》」と呼ばれるようになったという（のち〈佳里《かり》〉と改名）。

「………」

一言も発しないまま、オサヒトに付いてきた女の子は、ぶるぶる震えだす。

オサヒトが、その肩を抱いてやりながら、ため息をつく。

「ヨシヒサもこれらを目にしているわけでしょうに。はたして何とも思わなんだのか。」

台南にたてこもる劉永福はといえば、清国にもどった張之洞《ちょうしどう》から密使が来たり、電報が届いて、ロシアが台湾の独立をもとめたので近く援軍が向かう、貴下が成功すれば一大英雄となる、と伝えたことで頑張っていた。でも、どうやら空手形らしいとわかり、十月九日、条件次第で軍をおさめ、清国にもどるとの書簡を日本軍に送る。

しかし、台南攻略も近い日本軍は、すでに劉を「匪徒」として扱うと決めており、台湾はすでに日本領なのだから、清国官吏を自称するものと和平を考える必要はない、と突っぱねる。

あわてた劉は、島民の義勇軍を置き去りに、砲台巡視と偽って、十月二十日、英船スエルス号に乗って逃亡する。海上を巡視していた軍船・八重山が、臨検したものの、千五百余名の避難民がひしめいている船中に劉は発見できず、劉は厦門《アモイ》にたどりつくことができた。

(広西省で再び黒旗軍を編成した劉は、義和団事件にもくわわり、日本の「対華二十一箇条要求」にも抗戦を主張、いれられないなか、八十一歳で没している。)

劉永福の逃亡に憤慨した清国兵は、やけくそになり、台南市街で島民の家を襲い、乱暴をはじめる。困惑した台南の有力者や商人らは、英国人宣教師に使者を頼み、一刻も早い入城を日本軍に懇請したのだった。

そこで二十一日早朝、第二師団の先遣隊は台南に無血入城、翌二十二日には近衛師団、第二師団、第四旅団が入城、樺山総督は本国に打電する。

「今ヤ全島全ク平定ニ帰ス」

しかし、この最も晴れがましい場面に、ヨシヒサは、重体となっていた。

「事蹟を読むと、嘉義で出発をひかえていたヨシヒサの発病は十七日夜ですね。発熱、軍医部長の診断では、おこりである、と。

十八日夜半には、悪寒、腰痛をおぼえるが、朝強いて出発、大茄苳《おおかたん》に昼ごろ到着、寝かされたところは竹の門があるわびしい家で、壁は湿気てこまかな菌が生えさえしている。ヨシヒサの体温は三十八度。

翌朝出発、馬には乗れないため、轎に乗せていきます。別に二人の将校が病み、轎に乗せられる。伊崎歩兵第三連隊長は担架に乗せられていくのを、ヨシヒサが見つけて慰めています。

二十日、民家に泊まったときには、体温は三十九度に上がり、下痢もはじまる。次の移動には轎も無理になり、急ごしらえの竹で作った担架に乗せ、浅黄色の木綿布を日おおいにし、島人にかつがせていきます。

二十二日夕刻、台南に着いたときには体温は三十九度、症状は悪化していました。

以後、追々に悪化をたどり、二十八日七時十五分、死去。

貞愛親王、樺山総督、高島鞆之助《たかしまとものすけ》、乃木希典がかけつけ、「別を御遺骸に告げまいらせ、秘して喪を発せず。」とあります。

翌日には、佐々木歩兵少佐の率いる一行が柩を奉じて出発、安平《あんぴん》で軍艦西京丸に乗せ、十一月四日、横須賀に到着、勅使、家族、親せきほか数百名が迎え、勅使は陸軍大将に任じたこと、金一万円を贈ることを伝えています。

五日、柩を汽車に乗せ、新橋へ。迎えた近衛留守部隊の兵卒五十人ほどが柩をかつぎ、自宅へ。

この日、宮内省は宮の死去を告示し、三日間の歌舞音曲停止を命じます。

国葬とすることが定まり、六日から十日まで、出雲大社分祠で、神式の葬儀が行われ、豊島岡に墓地を作ることも決まります。

十日、柩を豊島岡墓地に移す棺前祭《かんまえさい》がにぎにぎしく執り行われ、墓地に着くと葬場祭《そうじょうさい》。

柩を、タールを塗った上箱におさめ、墓誌銘を刻んだ銅板も添え、周囲を木炭で埋め、土を盛り、墓標を立てました。

墓所の務めを命じられた二名は、臨時に設けられた仮屋に百日間宿直します。

とこうするうち、近衛師団が凱旋してきます。全隊が復員し終わったのは、十二月十日。復員できず、死去した隊員は千四百余名でした。」

「凱旋してくる近衛隊の様子を迎える市民の状態は、『臺灣征討史』（台湾懇話会）を口訳すると、あらまし次のようでした。

「市民はいたるところで国旗を掲げ、大きな旗を振り、狂奔歓呼して、万歳、拍手の声は昼夜絶えない。しこうして凱旋の人びとは将卒とも、顔は塵埃《じんあい》に埋もれ、髯も髪もぼうぼうとして衣服も帽子もことごとく破れ、色褪せ、ただ眼光ひとり炯炯《けいけい》として精悍の気を帯びている。

マラリア、蕃地の雨に遭い、百場の戦場、銃火のなかを出入りし、幾多の困難を経てきたことが一目で知れる。歓迎者もそぞろ落涙せざるを得ないありさまである。」

こう綴った著者は、「これ豈《あに》近衛師団の万歳なるのみならむや亦我同胞四〇〇〇万人の万歳なり。」と締めていますが、やっと死なずに帰ってこられた！と、兵士自身はおそらくほっとするとともに、群衆の熱狂に、違和感を持つものもいたかもしれませんね。」

「ところで、公の発表ではヨシヒサの死因は、「マラリヤ」となっていますが、台湾人の間では殺されたとのうわさがひそかに流されていたようです。」

「なに？　殺されたと？」

「はい。先述の黄昭堂は、年譜で、ヨシヒサの病死については括弧して、（日本政府の発表）と記しています。学者ですから憶測では書けない。言外に病死は怪しいと匂わしていますね。

また、喜安幸夫はその著書（『台湾島抗日秘史』）で、うわさにも納得できるところがあるとして次のように記していますよ。」

総督府発表や時の官報に明示された病状の説明によれば、十月十八日に発熱し、翌十九日には早くも乗馬不能となって轎に乗り、更にその翌日二十日、轎の上に座っていることもできず担架に横たわるようになった。

戦場とはいえ、皇族として厳重な健康管理がなされていたはずの人物が、急に担架を必要とするようになるまで異常は発見されなかったのであろうか。また発熱と同時にこんなに急激に病状が悪化するものであろうか。しかも、死亡は発熱よりわずか十日後、二十八日のことである。

それはマラリヤでなく、何らかに起因する外傷によるものでなかったのではないか。もし、外傷でなくあくまでマラリヤとするなら、死の危険を冒してまでなぜ兵と共に前進しなければならなかったのか。

もちろん全軍の士気を鼓舞する意味もあるだろうが、そこには師団長としての責任感以外の何物かが感じられる。何らかの理由により、本人が存命していることを師団将兵に対してよりも、むしろ台湾人に対して示さなければならない必要があったのではないか。

発熱の当日、実は北白川宮はすこぶる健康であった。この日、宮は馬を駆って嘉義周辺を視察していた。一行が郊外の林投港というところへさしかかったとき、そこには土地の起伏を熟知している義勇軍の刺客が潜伏していた。林の中に身を潜める刺客の前を一行の人馬が次々と通り過ぎていった。そして、北白川宮がすぐその前にさしかかった。刺客はとび出した。とっさの出来事に警護の者もこれを阻止することができず、刃を受けた宮はどっと落馬した。この時、使用された凶器は、日本のなぎなたに似た長い柄の中国刀であった。今まで健康体であった宮は、この時より輌に乗る身となり、更に翌日からは担架となった。

師団司令部は師団長遭難の報に愕然となり、困惑の中にことの次第を総督府に連絡した。総督府は狼狽した。皇族が、これから統治すべき土地において、しかも賊徒の刃を受けたとあっては、本国政府からの責任追及は師団幕僚にとどまらない。総督府中枢にまで及ぶことは必至である。それよりまして、かかる事態は平定後の台湾統治に、長く悪影響を及ぼすこと甚大なるものがある。総督府は苦慮の末、発表した。

「北白川宮には御熱気にて、此夜御体温三十八度四、悪寒腰痛を覚えさえ給ふ。」

「如何ですか。」

オサヒトは身震いした。ない膝を叩くそぶりをして。

「おう、たしかにありそうなことです。わたしを葬ったものたちは、わたしを病死と偽った。今度は刺傷による死を、病死と偽ったにちがいない。いかにもあり得ること、あり得ることです。」

「たしかに。総督暗殺計画まで義勇軍は行っていますからね。

三角湧在住の呉得福《ごとくふく》という人物が、敗北後も地下にもぐった仲間たちと連絡を取り、樺山総督暗殺を計画するのですね。台北の警備が手薄になったのをねらって、密偵を軍夫として日本軍内に送りこんで動静を探り、一方、樺山の首級に賞金をかけて住民の奮起をうながし、住民から資金や武器の提供を受けています。

八月三十一日、最後の秘密会議を行なっているところを、かねて探索をすすめ、一同が集まるときを待っていた日本軍は、武装憲兵を派遣してびっしり会議場をかこみ、一網打尽にしてしまいます。メンバー四十五名が連行され、呉得福は九月九日、台北東門で斬首されました。」

「おう、香華を手向けねばならない人物がまた増えたのか！　南無阿弥陀仏南無阿弥陀仏。

それにしても、ヨシヒサはいっとき皇族としていい思いをしたとはいえ、結局、薩長の好餌として使い捨てられたといえる。哀れなことです。」

「死んでからも巧みに利用されていますね。

翌年、逓信省の記念切手にヨシヒサの肖像が使われます。

また、乗っていた馬を、一頭は現在の上野動物園、もう一頭は日光東照宮に寄進、記念碑を台湾新竹に建立、さらには台北県芝蘭《しらん》に神社を建て、神として、台湾神社と名づけます。

台南の宿舎を保存、宮夫妻の写真を近衛師団の将校に与え、一九〇三年（明治三十六）一月二十六日、銅像を丸の内近衛師団歩兵営の南門外に立てていますよ。ほら、「オサヒト散歩」で見た、北の丸公園のあの銅像です。

豊島岡の墓地が出来上ったのは、翌年の十一月。

高さ一丈の伊予の自然石に、近衛師団長陸軍大将大勲位三級能久親王墓と刻んでいます。

歯と毛髪を収めた供養塔を、日光の歴世親王墓地の南端にも立てていますね。」

「本来なら仏徒だったのだ。神にされてうれしいはずもない、せめて死んでからくらい思い通りにしてほしいと、あれは叫んでいるのではなかろうかとおもえます。」

「ムツヒトのところにヨシヒサの死去したことが届いたのは、二十九日。三十一日、日清戦争の勲功により勲章授与式が行われています。」

「翌十一月一日には、外務省のお雇い米人らへの勲章授与式。勲二等ヘンリー・ウィラード・デニソンは勲一等となり、瑞宝章を授かっています。「今次戦役における外交問題についての功」ということで、帝国主義国へ歩きだそうとしている日本に、やはり巧妙な知恵者がいたのですね。八日には、遼東半島還付条約が、北京で結ばれます。日本側の全権大使は、林董《はやしただす》、清側は李鴻章。野党は騒然として弱腰だと反発しています。

十一日にヨシヒサの国葬。ムツヒトは皇太后・皇后が代拝していますね。

二十二日には、政府はうるさい反対勢力をけん制するために新聞を停刊し、演説会を解散させる手段に出ますが、還付やむを得なしとする自由党が政府に接近、政府と提携する宣言を発表しています。ところで、この間、台湾問題よりはるかに深刻なムツヒトも頭を悩ます大事件があったのですが、それは別の章にゆずったほうがよさそうですね。」

「わたしと同じく隣国の閔王妃、すなわち明成皇后を、日本軍が殺害した事件のこと、その後の朝鮮情勢についてでしょう。

そう、わたしとしては非常に興味がありますから、別に調べることにしようではありませんか。

年明けの歌会で、ムツヒトは能天気な歌を発表していますね。

あめの下にきはふ世こそたのしけれ
　山のおくまでみちのひらけて
西の海なみをさまりてももち船
　ゆきかふ世こそ楽しかりけれ

ところが、正月早々、台湾の義勇軍が蜂起、大変だったようです。急きょ、混成第七旅団を編成、向かわせたものの、収まったのは二月はじめだったというではありませんか。」

いや、抗日蜂起は、もっともっと続いている。

正月の蜂起に関わったのは、砂金業者の林李成《りんりせい》。総督府が砂金の採掘を許可制にして鑑札を発行、密かに採ったものが官憲に殺害されたことへの怒りから、同志をつのり、同様に総督府の横暴に「良民」でいられなくなった陳秀菊《ちんしゅうぎく》など有力者たちがくわわり、山中でゲリラ化したのである。

対するに、混成第七旅団は各民家に押し入り、武器をしらべ、男子を引き出して五、六人ずつ弁髪をむすんでつなげ、尋問、不審なものはことごとく捕え、銃殺する。そこで義勇軍だけでなく、住民も山中に逃げだした。無人になった市街に放火、一月中に焼かれた家屋は約一万戸、殺害された義勇軍の戦死者は五百をこえる。

無差別殺戮作戦は、水野遵《みずのじゅん》民政長官の政策であった。

六月、樺山総督が退任、後任の桂太郎はいやがり、あっという間に退任、乃木希典が火中の栗をひろう羽目となる。中部、南部でも、燃えさかる抗日の火。

なかでも勢いさかんだったのは、斗六近辺の山中で一千余名を集めた簡義《かんぎ》の抗日軍。日本人商店が襲われ、山中におもむいた討伐隊は包囲され、憲兵隊の駐屯所が襲撃される。

だれが反徒か良民か区別がつかないため、結局、無差別に殺戮し、民家をことごとく焼き討ちすることとなる。

六月三十日、簡義が指揮する義勇軍はついに斗六に入城、日本の暴虐に怒る一般の島民も、鎌、鋤《すき》、竹やりで参加する。日本人は孤立、役人たちは、役所の書類も道路に投げ出し、身一つで逃げていき、守備隊も逃げ出すしかなかった。

このありさまに、総督府も、これまでのやりかたを反省し、変えざるを得なかった。雲林《うんりん》の虐殺といって、英国新聞も報道、世界の目も注がれるようになっていたのだ。

台湾高等法院長・高野孟矩《たかのたけのり》は、水野の政策を痛烈に批判している。


漫然兵ヲ出して六日間ヲ費シ七十余庄ノ民屋ヲ焼キ良匪判然タラザル民人三百余人ヲ殺害シ付近ノ民人ヲ激セシメタルハ全ク今般暴動蜂起ノ基因ト認メラル故ニ土匪何百人又何千人ト唱フルモノ其実際ヲ精査スレバ多クハ良民ノ父ヲ殺サレ母ヲ奪ワレ兄ヲ害セラレ又子ヲ殺サレ妻ヲ殺サレ弟ヲ害セラレタル　其恨ニ激シ又家屋及所蔵ノ財産悉ク皆ヲ焼キ尽クサレ　身ヲ寄スル所ナク　彼等ノ群中ニ投ジタルモノ十中実ニ八九ニ位シ　真ニ強盗トシテ凶悪ヲキワムル輩ハ十中二三ニ過ギズ

（許世楷『日本統治下の台湾』）

「おう、その高野孟矩は、父は仙台藩士、彼は十四歳で戊辰戦争に参加していますよ。」

オサヒトが、ふいに口を出してきた。

「高野孟矩は、少年時の戊辰戦争時の官軍の暴虐ぶりがよみがえったのではありませんか。軍事に対する批判だけでなく、総督府内部の上層部の汚職を敢然と摘発するのですね。

やむなく乃木は上層部を更迭せざるを得なくなり、かたや高野を、非職といって官吏としての地位はそのまま、職務だけを免じます。高野は憤慨、司法官の身分は憲法に保障されていると主張、非職辞令を送り返し、高等法院に出勤し、力づくで排除されてしまいます。これには高野に世論も味方したものの、政府のほうは決して折れず、抗議書を送りつづける高野に呆れ、ついに懲戒免職にしていますね。

野に下った高野は、いい加減にして折れたら、との忠告にも耳を傾けず、「憲法擁護は命がけの仕事だ」と言って、知人から借りた田畑で農耕で暮らしをたてていました。その後、弁護士となり、衆議院議員にもなったようです。晩年は詐欺事件にかかわって辞職しているようですが。

え、出世のためなら、身分は保護されているのに政府におべっかを使う今のおおかたの検事や裁判官たちは、高野の爪の垢でも煎じて飲んでほしいとおもいませんか。」

「欧米からの指弾にあわてた日本は、ムツヒト夫妻が被災民に三千円、総督府は救恤金《きゅうじゅつきん》二万円に被災家屋三千五百九十戸に平均五円を送るやら、物品使用のさいは相当の代金を払い、各地の名家に敬意を払い、一般民を叱責・鞭撻《べんたつ》してはならないなど、通達しています。

台湾女性にわいせつ行為をおこなうことを防ぐようにとも。」

「柯鉄《かてつ》という指導者が出した檄文には、「わが民皆思うに清官すでに去り、ただ平和を望むため皆投降せり。豈計《あに》らんやこの賊人の類にあらず、意の赴《おもむ》くままに虐を逞しうし、罪の大小を問わず、善悪の別なく、黒白を分けず、唯一途殺戮せり。捕うれば即ち処刑し、庄社を焼き、婦女を淫辱す。数々の非法、枚挙に遑《いとま》なし。」とある。」

「ええ、余清芳《よせいほう》が掲示した告文にも、「日本、台湾の彊土《きょうど》を侵犯し、生霊を苦しめ、民財を剥削《はくさく》す。荒淫無道にして綱紀を絶滅せり。民を治むるに強制を以てし、その貪婪《どんらん》厭《あ》くことなし。禽面獣心にして、その性全く狼豺《ろうさい》に等し。」とあります。

その獣性は、のちの関東大震災時の朝鮮人・中国人虐殺、中国との十五年戦争でも発揮されていくのですね。」

「福沢諭吉は、「苟《いやしく》も反抗の形跡を顕はしたる輩は一人も余さず誅戮《ちゅうりく》して醜類を殲《せん》す可し。」とまで言っている。彼にとっての文明とはなんだったのか。」

「武力による抗日運動は、その後なんと二十年間も続いたとは！」

「ヨシヒサ死後の台湾の状況を簡単にたどってみましょうか。ちなみにこの時期の統治地域は、平地のみ。山中奥深くで暮らす先住民たちの地帯にはおよんでいません。

名高い霧社事件《むしゃじけん》などは、ずっと後になります。」

一八九八年（明治三十一）、児玉源太郎総督、後藤新平民政長官という絶妙なコンビが、台湾統治にあたることとなる。

後藤は「民をして悦服《えっぷく》せしむるものは言にあらずして行である。」の信条のもと、官吏の体質改善、行政の簡素化、軍人の暴走抑制をてきぱきとおこない、義勇軍対策として、投降準備金の支給と土木事業を請け負わせる約束をし、義勇軍の頭目たちが数百人を引き連れて投降した。

ただ、清朝下では、彼ら支配下の領域は、それぞれ私政府としておおように認められていたのであり、総督府は一切それを許さない。ために、一旦、投降しても、日本人商人に利権を奪われたことに憤慨、再度反旗をひるがえすものも多かった。

また、投降条件に、租税も免除するとの甘言で釣った場合もあった。木下台南県知事などは、「条件ノ如キハ自ラ空文ニ帰スベキモノナリ」とうそぶいていたが、実は総督府の意思でもあったのだ。

卑劣なやりかたの典型例として、一九〇二年（明治三十五）五月二十五日、簡水寿《かんすいじゅ》らに対してなされた斗六の帰順式をあげておこう。

この日、帰順した斗六・林圯埔《りんしほ》・他里霧などの頭目たちに、密命を受けた各支庁長が、言葉巧みにそれぞれの帰順式に部下をともなって、もれなく出席するよう要請した。かくて斗六では、六十余名の元義勇軍が参列することとなる。

帰順式には、武器を携帯しないことも、約束のなかにあった。

一方、大島警視総長は、斗六方面の歩兵部隊・憲兵隊に厳重警戒体制をとらせる。

当日午前九時半、第一回目の爆竹が鳴り、日台双方の参列者が入場、記念写真を撮る。二回目の爆竹。

支庁長の訓示。

「前非を繰り返すなかれ、この機に乗じて頑迷をやめ善良な民となれ。……」

実は、二回目の訓示は、式場外で待機する軍隊・憲兵隊に対する出動態勢を取れとの合図であった。訓示終了、帰順証の交付。

次は誓約書奉呈だと頭目側には伝えてある。ところが急に庁長が立ち上がり、叫ぶ。

「お前らの誠心はまこと疑わしい。ゆえに先ず検査のため、しばらく身体の拘束を命ずる！」

言い渡すや否や庁長はさっと庁舎に引き上げ、警備隊が頭目らの捕縛を始める。

当然、抗議するもの、隠し持っていた短銃あるいは短刀で抵抗するもの、場内は騒然となった。そこへ、どっと場内に入ってきた歩兵部隊・憲兵隊が、銃を乱射、六十余名を皆殺しにした。逃げ延びたものはわずか一名。頭目の簡水寿のみ。（山中を飢えのなかで徘徊、八月、民家に立ち寄ったところを捕まり、処刑される。）

同様なことが、林圯埔・他里霧でも行われ、南部では、帰順、免税条件によって財をなし、数百名の部下を集めて一大城郭を築き、主となっていた林少猫《りんしょうびょう》を、五月三十日、大部隊が急襲、壊滅させる。城壁の周囲を完全包囲、工兵隊が猛烈な砲撃をくわえ城内を火の海にしてから突撃したのである。

水田の中に、泥にまみれた林少猫の死体を日本軍が発見したのは、翌三十一日になってからであった。……林少猫の斃れていたそばだけでも、男四十一名、女二十五名、小児十名の死体が散乱していたという。（『台湾島抗日秘史』）

オサヒトの袖に捕まっていた少女が、また、すすり泣いている。

大人でも耳をふさぎたくなる話なのだ。

「実は……」

と、わたしは言った。

「はじめて話すのですが、わたしの父も、若いとき、台湾で働いていました。ええ、父が二十五歳から二十九歳の四年間。一九一四年から一九一八年。

台北・台湾総督府の編集書記兼国語学校教師でした。東京高等師範数物化学部卒業で、化学一筋のひとのはずが、なぜか国語教師。そして、サーベルを付けて出勤していたといいます。台湾を植民地にしてから、たった十九年しか経っていなかったことに今ごろ気づきました。

前年に親戚筋の母と結婚、二人で行ったわけですが、母はわずか十八歳。赴任した翌年に、長兄が生まれています。

母の話では、とにかく暑いところで、夜は布団の上では寝られず、ゴザの上に寝ていたと言っていました。台北駅へ降りると、自分のところに乗ってほしいために台湾人が引く人力車がどっと寄ってきて大変だったとも。

もう少し、当時のことを聞いておけばよかったと悔やまれます。いずれにしても、ヨシヒサのみならず、わたしにとっても台湾は無縁のところではなかったのだ、とわかってきました。」

「あなたのお父さんは、台湾で日本人の間に流行っていた次のような歌を聴いていたでしょうか。

台湾名物なにものぞ

砂糖に樟脳に烏龍茶
そしてお米が二度とれる
山には黄金の花が咲く

日本からの技術と資本の導入は、英・独・仏などの外国資本を一掃したのですね。官民出資の台湾製糖（民は三井物産）と明治製糖（三菱商事）、大日本精糖（藤山系）の三社独占の製糖。樟脳は専売制にして、三井物産ほかに委託。塩も、タバコもアヘンも専売、そして金鉱。いずれも総督府と日本大企業の懐をうるおします。」

「ほかにも織物消費税、石油消費税、各種物品の生産税、売買税と、台湾人の上にのしかかった税の総計は、清朝時代のなんと六倍に跳ね上がっていたのですね。だから、武装蜂起は、父が赴任したところまで続いたわけでしたか！　いずれもたちまち鎮圧されてしまうわけですが……。

ああ、わたしもまた、植民者につながる一人であったのですか。」

「ヨシヒサを追う旅が、あなたのところまで飛び火してしまいましたね。」

オサヒトは、ちょっとすまなそうにつぶやいた。

第二章 閔王妃殺害を追って

日本統治前ソウル南大門（崇禮門）城外風景（林武一 撮影）

1

また、オサヒトがふらりと現れた。女の子は、だいぶ疲れているので、寝かせてきたとのこと。亡霊も寝るのだろうか。いささか疑問だが、尋ねてみても仕方あるまい。

「先に宿題にしたものがあるのを覚えていますか。」

教師にでもなったみたいにオサヒトは聞いてきた。

「さあ、なんでしたか。」

「やはりね。あなたにとっては所詮、他人事だから。」

いやみな言い方をするので、こちらもちょっとムッとして、

「生きている身はこれでも忙しいのですよ。第一、食事も摂らなくていいあなたと違って、三度三度の食事の用意だってあるし、洗濯、掃除だってあるし。」

「おう、それが生きているということですよ。死んだもの、殺されたものにはもう、かなわぬ夢のまた夢。」

そう、このひとも栄耀栄華の暮らしをしていても、寿命を全うできず、死なねばならなかったのだな、思い返していると、

「台湾攻略の最中に日本が韓国で起こした一大事件があったでしょう。忘れもしない、一八九五年十月八日の出来事。」

「ああ、ひょっとして明成皇后《ミョンソンファンフ》殺害事件でしょうか。」

「そうです。隣国の皇后を殺害するという、とんでもない犯行。ミカドであった、わたしへの殺害が先になされねば、あり得なかった犯行だと、わたしは思っています。だから、ことの詳細をできるだけ調べてみたいのです。」

「たしかに。わたしも知ったときには、驚きました。よくも、そんなことが、なされたものだと。しかも、その事実を日本人のまだ大方は知らずにいるみたいです。」

「そう、問題はそこですよ。

今、大声でヘイトスピーチをしている連中は、何一つ知ってはいますまい。

わたしがそのことをおぼろげに知ったのは、ほかでもない伊藤博文を射殺した安重根《アンジュングン》があげた、伊藤の十五の罪。その第一番に閔《ミン》王妃殺害の罪をあげていたからです。わたしの殺害については十五番目でしたが……。」

わたしが知ったのは、朴殷植《パクウンシク》著・姜徳相《カンドクサン》訳注『朝鮮独立運動の血史』によってだと思う。

朴殷植は、中国に亡命中、一九二〇年、中国文でこの書を発行している。

黄海道黄州生まれ。多くの歴史書を執筆、日本が韓国を「併合」した翌年（一九一一年）に亡命。一九二五年、六十六歳で大韓民国臨時政府第二代大統領に就任、同年十一月一日に死去している。

序文を寄せた景定成《ジンディンチェン》は、記す。

この書をみて、ここ二年以来、朝鮮人民が、国をあげて祖国のために独立を謀《はか》り、同胞のために自由を得んと、争って徒手革命に従事し、死をものともせず、前の者が倒れれば後の者が続き、最後まで休まずに闘った、あの奮闘、あの犠牲、あの壮烈、あの悲惨など、さまざまの状況が目前に浮かぶようであった。

閔王妃殺害事件から、わずか十五年しか経っていない時に記されているわけだ。

その書には、朝鮮朝廷の実力者である閔王妃が、日本を疑い、親露排日に傾こうとしていたこと。その間、彼女の心を日本に向けるため種々の献策を行っていたものの、うまくいかずにいた日本公使井上《いのうえ》馨《かおる》に、政府は帰朝を命じ、三浦梧楼《みうらごろう》と交代させたこと。ほどなく、三浦は、浪人の岡本柳之助《おかもとりゅうのすけ》らと諮《はか》って、八月二十日早朝、日本軍を光化門《クアンファムン》に押し入らせ、必死に防御する守備兵を殺傷、その間に、浪人らは殿中に乱入、ついに王妃を殺害したとして、以下のように記してあった。

日本士官が指揮し、整列して、各門を警備し、刺客たちの行動を幇助した。刺客数名は、刀をもち、乾清殿にとびこみ、咆喝した。あるものは、宮女をとりおさえて、国王の前に引きずりだして打擲した。宮内大臣李耕植は、国王の面前で斬り殺された。また王世子《せいし》をおさえ、髪を摑み、冠をはらいおとし、刀をつきつけて脅迫しながら、王后の所在を詰問した。このとき、外国人サパチンも護衛のため殿庭にいて、なんどもおどされたが、「知らない」と答えて、あやうく命をおとすところであった。刺客は、各部屋をすみずみまであまねく捜索し、ついに王后を刺して弑逆した。遺体は殿衾につつみ、松板の上に安置し、殿庭から鹿園の林の中に運び出し、遺体の上に薪をのせて油をそそぎ、これを焼いた。（『朝鮮独立運動の血史 1』）

隣国の王后を事もあろうに、あっさりと殺害する？

なんということだろうと驚き呆れ、ほかの本にも当たってみると今少し詳しいことがわかってきた。日本の犯行を糊塗するため、三浦は王后と対立していた大院君《テウォングン》を担ぎ出して、彼が命じた犯行にしようと企てたのだが、天網恢恢疎にして漏らさず、サパチンほかの目撃者がいて、世界に知られるところとなったこと、しかし、日本の民衆には固く伏せられて現在までも、この犯行を知るものは少ないことも。

日本人のなかで、最初に真相を公にしたのは、山辺健太郎かとおもわれる。

彼は、一九六六年発行の著書『日韓併合小史』に「閔妃《ミンピ》事件」と一項を設け、そのなかで次のように記している。

これまでこの凶行は日本の大陸浪人がやったようにいわれていたが、彼らは直接閔妃に手を下したわけである。主体は守備隊で、たとえば景福宮《キョンボククン》の城壁を乗り越えるための梯子は、凶行の前日に守備隊で作っており、また広い宮殿のなかで閔妃の行方をさがすために、わざわざ宮殿内の地理にあかるい萩原警部まで連れていった。

山辺は、ほかでもない政府資料を読みこみ、真相に迫ったのだ。

「おどろくべきことは」

と、わたしはオサヒトに言った。

「著者紹介の欄をみると、山辺健太郎は一九一八年北別府小学校卒とあって、学歴は小学校で終わっています。

丸善の大阪支店の小僧として働きながら、よく本を読み、英語の読み書きもマスター、十六歳で足袋工場、十八歳で「自由法律相談所」に勤め、さらに内外の社会主義文献を読破、という具合。

かたや、十五歳で労働運動にくわわり、二十歳のとき日本労働組合評議会に参加、翌年には浜松の日本楽器争議を支援、一九二九年、治安維持法で検挙され、一九三三年出獄、太平洋戦争開戦時に捕まり、予防拘禁所送りとなって、獄中で敗戦を迎えています。

予防拘禁所での暮らしについて、自伝『社会主義運動半生記』で、次のように記しています。

「偉いと思ったのは、まず天理教の人です。死刑を求刑されたのだと思うけれど、どこ吹く風で悠々としていました。朝鮮人では在日朝鮮人運動の中心だった金天海《キムチョンヘ》です。彼は拘禁所で痔の手術をしたのです。医務の雑役に軍医で入った人がいて、手術なんかうまかったのです。術後、私が雑役について、尻をふいてやりました。金天海に出会ったことなどが、のちに私の朝鮮史研究の原点になっていると思います。日本資本主義研究にとって植民地収奪をぬきにできないと思ったんです。……」

一九四七年、日本共産党統制委員、一九五八年に離党し、著述に専念、次々大著を執筆していますね。どうも、スゴイ人物のようです。

最近、中塚明氏が、山辺を再評価、彼についての著書を出していますね。」

わたしの話に興味を持ったらしく、オサヒトが次に現れたときには、中塚明著『歴史家 山辺健太郎と現代』を手にしていた。

「下駄ばきでもしゃもしゃ髪でおよそ風采のあがらない男ですが、やったこと、言っていることはどうして立派ですね。

著者は、山辺健太郎は、日本の近代史を理解するには、朝鮮問題の研究が不可欠であり、天皇制国家のもとでは歴史の真実は隠されているから、第一次資料を探せ、生の資料、手の加えられていない史料を探して学べ、と言ったことが自身の研究の生涯の教訓になったと言っています。

はは、そうです、そうです。わたしの死を有耶無耶にしてムツヒトを現人神に仕立てあげた連中を相手にまわして真実を探っていった、この山辺健太郎が、全くの独学で、国会図書館の憲政資料室に鉛筆数本を持ちこみ、第一次資料を渉猟して、日本近代史をひもといていった情熱と冷静な研究態度に頭が下がります。

ははは、なにしろミソサザイのわたしの頭とでは、出来がてんで違うようです。」

山辺の著書から二十二年後、角田房子が、『閔妃暗殺』を発刊、閔王妃殺害までの詳しいいきさつを調査し、書いている。

一九八四年、韓国人であれば、この事件は日本人にとっての「忠臣蔵」のようなもの、と、いわれておどろき、猛烈な勢いで調べはじめた角田。

「ほう、そんな女性がいたのですか。わたしも読んでみねば。」

オサヒトが感嘆の声をあげる。

「あとがきで、角田房子は、次のように記していますよ。

「〝曖昧〟には、ぬるま湯につかっているような気楽さがある。しかし私たちはそこから抜け出して、過去の歴史に厳しく目を据え、歴史に問いかけ、その教訓に学ぶという謙虚な姿勢を持たなければ、日本の孤立はますます深まるのではないだろうか。韓国との友好関係も、経済協力の量や質ばかりが問題ではなく、日本によって苦難の道を歩まされた相手の立場に身をおいて考えてみるのも、大切なことの一つと思われる。これは、朝鮮民主主義人民共和国の市民に対しても同じである。」

それから、二〇〇九年に金文子《キムムンジャ》さんという在日女性が『朝鮮王妃殺害と日本人』という著書を発表、ますます事件の真相が明らかになってきているようです。

では、これらの著書を中心に、殺害までの日韓の動きをかんたんに追ってみましょうか。」

高宗《コジョン》の父、大院君と、高宗の后である閔王妃が、仇敵のごとくにいがみあっていた朝鮮王朝。単に感情的な対立ではなく、守旧派の大院君と近代化をめざす高宗・閔王妃との政策の違いでもあったが、日本は両者の対立を利用して野望を遂げようと画策する。

大院君をかつぎだし、朝鮮王宮を占領（一八九四年七月二十三日）する暴挙を行った朝鮮公使は、先述したように駐清国特命全権公使を兼ねた大鳥圭介《おおとりけいすけ》であった（一八九三年七月〜九四年十月）。

江戸幕府時代、西洋医学・西洋式兵学を学び、初の合金製活版も作った大鳥は、榎本武揚《えのもとたけあき》とともに箱館政権の陸軍奉行として活躍後、降伏。逮捕、投獄後、特赦で出獄（一八七二年）、技術・教育畑を歴任後、外交官として朝鮮王宮占拠という困難な役に充てられたわけで。

しかし、彼は軍の参謀たちから「因循老耄《いんじゅんろうもう》」であると、非難されていた。

当初、仁川《インチョン》上陸の先発部隊にソウルは平穏だから軍艦にとどまっているように指示したり、上陸時には武器を持たずに上陸せよ、と命じたりしたからか。

「おう、よいではありませんか。たしか、大鳥圭介は、榎本武揚らと箱館に立てこもり、陸軍奉行として活躍した東軍の武将でしたね。悪くない指示だとおもいますよ。」

「しかし因循と思われたことから発奮、王城占領を行なって全朝鮮人の怨みをかうわけですが」

参謀たちは、それでも大鳥を忌避したようで、伊藤博文首相は、大鳥を帰還させ、自分と親交深い井上馨に代える。病気で静養中の陸奥宗光《むつむねみつ》は、井上ではコントロールできなくなると心配したようだ。

大鳥が、元は東軍の将であったことを蔑む空気が居留民にもあったのか、彼が仁川を去るときは、ソウルからの見送り人は一人もいなかった。

井上公使が来たときは、居留民たちは、国旗をかかげ、灯篭を点じ、総代ほかおもな商人たちが敬意を表しにやってきたというのに。

しかし、十月、ソウルに勇んで着任した、その井上は、表敬訪問してきた大院君と言い争いになり、大院君を追い返すという非礼な態度に出る。

十一月、井上は国王高宗と会見、閔王妃同席をのぞみ、閔王妃は屏風をなかば開いて会談に参加している。

そののち、井上は大院君が清国に送った密書をもとに責任を追及、大院君は十一月十八日、引退を表明する。裏で大院君に引導をわたしたのは、彼を王城に無理に引っ張り出した岡本柳之助であった。岡本は、西南戦争に連動して投獄された陸奥宗光とは同郷（紀州藩）。竹橋事件のおりは、彼の釈放のために怪しげな動きをしていた。

官職追放後、福沢諭吉の門人となって書生を務めながら慶應義塾に学び、やがて陸奥外相とともに朝鮮にわたり、大院君をかつぐなか、朝鮮宮内府兼軍事顧問となっている。

十二月十七日、第二次金弘集《キムホンジプ》内閣発足。

ようやくわが手に実権がもどってきたとおもった閔王妃は、内閣の成立より早く、諸大臣にもはからず、国王の名で、四名の協弁（次官）を任命する。

さあ、怒ったのは井上。

越権行為だとはげしく抗議、金弘集も王妃の内政干渉に抗議し、おどろいた高宗は、任命を取り消し、王妃の内政干渉を禁じることを約束する。

井上は次のように王妃を難詰したと角田は書いている。

「王は改革条項を遵守すると言われたが、王妃らの裏面工作によってしばしば実行されておりません。雌鶏が時を報ずれば、国や家が滅びる——と言われるが、この諺をどうお思いになるか。」と迫り、王妃は発言をもとめ、「王室と世子に対する憂慮さえなければ、婦女子である私が、どうして政治関与などいたしましょう。これもみな王室と国家の隆盛を願えばこそ。」と殊勝な口調で憤懣をおさえ、答える。

武力を背景にした井上の無礼な言動に対して、湧き上がる怒りをおさえる分別と冷静さを王妃はそなえていたのだった。

一八九五年（明治二十八）一月七日、朝鮮政府は「洪範十四条《こうはんじゅうしじょう》」をハングル文字で発表。清と絶縁、自主独立、富国強兵、国民の生命財産の法的保障をうたったが、日本軍の占領下、案を立てたのは日本であった。

四月十七日、日清講和条約調印。

四月二十三日、露、独、仏三国による遼東《リャオトン》半島を放棄せよとの勧告。

五月四日、勧告に従い、遼東半島の全面放棄決定。

五月八日、講和条約批准書交換。

朝鮮からみれば、日本が三国に屈したことは小気味よいことこの上ない。

喜んだ高宗夫妻は、数々の利権を米、露、仏、独へ与え、ウェーベル・ロシア公使とは密な交流を結ぶ。

閔王妃が、ソウルにいるロシア・アメリカの外交官たちと連絡を取り、三国干渉に間接的に影響を与えたことに、井上公使も気付く。

もともと、息子を王にし、その父として権勢をふるいたく隠忍自重《いんにんじちょう》、ついに王の座に息子を押し上げ、高宗とした大院君。だからこそ、後ろ盾を持たない、いわば孤児同然の境遇の娘を王妃としたのであった。

しかし、その境遇ゆえにこそ、王妃は聡明で、国のゆくたてにも関心をもち、やがておとなしい夫の高宗にさまざまな助言を行い、直接にも各国外交官と親しく交流、世界情勢を学び、日本の野望にも警戒を強く抱くようになっていったのだ。

日本の本心を見破った王妃は、他国に接近、三国干渉は、三国に根回しした閔王妃外交の勝利ともいえた。

劣勢を回復すべく、井上は、二つの案を考え、政府に意見書を出す。

第一案は、清からの賠償金三億六千万円のうち、六百万円を朝鮮懐柔に充て、三百万円を返済困難でもよしとして、あとの三百万円を鉄道事業に充て、王室にも株の持ち分を与える。第二案は、三百万円を朝鮮に寄付、あとの三百万円は貸金として返済条件をゆるめる、二案いずれにせよ、その条件と引き換えに日本軍の駐屯を国王から申しださせようとするもの。

閔王妃のほうは、「もらうはナイナイ、コハイ事コハイ事」と朴泳孝《パクヨンヒョ》に言っていたのだが……。

政府の方針が決まればいつでも公使を交代してかまわないと井上は記していたが、政府側は、六百万円で国王夫妻を釣ろうとする井上の考えには、不同意であり、公使交代を決め、井上に引導をわたした。

さて、それではだれを公使にすべきか。

「井上は、王妃との交際を巧みにおこなう女性を妻に持った人物こそ公使にふさわしいと体験上、述べていますね。」

「しかし、白羽の矢が立ったのは、三浦梧楼でした。」

「三浦梧楼。おお、山県有朋《やまがたありとも》と同じく奇兵隊出身。戊辰戦争で活躍し、萩の乱の鎮定、西南戦争では第三旅団長、城山を陥落させた人物でしたね。

三浦梧楼の起用を決定したのは、伊藤博文・井上馨・山県有朋で、いずれも長州閥ですか。」

「はい、病気療養中であった陸奥も、三浦と親しく、同意していたようですね。三浦は、山県に対しては、奇兵隊当時から反発していたようです。開拓使官有物払下げ事件（一八八一年）では、払下げに断固反対し、鳥尾小弥太・谷干城らと建白書を提出し、陸軍士官学校に左遷されたことで、直情径行の人というレッテルを貼られたといいます。また、一八八六年（明治十九）には、陸軍改革の意見書を出したことで、現役軍人が政治に関わったかどで、熊本鎮台司令官に左遷されていますね。

一八九二年（明治二十五）には学習院院長になっていて、どんな教育を行ったのか。」

三浦梧楼は、一九二四年（明治十三）『観樹将軍回顧録』を執筆しており、「学習院長就職事情」の項で、各教室に時々の勅語が掲げていないのに憤慨、それぞれの教室に掲げさせてから、全生徒を集めさせ、訓示したと記している。

　そもそもこの学習院は元々陛下の思召《おぼしめ》しをもって創立された特別の学校である。したがって各教場にはこの通り時々の勅語が掲げてある。院長はこれを奉戴して教育を行うものである。生徒はこれを、服膺《ふくよう》して、学事に励むものである。畏《おそ》れ多くも陛下の思召、院長の心、生徒の志、この三つは同一のものであるということを心得ておらねばならぬ。

また、歴史教育についても、文部省の教科書通りに〈神武天皇〉と教えていることに対して、「皇室の御事」に関しては最も注意を払うべきだとして、〈神武天皇様〉と、一々敬語を加えるように命じている。

「ほほ、ムツヒトが学習院で学ぶについて「御降学《おさがりがく》」なる言葉を作ったのも三浦とか。それだけ皇国思想に染まった三浦は、わたし殺しを知らなんだのであろうか。

知らずにおっても、皇国日本のためなら、他国の王妃を殺して平気だったのか。」

「先の本で、三浦は〈朝鮮事件〉との一章を設けてはいますが、他の歯に衣着せない物言いに対して、奥歯に物がはさまったような書き方です。」

「伊藤と山県が、とかく問題の多い三浦に、汚れ役を押しつけたのか。いや、三浦は、これこそわが出番とばかり、よろこんで引き受けたか。」

三浦は、熱海に引っこんでいたのに、どうしても朝鮮へ行ってくれと言われ、自分は外交について門外漢だから行く前に政府の対韓政策を聞いておきたいと意見書を出した。

朝鮮を独立させるのか、併呑するか、日露共同の支配にするか、自分はあくまで政府の方針にしたがってやるつもりである。

しかし、政府はなんとも言ってこない。

「政府無方針のままで行く以上、臨機応変で自由にやるほかはないと決心した三浦は、自分が出した意見書を松方正義《まつかたまさよし》大蔵大臣が全く知らないとわかって、ははあ、これは隠密裏にやれということか、と気づいたようでした。

同書で彼は、次のように記しています。

「今までのごとく弥縫して行くくらいのことはもとより知っている。弥縫すれば弥縫のできないことはない。しかし弥縫はあくまで弥縫である。根本の解決ではない。こういうやりかたでは実に際限がない。仕方がない。たとえ自分の身を焚くも、国権の重きには換えられぬ。それが煙草三服喫む間に決した事で、ついに思い切って断行してしまった。」

それでもさすがに後ろめたかったか、何を断行したかは一切触れていません。

三浦に好きにやらせた、伊藤や井上、山県らは、役者が上というべきでしょうか。」

「汚れ役、つまりどうにも思い通りにならない閔王妃の殺害ですね。すでに、わたしをも平気で葬った連中だ。ためらいなどなかったことでしょう。」

一方、日本公使が不在の間に、閔王妃は、大院君によって追放された一族ほかを呼び戻し、彼らは一大勢力となって、親日派はにわかに肩身が狭くなっていく。

なかでも、甲申《カプシン》事変で生き残り、日本に身をひそめ、日清戦争直後、日本を後ろ盾に閣僚にものぼりつめた朴泳孝は、孤立、ついに身の危うさを感じ、再度日本に亡命してしまうありさま。その変化は、次のとおり。

一八九五年（明治二十八）五月十七日、国王高宗、親日派の軍部大臣、趙義淵《チョウウイヨン》解任。

同六月二十五日、国王高宗、朴泳孝内相の建議「王宮護衛兵を訓錬隊と交代させたい」を、断固拒否。

同日、国王高宗「昨年以来ノ勅令若クハ裁可セラレタルモノハ皆朕ノ意ニ非ラズ」と宣言。

七月九日、国王高宗は、以後、親政を行うとし、新制度・新法令の再検討をおこなう旨を発表する。

七月十六日、親日派の金宗漢《キムジョンハン》を罷免、ロシア公使友人の米人リセンドルを宮廷顧問とする。

七月十七日、宮中護衛のため「侍衛隊」編成（アメリカ人指導）。

同日、国王高宗、王妃に忠実な洪啓薫《ホンキェフン》を、訓錬隊連隊長に任命。

という具合。その高宗の一連の反日政策は、閔王妃が主導していることは明らかであった。

そのようななか、七月二十五日、引き継ぎにもどってきた井上は、国王夫妻に面会、朝鮮政府に三百万円を寄贈、うち五十万円は王室に充てると話を持ちかける。

すでに自分の任期を終えかけている井上は、三浦に託された非常手段に頼ることなく、この案の成功で、最後の花道を飾りたかったのであろう。

だが、これはあくまで井上の胸算用にすぎず、寄贈でなく借款であっても、日本政府は許諾せず、王妃側も応じなかった。

井上はなお粘り、電信線を、日本の特権を組みこんで朝鮮に譲渡する意見書をさしだすが、大本営は拒否。井上がそうしてじたばたしているうちに、九月一日、いよいよ三浦が特命全権公使としてソウル入りする。

九月十二日、三浦は大本営参謀長・川上操六《かわかみそうろく》に電信を打つ。危機一髪の時は、朝鮮はロシアに賊徒討伐を頼むかもしれない、そのときは通知の閑はないのでいつでも出兵できるようにしてほしいと。

「川上操六？　どんな男です？」

「薩摩藩士の三男、戊辰戦争に従軍していますね。明治になってからは、上京、陸軍に出仕、近衛歩兵第三大隊長、近衛歩兵第二連隊大隊長と順調に出世、西南戦争では西郷軍には加わらず、歩兵第十三連隊長として功を立て、三十四歳のとき、近衛歩兵第一連隊長に就任。

これも薩摩出身の大山巌《おおやまいわお》陸軍卿に目をかけられたのでしょう、随行して欧米諸国の兵制を視察しています。

帰国後、近衛歩兵第二旅団長となり、さらに一八八七年（明治二十七）、再度ドイツにわたり、近代戦争の作戦を学んでいます。今度はすぐれた部下を引き連れて行っていますね。

日清戦争の前年には、参謀本部長次長に就任し、設置された大本営で陸軍上席参謀兼兵站《へいたん》総監として戦功をあげ、勲一等旭日大綬章を受章し、子爵となっています。

戦争時、陸軍を文字通り動かしていたことでしょう。

そう、勲章いっぱい付けた写真が残っています。

桂太郎、児玉源太郎とともに、陸軍の三羽烏といわれた人物ですね。

ドイツに再度行ったおり、引き連れた部下のなかには、王妃殺害計画に初手から加わった楠瀬幸彦《くすのせゆきひこ》もいました。」

「ほう、楠瀬幸彦、どんな男です？」

楠瀬幸彦は、土佐藩士の長男。陸士砲兵科を首席で卒業、フランス留学、砲工学校を卒業、一年留学を延長し、大砲鋳造・火薬製造などを学ぶ。また、先述のように川上操六が乃木希典《のぎまれすけ》とともにベルリンに滞在したとき（一八八七〜八）、随行。すでに大尉になっていた。

川上操六は、特に〈動員準備〉について詳しく勉強しており、楠瀬もその配下にあって大いに学んだことであろう。

帰国した川上操六は、翌年には参謀本部次長に就任、楠瀬も参謀本部第一局に入り、陸軍大学校教官も兼ねる。

一八九二年（明治二十五）にはすでに少佐であった楠瀬は、ロシア公使館付を命ぜられ、二年後には「臨時京城公使館付」を兼任、ソウル入りする。日清戦争の二年前である。

金文子氏は、公使館付武官としてすでに参謀本部から二名が派遣されていたのに、川上操六があえて一番弟子の楠瀬幸彦を「臨時京城公使館付」として派遣したのは何故であったか、と問い、自身その謎を解く。

すなわち、楠瀬幸彦が軍務顧問になって、独自の養成計画に基づいて、まず行なったのは、ソウルにおける「精励忠実なる」「訓錬隊」育成であった。

それこそ「日清戦争後の日本軍の朝鮮からの撤兵に備えて、朝鮮において親日軍隊を養成するという大本営川上操六の軍略によるものであったと見ても間違いあるまい。井上馨はそれを追認して、楠瀬を朝鮮政府の軍務顧問に押し込んだのである。」（前掲書）

そして軍略に基づき、楠瀬少佐のもとには京城守備隊から多数の士卒が派遣されていた。

しかし、三国干渉以後、事態は変わってきたわけで。

川上は伊藤首相に三浦からの電信を知らせ、やがて川上から三浦へ、返事が来る。

「新たに歩兵一大隊をソウル・釜山・元山《ウォンサン》に、また憲兵二百五十名を派遣することを国王に飲ませよ。」

このやりとりを知って、かんかんに怒ったのは、蚊帳の外に置かれた西園寺外相代理。十月二日、軍を動かすときは自分に訓令を乞え、と三浦に叱責の電信を打つ。

ところが、同日、伊藤首相は、大山巌陸相に言っていた。

三浦から出兵要求があれば、ただちに出兵できるよう、あらかじめ在朝鮮兵站司令官に訓令しておいてほしいと。

十月五日、川上は兵站守備隊を三浦の指揮下に置くとの訓令を発令している。守備隊は六千名が常駐していた。

「なんと、外務省をさしおいて、大本営が暴走しているわけだ。

後年、満州事変を起こしたときも、同様であったな。それに、似たようなことがこれまでにもあった気がしますよ。」

「ええ、明治になったばかりの台湾侵略戦争も、内閣の同意を得ていませんし、朝鮮の江華島《カンファド》に軍艦を出したときも、そうでした。」

大本営とは密に連絡を取りながら、ソウルに到着した三浦は、研いだ爪を隠し、国王夫妻の前でも殊勝にふるまい、その後は、公使館の一室にこもって読経に明け暮れる。

諸外国の外交官にも会わず、朝鮮政府の要人とも会わない。彼の存在は次第にほとんど忘れられ、無視されていった。

「おう、それこそ三浦の狙いであったのですね。」

九月二十八日、閔氏一族の閔泳煥《ミンヨンファン》が、駐米大使となる。

翌二十九日には、日本によって定められた朝臣の服装を韓式にもどすと発表。

「そのような状況下、三浦公使が、閔王妃殺害計画を最も早い時期に打ち明けたのは、一等書記官杉《すぎ》浦瓚《うらふかし》、岡本柳之助、朝鮮政府軍事部顧問楠瀬幸彦中佐、邦字新聞『漢城新報』社長安達健蔵などであったと、角田房子の著書に書いてありますね。

「日本守備隊を主力とし、これに公使館員、領事警察、在留邦人、さらに訓錬隊を加え、一丸となって実行に当ることとなった。表面はあくまでも「大院君と訓錬隊のクーデタ」の形をとり、景福宮侵入から閔妃暗殺までを夜陰に乗じて決行し、実行隊がほとんど日本人によって構成されていることは秘密にする——という案である。」(前掲書)」

「大陸浪人らの暴走ではなく、三浦だけの発案でもなく、陸軍中枢の意思が加わっているとみてよいでしょうか。」

「そうですね。それに、金文子氏は、綿密な調査によって、海軍も隠密に関わっていたと述べています。」

「なにっ。海軍まで。」

「はい。なにしろ事件の第一報を大本営に知らせたのは、海軍の新納時亮《しんのうときすけ》なのですよ。」

十月八日午前六時三十二分、海軍少佐の新納時亮は、海軍軍令部長伊東祐亨《いとうすけゆき》中将に、「今訓練隊大院君ヲ載キ吶喊シテ大闕ニ打チ入レリ」と打電。

さらに、三時間後には「国王無事王妃殺害セラレシトノ事ナリ」と打電している。

「新納とはなにものですか。」

「在朝鮮日本公使館付武官で、薩摩出身、少年ながら戊辰戦争では加治木砲隊分隊長として越後、箱館で戦っていますね。

ところが二十四歳のとき一念発起、海軍水卒に志願、たちまち頭角をあらわして海軍大輔勝海舟に取り立てられ、少尉に任官しています。

ああ、それから一八七三年（明治六）、なんと台湾侵略戦争の前哨として軍艦春日の乗組員となり、台湾・南中国一帯の近海測量、偵察を行っていましたよ。艦長は元薩摩藩士・井上良馨《いのうえよしか》。のちに雲揚艦長になって、朝鮮にとって不平等な江華条約締結に一役買った男ですね。

彼らは澎湖島《ほうことう》にも行き、どうせやがて日本が占領する島だからと言って、火夫や鍛冶屋まで連れて行って、岩に艦の名や乗員一同の名を彫りつけたりしています。

遠方の岩を的にして、小銃の射撃までしているから呆れます。

やがて大佐となった新納は、軍事探偵として中国へ送られ、江蘇・福建・浙江三省ほかの地理を探査、帰国後は『支那沿岸紀要』編纂にたずさわっています。朝鮮日本公使館付になったのは、一八九三年（明治二十六）ですね。

日清戦争が始まるや、黄海作戦（一月末〜二月初め）で、西京丸に参謀として乗船、その奮闘ぶりは樺山軍令部長を感嘆させたといいます。威海衛《いかいえい》作戦でも第二軍司令部付として大活躍、水師提督丁汝昌《ていじょしょう》の自殺を大本営に伝えたのも新納でした。」

「おう、丁汝昌！

覚えていますよ。

李鴻章《りこうしょう》の部下となり、二百名の生徒を連れて英国に留学して海軍について学んだのち、洋式海軍を組織、北洋艦隊の提督となっています。そして、その艦隊をひきい、日本を訪問、同じく海軍を創設した勝海舟と意気投合、肝胆相照らす仲となったようです。

丁は、日清戦争時には鴨緑江《アムノクガン》河口で日本の連合艦隊と世に言う黄海海戦を行っていますね。

旗艦「定遠《ていえん》」の艦橋で指揮を執っているおりに負傷、指揮の権限委譲の手順を定めていなかったことが災いして、各艦はばらばらに戦闘を始め、北洋艦隊は主力十二隻中、五隻を失ってしまったのは不運でした。

その後、李鴻章に命ぜられ、威海衛湾に停泊して防御を命ぜられるも、二月五日（一八九五年）、日本海軍（司令長官・伊東祐亨）の水雷艇部隊の夜間襲撃にあって大敗。さらに山東半島側を日本陸軍が占領したことで孤立、清軍水兵の反乱もあって、李鴻章に宛て、「艦沈ミ人尽キテ後チ已マント決心セルモ、衆心乱レ今ヤ如何トモスル能ワサル旨」と打電し、将兵の助命と引き換えに降伏、服毒自殺しています。

なかなかの仁ではありませんか。わたしは彼に香華を捧げるつもりでいます。

そう、たしか、丁汝昌の死を悼んで、勝海舟も、詩を献じていませんでしたか。」

ほう、なかなか詳しいな、と思いつつ、勝海舟『氷川清話』を繰ってみると、丁汝昌の一項があって、彼をたたえ、悼む詩を読み、次のように回顧していた。

　丁のゐふところは、その語は、甚だ謙遜で、その望みは、甚だ遠大であるから、おれも感心して、海外に一知己を得たのを喜び、ゐろゐろおれの考へをも話した。

　その後、軍艦に招かれて、提督の礼で待遇せられ、ゐろゐろ丁寧な饗応を受けたが、おれは一片の氷心を表はすために、一首の和歌を一口の宝剣に添へて彼に贈った。そして、艦内残る隈なく見物したが、一体の事もなかなか整頓して、日常用ゐる品などは、一つも外国製のを用ゐず、支那製ばかり用ゐて居たところなどは、実に感心したヨ。軍服なども、西洋服と支那服とを折衷したのだとゐって、丁は自分の着けて居るのを指し示した。

また、丁の降伏と自死についても、勝はその心情を推し測っている。

およそ人間が何事か激した時には、死ぬるのはわけもなゐ事だらう。しかしよくよく時局の前後を達観して、十分に前後の策を立て、しかる後、従容として死に就くのは、決して容易の事ではあるまゐ。丁汝昌の境遇のごときは、部下には数年来苦心育成したところの、他日支那海軍の要素たるべき彼の二百名の秀才があり、傍にはゐろゐろ面倒な事をゐひ出す雇外人があり、これらの処置をつけねばならぬ。むしろ斃れるまで奮戦せうかとゐふと、十年来素養の二百名を殺さなければならず、そこで沈思熟考、支那海軍の将来を慮り、自分の面目をも立て、かつは雇外人への義理から、一身と軍艦とを犠牲にして顧みなかったのだ。その心の中は、実に憫むべきではないか。

なお、連合艦隊司令長官伊東祐亨が、丁汝昌の遺体を丁重に遇したことは、みごとな礼節であったとして、タイムズ誌にも報道された。

勝は、両人をともに称えて、以下のような詩を詠んでいる。

憶昨訪我居　一剣表心裏

委命甚義烈　儒者為君起
我将識量大　万卒皆遁死
心血濺渤海　雙美照青史

（おもえば昨年わが家に来られ
一振りの剣に心の内を表されたことよ
王命を受ければ断固として勇敢に戦い
軟弱なものも君のためには起ち上がった
われらの将もまた大きな心ゆえ
将卒みな死を免れた
たがいに心血を渤海にそそいだ
両者の姿は　美しく歴史を照らすだろう）

伊東祐亨は、生涯、政治権力には一切、興味を示さなかった人物と言われるが、王妃殺害時には樺《かば》山資紀《やますけのり》に代わって軍令部長になっており、陸軍の参謀次長とともに上席参謀の地位にあって、新納からの電信文を受け、すぐ陸相大山巌、首相伊藤博文、外相西園寺公望《さいおんじきんもち》に伝えているから、王妃殺害計画に関して、あながち白とはいえまい。

余談になるが、山東半島から海戦を援護した大山巌第二軍司令官ひきいる陸軍は、厳寒期への備えがなかったため、兵士たち、軍夫らは凍傷に苦しめられ、また弾薬輸送が優先したため、食料不足、燃料不足、水不足で苦しんでいる。

軍楽隊員として参加した永井《ながい》建子《けんし》が、体験をもとに軍歌「雪の進軍」を発表したほどだ。ちなみに早稲田実業の校歌も永井の作曲。

「雪の進軍」の歌詞は次の通り。

雪の進軍氷を踏んで　どれが河やら道さえ知れず
馬は斃れる捨ててもおけず　ここは何処ぞ皆敵の国
ままよ大胆一服やれば　頼み少なや煙草が二本

焼かぬ乾魚に半煮え飯に　なまじ生命のあるそのうちは
こらえ切れない寒さの焚火　煙いはずだよ生木が燻る
渋い顔して巧妙噺　「酸い」というのは梅干し一つ

着の身着のまま気楽な臥所　背嚢枕に外套被りゃ
背の温みで雪解けかかる　夜具の黍殻しっぽり濡れて
結びかねたる露営の夢を　月は冷たく顔覗き込む

命捧げて出てきた身ゆえ　死ぬる覚悟で吶喊すれど
武運拙く討死せねば　義理にからめた恤兵真綿
そろりそろりと頸締めかかる

どうせ生かして還さぬつもり
どうせ生きては還らぬつもり

「ほほう、どうせ生かして還さぬつもり、とは、兵士たちのやけくそな心情に即しているようですね。」

歌は将兵たちに愛唱された。

大山巌も愛唱したという。

ただ、日中戦争頃には、「どうせ生かして還さぬ」が、「どうせ生きては還らぬつもり」と改訂され、太平洋戦争頃には勇壮でないとして歌自体、禁止となっている。

さて、新納に関してからいささか外れてしまったので元に戻そう。

「参謀として陸軍の第二司令部と海軍の連合艦隊を往復、作戦に貢献していた新納は、それから朝鮮にもどって、怪しい動きをしていますか。」

「それはつかめないのですが、先に言ったように、事前に知っていたとしか思えない電報を打っていること。さらに、八日払暁、王宮の方面からの銃声の連発におどろいた内田定槌《うちださだつち》一等領事官が、容易なことではなさそうだとあちこち走り回り、何事が起こったかをつかもうとしたなかに、新納のことが出てきています。

内田領事官は、まず萩原警部、堀口領事官補の家へ行ってみるけれども、両人とも不在、やむなく萩原と同居していた大木書記生になぜ不在か聞くと、今朝、大院君が入城するのに両人とも随行したというので、それでは、三浦公使が自分にことわりなく、堀口領事官補を使ったのか、と愕然とします。

これは容易なことではなさそうだと、公使館に向かって駆けて行く途上で、日置書記官に会い、どうしたことか尋ねるのですが、彼も寝耳に水だと言う。

そしてすでに三浦公使も杉浦書記官も参内しているゆえ、新納海軍少佐の所に寄ったらどうかとアドバイスされ、また、新納の家へと駆けていくわけです。

すると、そこに、柴四朗、熊本県人佐藤敬太両人がおりました。

佐藤は、前夜からのこと、他の壮士らとともに岡本柳之助と竜山《ヨンサン》で会って大院君邸におもむき、彼を擁して王宮に闖入した顚末を三浦公使に報告するため、たった今、王宮からもどってきたが、その前に、新納の家に立ち寄り、あらましを話している最中でした。

内田は傍聴、やや何が起きたか、つかむことができ、領事館にもどっていきます。

すると、萩原警部に随行して王宮に入った巡査たちが午前八時頃から続々もどってきました。

かすり傷を受けたものもあれば、衣服に鮮血が染みたものもあり、刀が折れたものもある、殺伐とした有様です。そのうち、堀口領事官補、萩原警部らももどってきて午後三時頃には全員帰館いたしました、このように内田は記していますね。」

「なるほど、壮士らが、三浦公使のもとに行く前に新納の家に寄って、一部始終報告しているということは、海軍も王妃殺害計画に隠密に関わっていた証拠といえますね。

それはそうと、同席している柴四朗は、東海散士の名で政治小説『佳人之奇遇』を書いた人物で、あの戊辰戦争時の惨について、血涙下る遺書を書いた柴五郎の兄ではありませんか。」

「そうです。たしか遺書の中にも四朗のことが出てきたはずです。ま、でも、今は後回しにして先へ進みましょう。

とにかく閔王妃殺害計画は陸海軍双方の中枢が、隠密に関わっていたといえそうですね。

と、大本営のトップ、大元帥であるムツヒトも知っていたのでしょうか。」

「さあ、そこのところはまだハッキリはしていないようですが……。」

このほかに、計画に参加、王宮にも侵入した民間人らがいた。

『漢城新報』に依る新聞人らだ。

『漢城新報』は、一八九五年（明治二十八）二月十七日発行。

〈主権在君〉を主張する右派、安達健蔵と佐々正之が、公使として赴任した井上馨と面談、朝鮮諺文《おんもん》による新聞発行の必要を説く。

共感した井上は、陸奥外相に新聞発行の費用を要請、陸奥も、賛成して千二百円を送り、早期の発行をうながしたのであった。

ブランケット判の同紙は、一～二面は朝鮮語、三～四面は日本語で、隔日発行。外務省は補助金を出し、次第にふやして九六年七月からは毎月三百円を補助、実際上、外務省の機関紙的役割を果たすこととなる。

社長は、安達健蔵。

「その安達は、のちに、加藤高明内閣のとき、逓信大臣となり、若槻・浜口内閣では内務大臣になっている安達健蔵と同一人物でしょうか。」

オサヒトに尋ねられ、調べてみると、たしかに同じ人間であった。

隣国の王妃殺害に初手からタッチしたことで、その後の人生がマイナスになることは少しもなかったのだ。それは、三浦梧楼も同様であったが……。

安達は、主筆の国友重章、小早川秀雄ほかの社員を誘い、『國民新聞』特派員の菊池謙譲や、新聞人らを実行部隊に加わるように誘った。

おおかたは熊本県人。だれも、時こそ来たとばかり、ためらいなく応じている。

「先に日清戦争の項でも述べましたが、牙山《アサン》の中国兵に物を売るためにやってきた仁川の中国人商人を虐殺、船を巻き上げて仁川へと漕がせた新聞社連中とは、このものたちですよ。

王宮に侵入し、暴虐行為をなす前に、その手はもう汚れていたのです。」

さあ、ここに、軍、警察、民間人の三者が、三浦梧楼の指揮のもとに、恐るべき閔王妃殺害を計画、実行したのだった。

「では、その一部始終をたどってみてくれますか。」

十月に入ると、三浦公使は、楠瀬幸彦中佐、守備隊長馬屋原務本《まやはらかねもと》少佐らを呼び、具体的な動員計画を練る。

決行は、十月十日と定めた。

ソウルには、日本陸軍歩兵第十八大隊が駐屯、馬屋原少佐が、大隊長であった。

（王宮襲撃には、馬屋原少佐が守備隊三個中隊をひきいて参加。約五百人前後の数である。）

王宮内の地図にくわしい領事館の人間が必要で、内田領事官は硬骨のひとだから応ずるとはおもえず、反対し、外務省に知らせるかもしれない。さすれば、事はとん挫する。

三浦はそう考えたのだろう、御しやすい堀口領事館補を使い、警察官に王宮案内をさせようと決めている。

「十日決行の予定が、八日未明に繰り上げられたのは、日本が育成した訓錬隊を、いよいよ国王が八日に解散してしまう、との情報が入ったためでしたね。」

「そう、七日朝、軍部大臣が三浦を訪ね、明日訓錬隊を解散すると告げたのです。

さあ大変、訓錬隊が解散されてしまえば、王妃殺害を、訓錬隊のしわざにみせかける計画はとん挫してしまう。偽装できなくなるわけです。」

「で、急きょ、十日を繰り上げ、八日未明、恐るべき事件が起こされました。」

深夜、決行すれば、目撃者もなく、罪を大院君と訓錬隊に帰せられる。

三浦は杉浦と相談、守備隊が動けるかどうか、馬屋原少佐を呼び寄せ、たしかめる。馬屋原は、大丈夫だと請け合ったので、八日未明決行と定まる。

にわかに決めたことなので、十日決行だとおもっていて、ソウルを離れていたものもあり、かの与謝野鉄幹など、その一人であった。

決行を成功させるには、まず、何より郊外、孔徳里《コンドクリ》に住まう大院君をかつぎ出さなければならない。

大院君ともっとも親しいのは仁川にいる岡本柳之助なので、電報を受けて仁川からやってくる岡本と待ち合わせるために、武器を携帯した一行は竜山へと向かい、岡本と合流して孔徳里へと向かう。しかし、逼塞している大院君のもとへ、深夜、岡本柳之助、堀口領事官補、萩原警部ら四十人の武装した連中が、突然姿をあらわしたとき、大院君は寝室で熟睡していた。

内田一等領事は、堀口領事官補に聞いたとして、その状況を、詳細に外務省に報告している。

　堀口、萩原ラハ三浦公使ノ命ニヨリ渡辺、横尾ラ六巡査ヲ率ヒ（但シ平服着用）七日夕景ヨリ当地ヲ発シ、竜山ニ趣キ（略）、岡本ガ仁川ヨリ来着スルヲ待チ受ケ居リシニ、国友重章、安達健蔵其ノ他凡ソ二十余名ノ本邦人モマタ各自武器ヲ携へ、京城ヨリ同所ニ来会シ種々評議ヲ凝シタリシガ、其ノ夜深更ニ至リ岡本モ漸ク竜山ニ到着シタルニヨリ、一同相揃ヒテ孔徳里ニ趣キタリ。

　時既ニ夜ノ十二時頃ナリシカバ、門扉堅ク閉ジテ入ルコトヲ得ズ。依ツテ、萩原警部ハ渡辺巡査ニ命ジ、横尾巡査ノ肩ニ乗リ嘯壁ヲ越ヘテ門内ニ入リ、内部ヨリコレヲ開カシメタルニヨリ一行ノ者ハ直ニ邸内ニ進入セリ。

　其時豫テ警備ノ為メ其ノ筋ヨリ同邸へ派遣セル、十余名ノ巡検等ハ之ヲ強迫シテ一室（倉庫）ニ押込ミ、外部ヨリ堅ク封鎖シ其ノ外出ヲ制止シ、尚其ノ着用セル制服制帽ヲ剥ギ取リ、之ヲ我ガ巡査ニ着用セシメタリ。（『江華島《カンファド》事件から併合まで日本がしたこと』）

深夜、人の邸に塀を乗り越えて忍びこみ、邸内の警備員たちを一室に押しこめ、外に逃げださないようにし、あまつさえ彼らの制服制帽を奪って、巡査にちゃっかり着せてしまった。強盗というべきではないか。

巡査に巡検の制服制帽を着せたのは、王妃殺害を、日本人の仕業でなく見せかけるための猿知恵であろう。

しかし、先に日本に利用され、ほっぽられた大院君にしてみれば、自分を利用するだけに違いないことは掌をさすように明らかであったにちがいない。

今こそ王宮に入って閔氏一族を排し、ともに政治を行おうではないか、と説得されても、憎い憎い嫁の王妃であり、その近代化政策に反対であっても、日本にもう利用されるのはごめんだ、というのが、本音であったろう。

政権をとりもどさせてやると言えば、すぐ乗ってくるはずだ、と甘く大院君をみていた岡本たちは、一向に話に乗ってこない相手にやきもきしたろう。

夜が明けてしまっては、日本の犯行があらわになってしまう。それでは困るのだ。

二、三時間が過ぎて、もはやこれまで、もう待てぬ、と岡本、安達らは思い決め、大院君を力づくで連れ出し、輿《こし》に乗せる。今、流行の言葉でいえば、拉致したわけで。

いよいよ出邸となったとき、岡本は表門に勢ぞろいした一同に初めて号令する。

「大院君を護衛して王宮に達した後、狐は臨機処分せよ。」と。

「狐」とは、閔王妃を指す隠語であった。

一国の王妃に対するに、なんと下品この上ない言葉の使いようか。

行列が少し進んだところで、大院君は、輿を止めさせ、「国王と王太子には危害を加えないことを約束せよ」と岡本に迫り、岡本は了承して一同に伝える。

岡本らの強引なやりくちに、大院君は、彼らが閔王妃殺害どころか、朝鮮王朝そのものを破壊し、国を乗っ取ろうと企てていること、息子の国王、太子も危うし、と考えたのにちがいない。

一行が王宮に入り、蛮行をおこなうまでを微細に語った領事館巡査の手記がある。

この日、彼は警察署で見張り中、有馬巡査部長から、萩原警部からという命令を受けた。

「帰宅の上ただちに私服を着し、護身用の刀剣またはピストルを持参すべし」と。

どのような理由かわからないながら、直ちに服装をととのえ、警察署にもどったところ、有馬部長も共に出張するという。自分は行く先も目的も不明ながら、有馬部長に同行し、南大門に至った。そこへ丁度、萩原警部が馬に乗って駆けてきて、次のように命じられた。

「お前らは、この門のあたりで張り番し、人民の動静かつ巡検などの徘徊を視察せよ。

少し経てば、日本兵並びに横尾、成相、境巡査らが、大院君を擁して孔徳里からやってくる。共に付き添って王城に至り、宮中に闖入せよ。

そのさい、宮兵を追い払うため、日本兵が発砲する間に、忍んで王室に入り、王妃を殺害して井戸へ投げ込み、証拠をくらませ。

同時に壮士、四、五十人も闖入するゆえ、決して壮士輩の手に遅れを取らぬよう注意せよ。」

この命令を受けて、彼はかかる重大事件に関係するのは「実に勇快」このうえないと奮い立っている。

以下、『江華島事件から併合まで日本がしたこと』に収録されているまま、引用しよう。

今ヤ四巡査並ビ兵隊ノ来ルヲ待ツ時ニ、大月澄ミ渡リ中秋ノ空ニ懸カル。星気爛々トシテ南山ヤ北岳山ノ頂上ニ閃キ、冷風身ニ逼リテ四辺声ナク、意気凛然タリ。

時シモ午前四時頃ナリキ。然ルニ、兵隊ノ来ル模様ナシ。東天正ニ白クナラントス。

此レニ於イテ、余ハ有馬巡査部長ニ向カイ、「是ハ伝令ノ相違ナルベシ。之ヨリ直チニ王城ニ入リタシ」ト許可ヲ請イ、其ノ同意ヲ得テ王城ノ大道ニ至レバ、最早兵士ハ西大門ヲ過ギテ城門ニ近ヨラントス。

城門ニ至レバ渡辺、小田、境、横尾巡査ハ、石塀ヲ踰越サントシ、日本兵ハ門外ニテ砲声ヲ始メタリ。城内ノ宮兵ハ二三発ヲ放チタルニ逃走セリ。

五巡査ハ城内ニ入リ、正門ヲ開ク。

余ラ直チニ進入シ、我先ニト王室ニ至レバ、此ノ時既ニ遅カリシ。

王后陛下ニハ御避難賜イシカ御行方不明ナリ。依ツテ戸々室々隈ナク捜査ヲ始メタルニ、壮士輩モ早王室ニ押シ寄セ来タレリ。

時ニ成相巡査ハ王室ノ東側ニ当タル宮女室ノ戸ヲ開キタルニ、数名ノ婦女群集シ、内絶世ノ美人トモ言ウベキ一人ノ婦女ヲ擁護シ居ルヲ以ツテ、必定王妃陛下ニ相違ナシトシテ漸ク戸外ニ引キ出サントスル所ヲ、後ヨリ一人ノ壮士ガ飛ビ来タリ、「面倒」ダト言イナガラ右後頭部ヲ切リツケタルニ、ソノ場ニ即死シタリ。

然レドモ、誰モ王妃ノ顔ヲ知ラズ、有馬巡査部長ガ王世子ト女官取締ヲ連レテ来テ一見セシメタルニ、案ニ違ワズ王妃ナリケレバ、直チニ門戸ヲ閉鎖シ置キタルニ、三浦公使ハ参内セラレタリ。斯クシテ余輩ハ引揚ゲノ命ヲ受ケ帰署シタルハ午前十一時ナリ。

次に、ソウル領事の職にあった内田定槌が提出した意見書中の犯行状況を紹介しよう。

ちょうど三十歳になったばかりの内田は、他のものたちと違い、長州に攻撃、占領された小倉藩の出身だ。日清戦争全期間、ソウル領事であった。

先述したように、内田は、十月八日早暁、王宮から聞こえてくる銃声の乱発におどろいて走り回り、その後、職務上真相をつかむべく、奔走した。

他の関係者と内田が異なるのは、彼が事件を「歴史上古今未曾有ノ凶悪」ととらえたことであろう。

まず内田は、堀口領事館補、萩原警部両人を尋問する。

堀口曰く。

「前日夕刻、三浦から計画を打ち明けられ、大院君を迎えに岡本柳之助と竜山で待ち合わせることになっている。ついては王宮内にくわしいものは誰かと問われ、萩原警部だと答えると、では彼と事に慣れた巡査を連れて出発してくれと言われました。

内田領事に晩餐を招かれていることでもあり、領事とも相談したいと答えたところ、他言するな、領事にはうまく言い訳するゆえ、心配せず、即刻出発せよ、と命ぜられ、やむなく萩原警部らと馬に乗って岡本と待ち合わせる場所、竜山をめざしたのです。」

萩原警部の言い分もほぼ同様であった。

内田は、もし、自分に知らせてくれたら、そのようなことはさせなかった。甚だ遺憾であり、今後たとえ公使の命令であっても、関わってはならない、と訓戒する。

八日午後、内田は王宮からもどってきた三浦に会う。

三浦は言う。

「王妃、閔一族がロシアと結託して、日本指導の内政改革を破壊し、親日士官はことごとく捕えて殺戮し、閔泳駿《ミンヨンジュン》が国政を牛耳るとの計画があること。手始めにいよいよ訓錬隊解散に踏み切りはじめたゆえ、大院君を起たせることにしたのだ。

王宮に入るにあたり、多少の騒擾が起きたけれども、もう鎮められ、国王・世子は安全である。

但し、王妃は騒擾のさいに或る者に殺害され、その他宮女二、三名と連隊長洪啓薫《ホンケフン》、宮内大臣李耕植《イギョンシク》、兵卒一名が殺害された。自分は今朝、国王の召しにより参内、大院君列席の上で謁見、善後策を申し上げておいた。

本件を実行するに、当初朝鮮人のみ使うはずだったが、彼らのみでは到底目的を達することはできないであろうから、やむを得ず、日本人を使うこととなった。

最初は十日決行の予定であった。しかし、機密が漏れる恐れもあり、八日になると訓錬隊がいよいよ解散されてしまうので、事情切迫、七日に着手したため、万事手違いが生じてしまった。

しかし、日本人、特には公使館員、領事館員、守備隊が関係しているとあっては甚だ面倒ゆえ、あくまで隠さねばならない。

そこで、至急に居留民の主だったものを領事館に集め、今回の事件は全く大院君派と王妃派の争闘で日本人には関係ない。ただ守備兵は王城の騒擾を鎮めるために入城したと弁明、種々の風説に惑わされぬよう諭してほしい。自分も官吏らに事件に関係したことを口外してはならないと取り計らう。」三浦の意見に、内田も、隠蔽するしかなかろうと判断、同意し、三浦の指示に従うしかなかった。内田は、王城に入り、実地検分もして、詳しい地図も描いており、やがて出された意見書には、事件の状況がなまなましく記されている。（以下、筆者口訳）

萩原警部は、部下の巡査をひきいて大院君一行の前に進み、まず光化門前で、わが守備隊が兵営からあらかじめ用意してきた、はしご、斧、槌などを使い、門の近くの高い壁を乗り越え、門内に入って、番兵を追い払い、一行の者たちはその後に従い、あるいは剣を握り、あるいは銃を放ち、混雑を極めつつ、さながら百姓一揆にも似た勢いで、一度にどうっと王宮へ押し寄せた。

さて王宮深く入りこんだ日本人の一群は、戸をこじ開け、内部をうかがったところ、数名の宮女がひそんでいることを見つけたので、これこそ王妃の居間だと考え、直ちに白刃をふるって室内に乱入した。

周章狼狽して泣き叫び逃げ隠れようとする女性たちを情け容赦なく、皆ひっ捕らえ、そのなかで服装容貌など優美で王妃とおもわれるものに、直ちに剣をふるい、三名を殺戮した。

けれども、王妃の容貌を識別できるものは一人としていなかったので、殺害した女性の死骸や、取り押さえている女性の相貌を一々点検してみた。しかるに皆若すぎ、前もって聞き及んでいた王妃の年令と符合しない。

これはてっきり、王妃を取り逃がしたと思い、国友重章などは、なお残っていた女性を捕え、室内から縁側に引きずり出し、左手に襟髪をつかみ、右手に白刃をもってその胸部にあてがい、「王妃はどこだ！　いつどこに逃げたか！」日本語でしきりに怒鳴ったが、日本語が通じないゆえ、何を聞いているのかわからず、答えようがないのでひたすら号泣して憐れみを乞うのみであった。


このとき、早くも日が昇ってきており、朝鮮政府雇いの侍衛隊教官ゼネラル・ダイが、その近くに佇んで、わが日本人の暴行を目撃していた。ある者は直ちに彼を殺害すべしと叫ぶ。

堀口は、某守備隊士官の命により、同人に向かい、フランス語でここを立ち退けと命ずると、ダイ曰く「自分は米国人だ。日本人の命には従えない。」と退去にあらがう。

なお、同日、ダイと共に、国王寝殿の近辺で宿直していたロシア人サバチンもまた、ひそかに傍観していたという。

しかるに、他の壮士らは、王妃を逃したと聞き、所々捜索をはじめ、ついに国王の居室に踏み込もうとした。


わが日本人の乱入者は所々に王妃の所在を捜索中、ある宮女の証言により、王妃の頬の上部に一点の禿跡があると聞いて、すでに殺害した女性の屍《しかばね》を点検したところ、その内一名は頬の上部に俗にいうコメカミと称する部分に禿跡があるのを発見、宮女数名に示したところ、だれも王妃に相違ないと述べた。

王妃の屍は、三浦公使が入宮後、彼の発案によるかはっきりしないけれども、ある門外の松林のなかに運ばせ、薪を積んで、その上に載せ、直ちに焼き捨てたという。

かつ、同日、王宮内の異変を知り、直ちに参内したロシア公使はじめ門外に群がり集った数多の朝鮮人は、凶器をたずさえた日本人が三々五々群らがって光化門から出て去るのを見ていた。また、関係した日本人らは、他の人びとに向かい、公然と自己の功労を吹聴するにいたった。

「全くなんと野蛮なことか！

ま、わたしを平気で葬り去り、あげく天皇は神などと平然と憲法に記したほどの恥を知らぬものたちが育てた連中ゆえ、できることであろうが……」

きりきり歯噛みするオサヒト。

「内田は、政府への打電とともに、外務次官原敬宛てにたてつづけに私信を送っています。事をどう処したらよいか、信頼する原に、私信を送ったのでしょう。」

「おう、たしか原敬も、南部藩出身、戊辰戦争時、東軍側でしたね。」

「ほかに事件の翌日、内務省法制局参事官・石塚栄蔵が、末松法制局長官充てに書簡を送っており、これも生々しいものがあります。この書簡も紹介しておきましょう。」

石塚栄蔵は、〈王妃排除の議〉は、まず、もし時期が許せば決行したいとは、不言不語のうちに誰もふくんでいたことながら、もし一歩誤ればたちまち外国関係を惹起し、朝鮮での日本の地位を失うのは必然、深く軽挙は戒むべきことは申すまでもなく、今回のことは最初から少しも相談にあずからなかったと述べる。

そして、之を決行した所以は、国王夫妻が「希求ノ場合、露国ニ援兵ヲ請ウノ約束」をしたこと、また、日本主導の「訓錬隊解散ノ決定」をしたためであろう、つまり訓錬隊を利用したのであり、推察するに首謀者は岡本、ほかに柴、楠瀬、杉浦が密議に参加している。

他は関知せず、守備隊長馬屋原は命令的に実行の任に充てられたと思われる。この荒仕事の実行者は、日本が設けた朝鮮人による訓練隊のほか守備隊の後援というより、守備隊が主力のようだといい、さらに次のように記している。

尚守備隊ノ外ニ日本人二十名弱アリ。熊本県人多数ヲ占ム。守備隊ノ将兵兵卒ハ門警護ニ止ラズ門内ニ侵入セリ。殊ニ野次馬連ハ深ク内部ニ入リ王妃ヲ引キ出シ二、三守備隊カ所刃傷ニ及ビ、且ツ裸体ニシテ局部検査ヲ為シ最後ニ油ヲ注ギ焼失セル等誠ニ之筆ニスルニ忍ビザルナリ。ソノ他宮内大臣ハ頗ル残酷ナル方法ヲ以ッテ殺害シタリト言ウ。

右ハ士官モ手伝イタリシモ主トシテ兵士外日本人ノ所以ニ係ルモノノ如シ。

(『江華島事件から併合まで日本がしたこと』)

国王の居室の右手にある王妃の部屋（坤寧閣）に乱入しようとする日本人暴徒たちを、押しとめようとする宮内大臣李耕植は、拳銃で撃たれ、よろめきながら濡れ縁へ逃れ出るところを、肩を斬られ、絶命している。

さんざんに残虐行為を行って引き揚げる暴徒たち。

大凡三時間ヲ費ヤシテ右荒仕事ヲ了ラシタル後、右日本人ハ短銃又ハ刀剣ヲ手ニシ、徐々トシテ光化門ヲ出テ群集ノ中ヲ通リ抜ケタリ。時已ニ八時過ニシテ王城前ノ広小路ハ人ヲ以ツテ充塞セリ。

「おう、何たることか。ひとの国の王妃を無体に殺し、凌辱をくわえた連中が、怖れをしらず、むしろ得意げに、その国の町中を平気で歩み去るとは！

日本という国は、どこまで堕ちてしまったのか！

いえ、それはわたしを、家定を、闇に葬ったときから堕ちていたのでしょう。

ところで、天網恢恢疎にして漏らさず、この蛮行の目撃者がいたのでしたね。」

「はい。朝鮮政府が雇った侍衛隊の教官である米国人ゼネラル・ダイと、ロシア人技師サバチンです。」

国王の居室に近い洋館に宿直していた二人は、騒ぎを聞いて乾清宮《コンチョングン》（国王寝殿）の前庭にたたずみ、事件を目撃していた。

サバチンは隠れていたため、気づかれなかったが、ダイに向かっては「王妃をどこに隠しているか」と詰問したものもいるありさま。

ダイに気づいた士官が、堀口に退去させるように命じ、堀口はフランス語で立ち退きを求める。しかし、ダイは、「私は米国人である。日本人の命令には従えない。」と言って退去しなかった。

異変を知ってかけつけたロシア大使も、門外に集まった群衆も、凶器をたずさえた日本人らが、わやわやと光化門の内から出てくるのを目撃している。

侍衛隊連隊長の玄興沢は、殴る蹴るの暴行を受けながらなんとか、脱走、証言者の一人となる。

2

「閔王妃殺害という一大犯行が日本軍・警察・民間人込みで行われたあと、事態はどうなっていったか、調べてほしいですね。多分、わたしのときのように揉み消されてしまったのではないですか。」

オサヒトが心配げに言う。

「では、その後の動きを見ていきましょうか。」

凶行が終わり、八日午前八時三十分、悠々、王宮に向かった三浦公使は、大院君、高宗に、親日内閣の発足ほかを否応なく承諾させる。

なにしろ王宮は、所々でなお抵抗している朝鮮兵がいるにしろ、日本守備隊がひしめいているのだ。早速に、殺された宮内大臣、李耕植に代わり、大院君の長男、李載冕《イチエミョン》が任命される。もとより何の力も持たないシャッポだ。

その下で実権をにぎる宮内協弁には、親日派の金宗漢を置く。王宮警護も、訓錬隊に代える。二日目には、侍衛隊の兵を一部だけ編入させて。

さて、当時、ソウルにいた日本人で、事件の蚊帳の外に置かれていたため、冷静に事件の真相をつかもうとしたのは、ソウル領事の職にあった内田定槌であった。

ちょうど三十歳になったばかりの内田は、他のものたちと違い、長州藩に攻撃、占領され、蹂躙された小倉藩の出身。日清戦争全期間、ソウル領事であった。

先述したように、内田は、十月八日早暁、王宮から聞こえてくる銃声の乱発におどろいて走り回り、その後、職務上真相をつかむべく、奔走した。

他の関係者と内田が異なるのは、彼が事件を「歴史上古今未曾有ノ凶悪」ととらえたことであろう。

まず内田は、堀口領事館補、萩原警部両人を尋問、三浦公使にも会い、その結果をその日のうち、八日に、日本の外務省宛に打電している。

報告書によれば、内田が三浦公使に会いに行くと、二階で不動明王を拝んでいて二十分ほど待たされる。

「大変な騒ぎになりました」と言う内田に「これで朝鮮もいよいよ日本のものになった。もう安心だ。」とうそぶく三浦。内田が何とか日本人が関係したことを隠したいが、と言うと、三浦も同意する。

そこへロシア公使が血眼になってやってきたため、内田は座をはずした。ロシア大使が帰ったあと、三浦は先程と変り、すっかり、しょげている。事件をロシア人技師サバチンに目撃されてしまっていたのだ。

内田が領事館へもどると、程なく、堀口領事官補も帰ってきた。

「一体この始末をどうつけるつもりだ?」

厳しく問うと堀口は黙ってしまい、事件の詳細を報告書に記すように、内田は命じる。

正式の報告と別に、内田は、同日あるいは九日、西園寺公望外務大臣代理の次官を務める原敬に私信を送っていた。

内田も、原も、いわゆる薩長閥のなかにあって、「賊藩」の出だ。たがいに通じるものがあったのかも。そこでは王妃を「某陸軍中尉」が殺し、「死骸は萩原が韓人に命じて之を他に運ばしめ直ちに焼き捨てたりとの趣して、随分手荒き所業を相働き候」と慨嘆している。

「ほう、殺害者は壮士ではなく、軍人でしたか。」

「金文子氏の著書によれば、陸軍省の文書ファイルに残された電信記録などにより、宮内大臣李耕植を射撃、そののち、最初の一刀をふるって王妃に致命傷を与えたのは、馬屋原少佐にしたがい、直接命令を受けて行動していた宮本竹太郎陸軍少尉であったろうと推測していますね。

彼は、一八九四年(明治二十七)召集され、後尾歩兵第十八大隊に入隊。この隊はソウル守備隊となってソウルに着任、間もなく朝鮮国教導中隊第二中隊が「東学党征討」のため、出発するにあたり、井上公使の命を受けて、指揮監督のため、下士官四名ほか兵卒二十六名、巡査六名、通訳二名を引率して同行しています。ソウルにもどってきたのは、翌一八九五年(明治二十八)二月でした。」

「なるほど、井上公使の命ということは、それだけ戦闘指揮能力に高い評価を得ていたわけですね。

東学農民たちを相手にした人物であれば、血の匂いにも慣れ、人をばさばさ殺すことなど、さぞ平気になっていたことでしょう。」

「たしかに。馬屋原少佐も、彼を買っていたから、王妃殺害をじきじき命じたのではないでしょうか」

九日付、原宛ての内田による私信では、新たにわかった主要参加者名をあげ、すでに事件は外人に知られ、隠蔽は難しく「去りとて若し之を隠蔽せざるときは我国のため由由敷大事件」ゆえ、頭を悩ましている。

三浦公使の命により日本人は関わっていないとしきりに弁明しているものの、なかには野次馬となって乱入した者も多数おり、そのうちには得意顔に功名談を述べる者もあって始末に窮する。また、館員を処分すれば三浦公使の進退にも関わってくる。どうしたらよいか、意見を聞かせてほしい、と。

事件が外国に知られてしまったことで、大いにあわてた日本政府と大本営は、九日午後、急きょ、伊藤博文首相官邸で、主要メンバーが首をそろえて対策を話し合う。

出席者は、伊藤首相ほか各大臣、山県有朋大将、井上馨元朝鮮公使、川上操六中将、児玉源太郎少将、山本権兵衛少将ら。

とにかく事態収拾のため、特使を送らねばとなって、陸軍から田村・原田二名の少佐が、翌十日、大本営の訓令を受け、出発していく。

十一日付の内田の私信。

内田は処分について三案を考えたこと、三浦とも相談、第三案でやっていくことにした、と述べている。

第一案「本件に与《あずか》ったものは官民の別なく悉《ことごと》く相当に処分する。」

第二案「本件共犯者は悉く不問に付す。」
第三案「共犯者のうち一部は処罰し他は不問に付す。」
公使館・領事館・守備隊に関係者があるとわかると外交上都合が悪いゆえ、政府の意向を聞いてから行うべきながら、あまり延ばすと不都合なので、本日より審問を始めた、とあり、なにしろ首謀者の三浦と相談しながら審問を始めるしかないのだから、内田の困惑も相当なものがあったろう。共犯者と決めたものには同じ供述をするよう、口裏合わせにも気を配らねばならない。
一方、『明治天皇紀』には、十月十三日に次の記述がある。

緊急勅令を以て、官命に依る者の外、管轄地方廳の許可なくして朝鮮国に渡航するを禁ず、本月八日の朝鮮国事變は、我が国外交上重大の関係を有するを以て、此の際我が国民の渡航を放任するに於ては、無謀の輩或は外交上の難事を醸すの虞なきにあらず、故に法律を以て渡航の制限を定むるは今日の急務なり、然れども帝国議会開会中にあらざるを以て、此の発令を見るに至れるなり、

「おう、緊急勅令ですから、遅くともこの時点で、ムツヒトは事件を知ったわけだ。」
同月十七日には、

朝鮮国駐《ちゅうさつ》劄特命全権公使子爵三浦梧楼に帰朝を命じ、外務省政務局長小村壽太郎を辨理公使に任じ、朝鮮国駐劄を命ず

と、三浦から小村への公使交代を記している。

田村少佐、「守備隊司令官心得」として、ソウル守備隊に着任。

同日、東京で、川上操六中将、寺内正毅《てらうちまさたけ》少将、ほか参謀本部参謀官ら、秘密会議を開く。

十八日には、朝鮮国特派大使、侍従卿、李載純《イチェスン》がやってきてムツヒトに面会。

彼は、国王の親書のほかに羅州竹の大きな簾四掛ほかを捧げ、「日清講和条約の成立を賀し、朝鮮国の独立と政治の改革とは、全く天皇善隣の深きに因らずんばあるべからずとの謝辞」を述べる。

このころ、朝鮮国王は日本軍によって幽閉同然であったのだから、脅され、特派大使もやむなくやってきたのではなかろうか。それとも根っからの親日派か。

十九日、内田の原宛て私信。

そこで内田は率直に、今回の事件は、「我が帝国政府の意思に出でたるものなるや否や」、また、もし帝国政府の意思でなくとも、昨年の王宮占拠事件のように追認するのかどうかハッキリせず、まさか政府の内意ではないだろうと想像していたものの、指示なく当惑していたこと、そこへ小村寿太郎が着任、政府の趣意もわかり、処分を決行した、と記している。

朝鮮追放は関係者の一部だが、小村公使はまずこれくらいで、と言っており、従ったこと。

当然、帰すべきもので残っているのは、と内田は、名を挙げ、残した理由も、次のようにあげている。

柴四朗――三浦公使と密接な関係であることは、当地では隠れもなく、もし処分すれば三浦も関係あることが明らかになってしまうので、自発的に帰国させる。

安達健蔵——主な関係人だが、退韓させると『漢城新報』が廃刊同様になってしまう。

岡本重之（居留民総代役場書記）——居留民関係の運行が中止される。

佐瀬熊鉄・朝山某——韓国雇につき、他の邦人雇の信用に関わる。

「なんと退韓を命じたものたちに、金が渡されたことも内田は記しています。」

「金を？　一体どうして？」

「大院君から彼らに六千円寄贈され、柴、岡本から分配してそれぞれに百円～二百円配られたとありますが、いえ、実際には大院君を脅して巻き上げた金か、それとも公使館からの内密の金でしょうか。事件に無関係で退韓するものにも、杉村が旅費を支給しています。

それで、退韓にも不満はなく、かえって喜んでいるとも内田は書いていますね。

金は、公使館員及び領事館員が、事件に関わったことへの口止め料で、口外しないと一同堅く誓ったそうですよ。

ま、連中は、意気揚々と宇品に着くと、豈《あに》はからんや広島監獄送りとなるのですが……」

関係者が以後、続々朝鮮を離れるわけで、十月二十三日には、田村中佐が、川上中将宛てに、「ソウルは続いて平穏、今日公使館・領事館の者も帰朝を命ぜらる、守備隊の者も帰朝を命ぜり、楠瀬のなし来りし仕事は、その侭渡辺になさしめ、又、訓錬隊教授もこの度交代せし守備隊の者をもって引き続きなさしむ、朝鮮政府の者に恐怖心と疑心とを抱かしめざることを務めつあり」との電信を打っている。

「おや、『明治天皇紀』の十月二十一日に、この件について、少し詳しい記事が載っていますね。」

「総理大臣侯爵伊藤思えらく、のところですか。だれにもわかるように口訳してみてくれますか。」
「ええと、」
以前のくせが抜けず、人使いが荒いなと思いつつ、興味もあるので、伊藤博文の胸の内として書かれているものを、口訳してみる。

今回発生した閔妃事件は、わが政府が従来採ってきた政策に背くのみならず、国際上異常の衝動を引き起こしてしまった。

であるから、井上馨を朝鮮国に派遣するにあたっては、彼の権限・職守をはっきりさせ、従来の政府の決定を確認し、将来に誤解を招かないことが肝心だと考え、この日、意見書をしたため、天皇に提出した。

と、ちゃっかり出先機関の暴走に責任をかぶせ、さらに述べる。

意見書にいわく、朝鮮国に際して、特派使節である伯爵井上馨と駐在辨理公使の小村壽太郎とのおのおのの名義・権域を明らかにすることが緊急にやるべきことである。
すなわち馨は、わが帝室からの慰問として、かつわが国臣民がこの変に関与したことを遺憾とする聖旨を朝鮮国王に伝えるために特派するのであり、国際上、日朝両国及び各国使臣と公然とやりとりする事項は、辨理公使の任務である。

また、朝鮮国内政改革の援助は、現時点ではこれを強いるのは益がないゆえ、漸次、同国に任せる方針を採るべきだ。

また、我が政府の朝鮮国に対する方針は、戦後といえど、従来と異なることはない。

しかし、その形勢に違いがないわけではない。

すなわち戦前においては、朝鮮国独立は日清両国の議論であって、各国国際上の問題ではなかった。

ところが、戦後は、露・独・仏三国同盟が朝鮮の独立を主張し、同国に接する遼東半島の地を日本国の所領とするのは、その独立を危うくすると言うに至って、三国干渉の一部は、実に朝鮮国問題に属することとなってしまった。戦前とその形勢が異なる所以である。

ゆえに我が政府は、漸次朝鮮国に対する干渉の跡を絶ち、その独立を無視しているとの非難を避けねばならない。それは我が国将来の地位を保つべき要である。

よって、前回、馨が帰朝するや、露国に向かってわが政府の朝鮮国に対する方針及び撤兵その他の措置を通告しようとしたのに、はからずも今回のような事変が勃発したため、朝鮮国に対するわが地位は一転してしまった。

よってわが政府は、前後の手段を講ずるにあたって、各国と協同的に行う場合は、積極的な手段を採るけれども、それ以外は消極的にならざるを得ない。

而して積極の処置に出る必要がある場合は、辨理公使は、わが政府の訓令を待たせるほかはないと信ずる。

「はは、さすがの伊藤のあわてぶりが、目に見えるようですね。」

「二十四日には、帰国する李載純大使が、鳳凰の間で、また、ムツヒトに会い、ムツヒトは、閔妃事件が起こったのを遺憾とし、伯爵井上馨を派遣して慰問する旨を伝奏しています。ついで桐の間の皇后にも。むむ、これだけではムツヒトの生の声はわかりません。

とにかく、王妃殺しがなされたことは知っていたわけです。」

「同日、政府の命に背いた行為があったとして、三浦梧楼には特命全権公使を免じ、華族令によって礼遇を停止していますね。」

「そんな一方、ムツヒトは、侍従を群馬県の領地に派遣して、マツタケを採らせている。一体、なにを考えているのだか。」

オサヒトがため息をつく。

十一月五日、内田は、西園寺公望外務大臣宛てに機密の報告書を送る。その最後に内田は次のように記した。

今回は計らずも意外の辺に意外の事を企つる者、之れ有り。独り壮士輩のみならず、数多の良民、及び安寧秩序を維持すべき任務を要する当領事館員、及守備隊迄を煽動して、歴史上古今未曾有の凶悪を行うに至りたるは、我帝国の為め実に残念至極なる次第に候。

「おう、そうです。実に歴史上、古今未曾有の凶悪事件といえます。しかし、テロに次ぐテロ、数多の犯罪で権力を掌握してきたものたちには、その常識が通じなかったことでしょう。」

口惜しがるオサヒト。

諸外国に知られてしまった手前、事件に関わったと指定された帰国者は、逮捕され、軍人十二名は軍事法廷に、その他の公務員・民間人四十八名は、広島刑務所に収監、広島地裁で裁かれることとなる。

広島地方裁判所の検事正は、現地で取調べたことについて内田に報告を依頼、内田は生真面目に報告書を送り、西園寺に叱責を食らう。

領事たるもの、所属長官である外務大臣に報告する以外、「すべての秘密事件」を他に告げてはならないのだ、と。

しかし、内田は反論する。

あくまで問い合わせに応えて返答したのである。

「苟《いやし》くも我政府に於て本件を公明正大に処分せらるる御趣意なる以上は、之を通報する方が御主意に協《かな》ふことと信じたり。」

それでも、もし広島地裁に通報することが不都合な点があるならば、どのようにも修正するので、どの箇所箇所か、至急言ってください。

上司に対して、内田はよく言ったものだ。

一方、諸外国に対しては、極力日本の犯罪でない、とカモフラージュしなければならない立場。凶行を企てたものたちが、どんなにか腹立たしかったにちがいない。

西園寺から叱責を食らった日に、内田はさらに、王城に行って現地調査を行なってもいた。そして、どのような経路で侵入、事に及んだか、殺害後、王妃の遺体をどうしたか、つぶさに調べ、緻密な王城図を作成、「機密五十一号」として、外務次官の原宛てに提出する。

その図に添えられた書簡は、実に生々しいものがある。一部口訳してみると、

図中にしめした乾清宮は、十月八日前後の国王陛下初め王族方のお居間で、長安堂は陛下、坤寧閣は王妃殿下の御居間であります。

また、坤寧閣の裏手にあたり、東西に横たわる一棟は、王太子と王太子妃のお居間です。

そして、事変の時、王后陛下は図中に示した１（長安堂の長の字の右肩）の地点から、２（長安堂の庭）に引き出され、そこで殺害に遭われたのち、死骸は一旦、３（坤寧閣）の部屋に持ちこまれ、その後、夾門から持ちだし、４（鹿山の南辺の松原）で焼き捨てられたということで、十一月二十一日、小官が王城に入ったときには、燃え残った薪類が、なお４の辺りに散在し、その傍らには何物かを埋めたらしい形跡が歴然としておりました。


「一国の王妃をあっさり殺した上に、焼き捨ててしまうとは！　なんたる天を恐れぬ所業か！」

「いえ、それだけではありません。後年、内田は外務省の調査に応じ、さらなる事実を話しています。」

「さらなる事実とは？」

犯人たちは、はじめ王城内の井戸に王妃の遺体を放りこんだものの、それではすぐ見つかると気づき、鹿山南辺で、石油をかけて焼いた。

それでも気がかりで、池の中へ放りこむ。しかし、なかなか沈まないため、翌日頃、池から取り出して松原の中に埋めたのだという。

内田の「王城作成図」が、ムツヒトのもとに「上奏」されたのは、翌一八九六年（明治二十九）一月十一日。

一方、事件の後始末にやってきた小村寿太郎公使は、ロシア公使ウエーバーと相談しつつ、訓錬隊を解散、大院君を引退させ、軍部大臣を更迭、隊長などを解雇、事件を裁くためだとして特別法務院を設けた。

このときの朝鮮政府は、首相の金弘集はじめすべて親日派だ。特別法務院の検事も同様で、日本のいうままに、下手人は大院君に指嗾《しそう》された朝鮮人だとして、三名の者を犯人だとし、あわただしく処刑してしまう。

その三名について角田房子は、以下のように記している。

朴銑《パクソン》は、他の罪で入牢中。その以前に、身分の高い女性を殺したことがあると酒の勢いである女性と口論したことが仇となり、さらに、一時日本人のところで働いたことがあって日本人のような服装・髪型をしていたため、日本人に変装した朝鮮人として下手人に仕立てられてしまった。

尹錫禹《ユンソクウ》は訓錬隊の副尉。たまたま遺体を焼却した場所に通りかかり、命ぜられて遺体を地中に埋めたことで、下手人とされた。

李周会《イジェフェ》は、自首し、処刑されることで日本の犯人たちを救おうとした義人として、日本側では頭山満が施主となり、以後ずっと「義人李周会」として法要が営まれているとか。一方、朝鮮人側からは、全くのでっちあげとの説が種々あり、角田は、いずれともなお判断しづらいと述べている。

「ところで、敬愛する閔王妃を殺されたあと、高宗国王も世子もいわば、日本軍に幽閉され、身の危険を感じつつ、過ごしたのでしょうね。」

同じ「王」だったものとして、他人事とは思えないらしく、オサヒトが尋ねる。

「『ニューヨーク・ヘラルド』紙は、殺害事件二日後に、ウェーベル・ロシア公使とともに、国王に拝謁したコックリル大佐の手記を載せていますね。

その記事によると、国王と世子は、小部屋に立っていて、国王は青ざめ、血の気のない様子で見るからに痛々しく見えた、と。

そこには自分の食卓から持ってきた果物と食物が入っていて、毒殺を懸念していた国王は、自ら箱と箱の鍵を受け取られたそうです。

傍には親日派の軍部大臣が立っており、国王はウェーベル公使に目で嘆願し、手振りで、忠実なダイ将軍を引き離さないでほしいと意思表示した、と。

「国王の全身は、あたかもセント・ヴィッツス舞踏病に苦しんでいるかのように、びくびくひきつり、その目は悲しげに嘆願していた。」とあります。」

「たしかに。国王であろうと、殺すことなど屁ともおもわぬ連中だ。」

オサヒトらしからぬ表現におどろいていると、少し気まり悪げに弁解したものだ。

「わたしだって、もう御所を離れてずいぶん経っているのですから、俗語だって何だって言えますよ。」

十一月二十八日、金弘集内閣を逆賊だとして殺戮を企てる軍人たちが、景福宮を攻撃、国王と王太子をロシア公使館に移そうとする企てが起きたが、失敗に終わる。

「ああ、『明治天皇紀』にも出ていますね。

旧侍衛隊の不平を抱くものが、新内閣を叛逆の徒とみなし、李範晋《イボムジン》らを領袖として親露派を糾合、ウエーバーと気脈を通じ、景福宮に攻め入ろうとした。韓国内閣はこれを予知、防戦に努めたため、彼らは逃れて露・米両国大使館に逃げこんだ。韓国内閣は外国公使の干渉を恐れ、二、三名を処刑して終わりにした。

彼らと戦った主軸は、おそらく日本軍でしょう。」

年が明けて（一八九六年）、相次いで、事件関係者への裁きが決まる。

まず一月十四日、第五師団司令部（広島）での軍法会議は、楠瀬、馬屋原ら軍人ら八名、全員無罪。

かねて口裏合わせしているから、全員、大院君首謀の朝鮮人の犯行と主張するわけだ。

一月二十日、広島予審で、官吏・民間人ら四十八名も、「被告人中其犯罪ヲ実行シタルモノアリト認ムベキ証憑十分ナラズ」として、全員免訴。

証拠不十分なんてものではない。

内田領事は、『漢城新報』社を家宅捜査し、証拠品となるべき左の物件を広島地裁へ送っているのだから。

第四号　袋入り鞘日本刀　壱本　白鞘ニハ物ヲ斬リシ跡アリ
第五号　日本刀　壱本　血痕アリ
第六号　新聞紙包　壱個　洋服チョッキ　壱枚　足袋　五足　血痕アリ

民間人のうち、熊本県人が二十一名を占めていた。そのうち、六名が元自由党員であった。自由党員らを束ねていたのは、かつて藩閥政治を批判し、出版条例違反で投獄されたこともある星亨。

江戸築地の左官屋の子に生まれ、父は倒産して行方不明、母は下女奉公と下積みから刻苦、英語教師として身を立て、渡英して弁護士資格を得、立憲自由党に加わった星。やがて、非藩閥の陸奥宗光に登用され、衆議院議長、伊藤博文内閣の外相になるなどした後、また、井上と陸奥のはからいで、朝鮮政府に強引に押しつけ、一八九五年（明治二十八）四月、同法部顧問となる。

すると星は、早速に裁判制度に手をつけ、特別法院を設立。そこで、大院君の孫、李埈鎔《イジュンヨン》をクーデター首謀者として捕え、人々を震撼させる。

大院君らが謀って、清軍を頼み、東学党らを煽動して、日本軍を挟み撃ちにし、国王・王妃・世子を廃して、李埈鎔を国王に就かせるとの企てがあったとして。

寵愛する孫を捕えられた大院君は、狂せんばかり。孫を殺すなら自分を殺せ、と裁判所に迫ろうとまでした。

李埈鎔は、国王の特赦で流刑となり、のち釈放後は、この一件で謹慎の身となった大院君とともに、孔徳里に逼塞する。

金文子氏は、大院君を失脚させるために、このシナリオは井上馨が描き、星にやらせたのではと推理している。

閔王妃殺害後、星はあわただしく朝鮮を離れる。

事件の詳細は電信では尽くしがたいので、星を帰朝させる、と、三浦梧楼が、西園寺外相に打電しているのをみると、星もまた、三浦にとって信頼できるコマであったのであろう。

事件にくわわった星の部下たち、その一人、自分が王妃を一撃で殺した、とのちに主張する寺崎泰吉は、星の雇書記生であった。他の自由党員らも、星が「雇員」として、いわば飼っていたものたち。

かねて、洪《ホン》法務大臣に、大小関係なく、すべて顧問官である自分と雇員らの指揮・教示を受けよ、と命じてはばからなかった星。その下で威張りかえり、ついには王妃殺害の現場で暴れ回った雇員たち。

人民主権を謳った自由党員らの、あさましい姿がそこにあった。

殺害計画の首謀者の一人、楠瀬は、こののち、台湾攻略、日露戦争で「活躍」、ついには陸軍大臣まで登りつめる。

三浦梧楼も同様。

出獄時には有志の歓迎会に招かれ、汽車で熱海に帰るときには、「沿道至るところ、多人数群集して、万歳万歳の声を浴びせかけた」と本人が記している。あながち誇張ではなく、日本民衆は、情けないことにも、隣国の王妃殺害の張本人を英雄扱いにしたのだった。

やがて彼は、枢密院顧問官となり、政界の長老として君臨し続け、山県有朋をきらい、政党政治を推しつづけた。

この三浦を、ムツヒトが好んでいたことはたしかだ。

黒田内閣、大隈重信外相の時、外国人を判事に登用し、外国人に関する裁判を扱わせるとの条約改正案を飲もうとなりかかったとき、三浦は死を賭しても反対するとして活動、その旨を上奏文に書き、学習院長はその任務については宮内大臣をとおさず面会できるとの特権を使い、ムツヒトに「拝謁」、実は治外法権の件で、と思いのたけを述べる。

どんな沙汰が下るか、神妙に自宅で待っていると、侍講の元田永孚《もとだながざね》が、三浦の家へやってきた。

「よくやってくれた。」と抱きつき、三浦の上奏文を見よと「お上」が渡され、ご機嫌であった、外人が判事になるという改正案は許可なさらぬであろうと。

そして、閔王妃殺害の件で、釈放された三浦が東京へ着いた晩には、米田侍従がやってくる。

そのときの会話を、三浦が得意げに書いている。

吾輩は先づ、

「お上には大変御心配遊ばしたことであろう。誠に相済まぬことであった。」

と挨拶すると、

「イヤお上はアノ事件をお耳に入れた時、やる時にはやるなと云うお言葉であった。」

と答え、更に、

「今夜お訪ねしたのは、外でもない。実はあれが煮ても焼いても食えぬ大院君を、ベトベトにして使って行ったが、これには何か特約でもあったことか。それを聞いて来いと申すことで、それでお訪ねした。」

とのことである。(『明治反骨中将一代記』)

「やる時にはやるな、ですと!

隣国の王妃を滅多やたらに殺したことへのムツヒトの反応は、そのようなものであったのか!」

オサヒトのため息は深く深く……。

「公判で被告たちを弁護した増島とかいう弁護士は、のちに彼らの犯行の正当性を、堂々と定期刊行物に発表していますよ。

騒動の結果は、世界の平和と進歩のために幸いであったといい、もし王妃の陰謀が成功していたら、朝鮮の復興のために日本が行なってきたあらゆる努力は、水泡に帰したかもしれないので、王妃の陰謀方式は犯罪的であり、日本公使はその犯罪的企図の遂行を予防したという点で、弁護されるべきものである、と。

三浦公使は、朝鮮の平和と秩序を託されたとき、その自らの義務を果たしただけなのである、とも。

この弁護士も、閔王妃殺害の張本人は三浦であると十分わかっていたわけです。

しかしながら、武力により、国王をいわば幽閉同然にして親日政府をあやつっていた日本でしたが、事はそのままでは収まらず、高宗国王が世子もろともロシア公使館に脱出する、いわゆる「露館播遷《ろかんはせん》」といわれる事件が起こります。

それも、日本では紀元節の祭典が行われ、ムツヒトが、豊明殿で拝賀の皇族・大臣・親任官・公侯爵や、各国公使たちへ勅語をさずけ、宴を供した日、二月十一日に、前日の事件が知らされるのですから皮肉なものです。」

「ほほう、それは『明治天皇紀』にも出ていますね。」

そう、よほどショッキングだったのであろう。

『明治天皇紀』には次の記述がある。閔王妃殺害のあとから口訳してみよう。


日本政府の威力が失墜するのに乗じて、閔一派の残党はロシアの助けを得て、親日内閣を転覆させようとの陰謀をたくらみ、その領袖の李範晋らが、まず春川四方の民衆を扇動して乱を起こした。さらにチゲ商人と結託して騒ぎの区域を拡大し、政変をうながす契機としようとした。そこで、ソウルの訓錬隊が、暴徒討伐の命を受けて出発するに至って、ソウルの軍がからっぽとなったため、その隙間に乗じて、ロシア水兵百二十余名が山砲一門をひきいて、仁川から上陸、ただちにソウルに向かった。

二月十日（一八九六年）のことである。

この日、早暁、国王と世子は、国爾を持って、王妃と宮女をしたがえ、ひそかにロシア公使館に潜行した。

諸大臣らと日本軍が相計り、ひそかに殿中に侵入、国王を廃しようとしたため、危機が迫ってロシア公使館に移り、難を逃れようとしたのだ、と言う。

播遷した国王は、その日のうちに、金弘集首相以下、各大臣を罷免し、閔王妃殺害事件の首謀者を謀反罪として厳罰に処すことを布告した。

新たに大臣を任命、ロシア公使館内に政府を置いた。

金弘集首相および農商務大臣鄭らは、ただちに捕えられ斬られた。難を郷里に避けようとした大臣も、途上で惨殺され、軍務・内務・法務大臣らは、わずかに身一つで逃れ、相次いで我が国に亡命した。

ここにおいて、ソウルでの日本の勢力は全く地を払った。

かたやロシアは、にわかに勢力を増し、同国公使ウエーバーは、一朝にしてソウル外交界の首位を占め、ロシア党をもって新内閣を組織、ロシア公使館は朝鮮国政の中枢を握るにいたった。

日本人顧問の多数は解雇され、日本式軍隊は解散させられ、朝鮮内の日本人行商、沿岸での漁業およびすべての日朝貿易までその影響を受けるにいたった。

王城からの脱出は、綿密に計画された。

ロシア公使は、公使館の護衛兵を大幅にふやし、国王の傍のごく少数の臣下は、日本軍のきびしい警戒をあざむくために、一週間も前から、侍女たちの訪問をひんぱんにし、女性用の駕籠をあちこちの門から出入りさせる作戦をたてた。

そのため、国王と世子が女性用の二台の駕籠に乗って、宮門から出て行く時も、護衛兵たちは全く気にしなかったのだ。

国王と世子の脱出が、知れわたると、ソウルの市民は大いによろこび、国王を守ろうとして、こん棒や石を持ったりして多数集まり、騒いだので、日本側も、全くなすすべがなかった。

ロシア公使館に逃れてようやくものが言えるようになった高宗国王は、たちまち新内閣を組織、前内閣で決めたことはすべて破棄する。

「幸いにも悪徒一掃の正義の努力に奮起した忠誠にして信頼すべき臣下により、ここにこの艱難を国家の強化に資する希望が、そしてまた嵐のあとの静けさを取り戻す希望が生じてきた。」

発せられた証書の文言は、高宗の心からの叫びであったろう。

悪評だった断髪令も、衣服・冠帽も「叛徒たちが権力と威圧を用い」て押しつけたのだとして、各自好むようにせよとの勅令を出す。

高宗国王が閔王妃を愛し、その才能を尊び、殺害をどんなに怒っていたか、また、それまで軍の力を背景に日本人がいかに横暴にふるまい、いかにひとびとが憤懣をたぎらせていたかがよくわかる。

『梅泉野録《ばいせんやろく》』で、黄玹《ファンヒョン》は、いかに高宗が王妃を愛していたかを記している。

話が王妃のことに及ぶと、さめざめと涙をながした高宗。化粧箱、手洗器の類を見ても嘆き、手でさすり、手離したがらなかった。

毎月、満月の日には、必ず王妃の為に、親しく文を作って祭ったという。

金文子は、その書（『朝鮮王妃殺害と日本人』）で、あらかた次のように述べている。

ロシア公使館に逃れてほっとした国王は、新政府に閔王妃の死に関する「完全にして且つ公平なる」再調査を命じた。

そのために米国人グレートハウスを法部顧問として雇い、彼に権限を与えた。

再調査がまとまったとき、国王と政府は、官報で発表するために原稿を官報局に送る。

このことを知っておどろいたのが、小村公使。

ただちに李完用《イワンヨン》外部大臣に面会、もし、官報に掲載すれば、だまっていない、断然たる処置を取ると脅し、李は屈して掲載を断念する。

官報をあきらめざるを得なかったものの、どうしても真実を世に明らかにしたい国王と政府は、独立新聞社主徐載弼《ソジェピル》に内命し、『開国五百四年八月事変報告書』という小冊子三百部を出版させる。出版所・出版人も記載せずに。

さらにソウルで刊行されていた英文雑誌『THE KOREAN REPOS-ITORY』（1896・3）に「OF-FICIAL REPOOT CONCERNING THE ATTACK ON THE ROYALPALACE」（王宮事変に関する公報）を掲載させる。

内田は、これを入手、訳を付けて原敬宛てに送った。

「その訳文は、病気を快復した陸奥外相へ、さらに伊藤首相へ報告され、外務省が毛筆で清書、五月十九日、ムツヒトへ渡っています。」

内田が、毛筆で領事館の罫紙に書いたものは、外交史料館に所蔵されているそうだ。

また、「御覧ニ供ス」ため、外務省で毛筆楷書で清書したものは、国立公文書館に所蔵されているとのこと。

「ムツヒトが、伊藤首相から報告書を受け取ったのは、五月十九日ですか。

その日に、内田訳の、次のようななまなましい文をムツヒトは読んだわけですね。」
先述の金文子の著書には、〈核心部分〉が載っているので、わたしたちは声を出して、それを読んだ。

日本人は両陛下の御せられたる宮殿に達するや、其内若干は士官の指揮に由り直に之を取囲み、国王陛下の御居間より僅々数歩を離るゝ処に配置せられ、宮殿の諸門を護り、以て王后陛下を捜索して之を弑し奉らんとする凶暴を企て、彼等と共に王城に侵入せる壮士其他の日本人を保護せり。其人数は凡そ三十人許にして、一名の巨魁之を引率し、抜剣の儘国王陛下の御居間に乱入し、後宮を捜索して手当次第に宮女を引っ捕え其頭髪を攫み、或は之を引ずり回し、或は之を打ち撲りながら、王后陛下の御所在を究問せり。

右は数多の人々が目撃せし所にして、当時侍衛隊に関係せし「サバチン」氏も亦之を実見せり。同氏は暫時御居殿の庭園にありて、日本士官が同所に於て日本兵を指揮し且つ宮女の虐待せられし事実を傍観し居りしかば、同氏も亦たびたび日本人より王后の所在を尋ねられたるも、同氏は之を告げることが無かったので、これまたその脅迫に遭い生命も危険になった。

氏の言うところによれば、日本の士官は現に庭園内に在って、壮士等の暴行は一々之を承知していたのみならず、壮士等が殺戮を行いつつあった間に、その部下の兵が宮殿を囲み、その諸門を護衛していたのを承知していたのは明白である。かくて壮士等は一々諸室を捜索したる後、王后陛下が或る一隅の室内に匿れ居り給ひしを発見し、直ちに之を捉え、その携えたる剣を以て之を斬り斃したり。

この時王后陛下には重傷を受け給ひたるも、直ちに崩御せられたるや否や文明ならず。去れども陛下の玉体は、戸板に載せ絹布を以て之を纏ひ庭園に取り出したりしが、間もなく日本壮士の指図により更に付近の小林中に持ち運び、之に薪を積み石油を注ぎ火を放って之を焼き棄てたり。

王后陛下の御遺骸は、殆んど全く之を焼失し、その残りたるは、僅か数本の骨のみとなり、又た陛下を殺戮するの畏るべき任務を命ぜられたる壮士等は、その命ぜられたる任務を全うしたるや否やを慥《たしか》むる為め、数名の宮女を捉え陛下の御遺骸のもとに連れ行き、其果して陛下なるや否やを訊問し、又た日本人及び之を補助せし朝鮮人の逆賊等は、陛下を取逃さざる様十分の注意を施したるの事実は、証憑《しょうびょう》によって明瞭なり。

「閔王妃への無残な所業を、ムツヒトはやるときはやるな、と称賛したのでしたね。わたしになされた蛮行を思い出すことはなかったようだ。これでは、ムツヒトはわが息子ではなく、長州が故郷から見つけてきた替え玉との説があるのも頷けます。」

「高宗国王は、一年後に直々に閔王妃の一代記に自ら彼女の業績を書いていますね。とても読書好きだったこと、下の者にも心を配ったのでひとびともよく従ったこと、外交問題でよく助言をしてくれ、適格だったことが一度や二度ではなかった、と。

そんな女性に対して、いささかの礼義もつくさず、無惨に殺し、焼き棄てた。身の毛がよだつ行為ですよね。」

ともあれ、高宗国王のロシア公使館への脱出により、立場がすっかり悪くなった日本。

この頃、甲申事変《カプシン》を、金玉均《キムオッキュン》とともに起こし、失敗、日本へ、やがて米国にわたり、苦学しつつ博士号を取った徐載弼が帰国してきた。

独立の基礎をなんとしても強めたい彼は、独立協会を作り、独立門、独立会館の建設を提唱、開化派とともに『独立新聞』を発行する。

一面から三面まではハングルで、論説・官報・外国通信・雑報・物価などを載せ、四面は英語で官報・ローカル記事を載せている。

しかし、主権在民・立憲君主制をめざし、教育をさかんに、工業の育成をさかんに行おうとする主張は、政府内の守旧派にうとまれるのだが。

一八九六年（明治二十九）六月九日、山県有朋は特命全権公使として、モスクワに飛び、山県・ロバノフ協約を結ぶ。山県はロシアの主張に大きく譲らざるを得なかった。

日本は、すでに占有した電信線の管理は確保したものの、ロシアはソウルから国境にいたる電信線架設の権利を留保、爾来、なにごとも話し合わねばならなくなった。

協定には秘密条款《じょうかん》も交わされた。

もし、「両国臣民ノ安寧監督及電信線保護ノ為」ほか、軍隊派遣の必要を認めたときは、「両国政府ノ軍隊ノ間ニ全ク占領セザル空地ヲ置ク」こと、また、朝鮮国が自国軍隊を組織するようになる前は、「日露同数ノ軍隊ヲ置クコトノ権利ヲ有シ」、国王の身上の安全に関しては、「現存スル所ノ事態」を維持するとした。

陸奥宗光外相は、国王がロシア公使館にいる現実は認めるしかないといえ、常に抗議者の地位を保つべきなのに、これでは全面屈服で、ロシアの思いのまま、なんでこんな協定を結んだか、怪訝に堪えないと批判している。

六月十一日、小村寿太郎から原敬に公使が代わる。

赴任した原は、「朝鮮では官民のみならず、在留外国人にいたるまで排日の風潮がすこぶる盛んで、日本人の行為にはどんなことでも皆反対する情勢になってしまっている。そのうちに日本派を政府に入れるのは将来的には可能といえ、今のところは「無為の策」をとるしかないでしょう」と、西園寺外相宛てに意見書を送っている。

一方、ロシアは意気揚々。翌月には、プチャーク大佐以下、軍事顧問がやってきて、韓国政府は彼らを三年間雇いいれる契約を結び、八百名の親衛隊と四千名の軍隊が組織されていく。財政にもロシア人顧問が入り、ソウルにロシア語学校もできる。

日本をおさえるためであろう、韓国政府は、欧米資本もさかんに導入する。

原は、密偵の情報により、朝鮮政府が、小村から原に代わったことに疑いを持ち、かつ怖れ、さかんに探っていると聞き、探偵費が毎月六十〜七十万円と知って、二百〜三百万円使ってよいから十分に調べよと命ずる。

やむなく返したソウル・仁川間の鉄道は米国商人が獲得。ソウル・釜山間に鉄道を敷設したいといくら原が働きかけても、うんと言ってもらえない。

それどころか、ソウル・釜山間に引いた電線が、しばしば「沿道の賊」によって切断され、憲兵八十名がやってきても、難渋する。やむなく、「多少の金銭を散ずる必要」を原は認め、当地の軍人と相談、千円の支出を決めるという具合。

それでも紛争が絶えない。日本人たちが簡単に暴力をふるうのが原因といえた。

日本人巡査が、朝鮮人を殴打して騒ぎが起きたかとおもうと、仁川の警視庁では、朝鮮人夫婦の喧嘩を取調べ中、殺してしまうという事件が起き、怒った朝鮮人五百～六百名が押しかけ、ソウルの警部巡査が駆けつけ、なんとか収める始末。

高宗国王が、ロシア兵に守られ、明礼宮に戻ったのは、一八九七年（明治三十）二月二十日。約一年間、ロシア公使館に滞在していたわけだ。ロシア士官とロシアが訓練した朝鮮兵士が宮殿を守る。

同年十月七日、高宗国王は、朝鮮国を大韓帝国と改名、清から独立し、皇帝となることを宣言した。

同年十一月には、徐載弼の提案で、独立協会が募金を呼びかけ、西大門《ソデムン》独立公園内に独立門《トンインムン》が建てられる。

ロシア人サバチンが設計施工し、千八百五十個の御影石で作られた門。

『独立新聞』は、以下のように門の完成を称えた。

> 朝鮮が何年も清国の属国であったが、神様の恩恵で独立され、朝鮮大君主陛下が今は世界にまたがる自由な人になったがゆえに、このようなめでたいことを無視する道理はない。朝鮮が独立したことを世界に知らせ、また朝鮮の後世に、この時から朝鮮が永遠に独立したことを伝えるために表迹が必要であり、また朝鮮人民が養生するには新鮮な空気を吸い、景色が良く静かな場所で運動を

すべきである。慕華館に新しく独立門を建て、その周辺を公園にして千秋万歳自主独立した公園であると伝える志である。

そう、今こそ独立したのだ、清にも日本にも踏みにじられないぞ、世界各国に伍して進んでいくのだ！ そんな気概が文面から伝わってくる。

しかし、宮廷内では守旧派が盛り返し、やがて国王は独立協会を解散させ、一八九八年（明治三十一）、失意のうちに徐載弼は再び米国に亡命してしまう。

ただ、勢いさかんなロシアにも、勇み足があった。朝鮮の財政を握ろうとして、税務司のイギリス人ブラウンを解雇し、ロシア人アレクシェーフに代えようとした一件。

イギリスは激怒し、七隻の軍艦を仁川に派遣し、イギリス聡領事ジョルダンが抗議のため水兵をともなってソウルに入る。おどろいた国王はブラウンの解雇を取り消す。

この一件が引き金になったのか、ロシアは極東政策を変更する。朝鮮より中国東北部に力を入れ、また、清から旅順・大連を租借するのだ。そのために朝鮮から軍事顧問も財政顧問も引き揚げ、銀行も閉鎖してしまう。

そのうえで、ロシア側から提議、結ばれたのが、概略以下のような西・ローゼン協定だ（一八九八・四・五）。

・両国は大韓帝国（以下韓国）の主権かつ完全な独立を確認し、内政に直接の干渉を行わない。
・両国は韓国が、軍事・財政について助言をもとめるときは、軍事教官あるいは財政顧問を付けるについては互いに相談をしなければいけない。
・ロシアは、韓国での日本の商工業がさかんで、居留民が多数なのを認め、日韓両国間の商工業関係の発達を妨げない。
この協定で、ロシアは朝鮮支配の野望を、日本にゆずったかというと、そういうわけでもなく、「竜巌浦件」が起きる。

一九〇三年（明治三十六）、ロシアは、得ていた平安北道《ピョンアンプクト》鴨緑江左岸の森林伐採権を口実に、河口の竜巌浦に進駐、電信設備・兵舎・倉庫など設置、租借を朝鮮に要求する。

すでに一九〇〇年（明治三十三）、義和団事件のさいに中国東北部をちゃっかりロシアは占領していて、日本は再三再四、撤兵を要求している。ロシアは撤兵を約束しながらかえって奉天・営口に軍隊を増やしていた。

それまで隠忍自重していた日本が俄然、ここで、ロシアに対して強気になる。

一九〇二年（明治三十五）、日英同盟を結んだからで。

イギリスは、ロシアの極東での勢力を、日本を使うことで防ごうと考えたのであった。

日本はといえば、イギリスと言う印籠を得たことで、俄然強気になり、ロシアに戦争をいどむのだ。

一九〇四年（明治三十七）一月六日、御前会議はロシアへの最終案を決め、ロシアに突きつける。

「満州」からロシアが撤兵しないことへの抗議、朝鮮における日本の優越権を承認させ、ロシアの「満州」への優越権は認める、というなかみ。

そして二月四日には、交渉を打ち切り、軍事行動に移ることを御前会議で決議、ロシアに国交断絶を通告する。

同月八日には、早くも陸軍先遣部隊が仁川に上陸、怒濤のようにソウルへ向かう。

海軍は、連合艦隊が旅順郊外のロシア艦隊を攻撃、九日には仁川のロシア軍艦二隻を撃破。

日露戦争の日本側からの一方的はじまりだ。

宣戦布告をしたのは、なんと二日後の二月十日。

もうソウルを占領していた。

「またしても、国際法を無視しましたか！」

「それだけではありません。二月二十一日には、ソウル・新義州《シニジュ》間鉄道建設にあたる〈臨時軍用鉄道監部〉を編成します。そして、中立を宣言している大韓帝国に、二十三日には「日韓議定書」を突きつけ、調印させるのです。」

「おう、どんな条件ですか。」

「ひどいものです。」

「高宗皇帝はおとなしく飲んだのですか。」

「いいえ、締結を拒否し、日露からの厳正中立を内外に宣言しています。

しかし、日本は外務大臣臨時代理李址鎔《イジュンヨン》を一万円で買収し、邪魔な要人の李容翊《イヨンイク》らをなんと旅順丸で日本に拉致し、力づくで調印させたのです。」

「議定書の中身は？」

「日本は韓国王室の安全と領土保全にあたり、軍事上必要の地点を臨機収容、韓国は日本の忠告を入れて施設を改善、これに反する協定を第三国と結ばないなど、簡単にいえば、外交権を失い、ロシアと戦争する日本への協力を義務づけられ、内政にも、日本が軍事介入できることとなりました。」

この議定書により、軍律違反だとして、鉄道設置のため無償接収に立腹、レールをはずした三名の朝鮮人が銃殺され、相談をしただけでも「鉄道破壊陰謀罪」で銃殺、あるいは流言を放ったといって処刑されていった。

十九個にも及ぶ軍律を、平気で朝鮮人に適用し、死刑・監禁・追放・科料・笞刑《ちけい》にしていったのだ。みせしめのために公開処刑し、明治以後、日本国内では廃止されていた笞刑も行なった。回数が多ければ死に、半死半生の傷を負った。

おりしも厳冬、日本軍宿舎にするといって家からも追い出され、置いてあった米も味噌・醤油もただ取りされた。

閔王妃の怨魂は、どんなに切歯扼腕していたであろうか。

「ああ、わたしが香華を手向けねばならない人びとは、多くなるばかりです。」

オサヒトがつぶやく……。

3

次にオサヒトがあらわれたとき、今度は彼の袖をしっかり例の女の子が握っていた。話しかけても下を向いて知らん顔だが……。

開口一番、オサヒトは興奮した口調で言うのだ。

「日本の朝鮮王族殺害は、閔王妃にとどまらなかったのですね。」

「えっ、いったいだれが殺されたんです？」

「ここを読んでごらんなさい。」

オサヒトが差し出したのは、一冊の本。

李方子《りまさこ》『流れのままに』。

帯文に「梨本宮家の第一王女として生まれ、政略結婚で韓国李王家に嫁いだ悲劇の女性・李方子――その数奇な運命と波瀾の半生を自らの手で綴った感動溢れる人間ドラマ。」と記される。

「ああ、高宗皇帝の第三王子、垠《ウン》殿下と政略結婚させられた女性ですね。たしか『オサヒト覚え書き』に、今大塔宮《おおとうのみや》として、しばしば登場した、アサヒコの孫娘にあたるはず。

明治維新後、アサヒコは還俗して久邇宮家を創設、第四王子の守正が梨本宮家に養子入りし、鍋島《なべしま》直大《なおひろ》侯爵の次女と結婚、生まれたのが方子というわけです。

鍋島直大は、佐賀藩、つまり薩長土肥の肥前藩、その最後の藩主でした。

垠はといえば、高宗の第四王子。世が世なら、李朝二十八代皇帝となっていた人物。

しかしながら、日本が韓国を牛耳ってからは、高宗皇帝は退位して幽閉同然。

閔王妃との間に生まれた世子・坧《チョク》殿下は、二十七代純宗《スンジョン》皇帝となったのも束の間、「日韓併合」により、これまた幽閉同然。

王世子だった垠――母は側室の厳妃と聞いていますが――は日本政府により、否も応もなく十一歳のとき「ご留学」と称して、日本に強引に連れてこられたのでした。ま、人質といってよいでしょう。」

「とにかくここを読んでください。」

じれったげにオサヒトが指示した個所をのぞいてみる。と、次の文が目に飛びこんできた。


それから日ならずして、私は李太王さま突然の薨去《こうきょ》が、やはりご病死でなかったことを人づてに聞き、身も心も凍るおそろしさと、いうにいえない悲しみにうちひしがれてしまいました。

ご発病が伝えられた一月二十一日の前夜、李太王さまはごきげんよく側近の人々と昔語りに興じられたあと、夜もふけて、一同が退ったあと、お茶をめしあがってからご寝所へお引き取りになってまもなく急にお苦しみになり、そのまたちまち絶命されたとのこと。退位後もひそかに国力の挽回に腐心されていた李太王さまは、パリへ密使を送る計画をすすめられていたそうで、それがふたたび日本側に発覚したことから、総督府の密命を受けた侍医の安商鎬《アンサンホ》が毒を盛ったのが真相だとか。


「あ、たしかに李太王さま、すなわち元高宗皇帝が毒殺された、と書いてありますね。」

本を読むと、高宗の死は、一九一九年一月二十一日。

方子と垠、二人の挙式は一月二十五日と定まっており、そのわずか四日前の死去。垠はあわただしくソウルへ向かったのであった。

幼くして別れさせられたがゆえに、垠の父を慕う気持ちは殊の外深い。高宗のもとへ、一日も欠かさず、外国の景色や花など描かれた絵葉書に、その日その日の言葉を添えて送り続けたという垠。方子は、葬儀に付き添ったものたちの誰かから、帰国後、高宗毒殺の話をひそかに耳打ちされたのではなかったろうか。

「一国の王妃を殺害したどころか、皇帝まで殺害したとは、天地を恥じぬ恐ろしい行為。よくよく調べてみなければならないと思いませんか。」

「たしかに。」

で、またもや、二人三脚の調べが始まった。

とりあえず、高宗の死までの日韓関係に当ってみる。

大きな出来事をざっと年表にしてみると、以下のようだ。

一九〇二年　日英同盟

一九〇四年　韓国、日露戦争に対して中立を宣言

日露戦争始まる

日韓議定書を強要、韓国を軍事占領

第一次日韓協約を強要、顧問政治を始める

一九〇五年　桂・タフト密約

ポーツマス条約締結

第二次日韓協約を強要、外交権を奪う

一九〇六年　義兵運動高揚
一九〇七年　初代統監伊藤博文着任
　　　　　　ハーグ密使事件
　　　　　　第三次日韓協約、高宗を退位させ、韓国軍を解散させる
　　　　　　義兵戦争
一九〇八年　東洋拓殖株式会社設立
一九〇九年　安重根、伊藤博文暗殺
一九一〇年　日韓併合条約を強要
　　　　　　朝鮮総督府を設置、憲兵警察統治
　　　　　　朝鮮総督府、臨時土地調査局設置
一九一一年　朝鮮教育令公布
一九一二年　土地調査令公布
一九一六年　教員心得公布
一九一八年　朝鮮林野調査令制定
一九一九年　パリ講和会議はじまる
　　　　　　高宗元皇帝死去
　　　　　　「宣言書」発表、三・一独立運動始まる

「ま、こんな具合です。」

「ほう、日露戦争のとき、韓国はロシア・日本どちらにもつかないぞ、と局外中立宣言をしていたのですか。」

「はい。日本が、中立を宣言している韓国を、我が物にした卑劣さは、わたしたち日本人が、是非、知っておくべきことと思います。

韓国はといえば、中立を破って韓国を意のままにしようとする国があれば、三国干渉のときのように列強は黙っていず、韓国を守るであろうと考えていたようです。

しかし、日本にとっては、相手が、国際法にのっとって中立を宣言していようと関係なかったのですね。

日韓議定書についても先にもちょっと触れましたが、第一条で「日韓両帝国間に恒久不易の親交を保持し東洋の平和を確立するため」と謳いあげながら、第三国の侵害などで領土の保全に危険がある場合は、日本が速やかに臨機応変の措置を取ることができ、韓国側は日本の行動がスムースにできるよう「十分便宜を与え」ねばならない。さらに、「軍略上必要の地点を臨機収容」できるという虫のよい取り決めでした。」

日韓議定書を強要したのは、一九〇四年（明治三十七）二月二十三日。

八月二十二日には、第一次日韓協約が結ばれる。

財務・外交それぞれに日本人顧問を置き、その意見にしたがって事を執り行え、との無理無体な協定。次のような条項もあった。

「韓国政府は外国との条約締結其他重要なる外交案件即外国人に対する特権譲与若しくは契約等の処理に関しては予め日本政府と協議すべし。」

このときの日本側公使は、林権助《はやしごんすけ》。第二次日韓協約のときの公使も林だ。

「なに？　林権助？　会津の生まれで戊辰戦争のときには、鳥羽伏見の戦いで祖父と父を失い、十歳のころ、会津城にこもったときには、食糧が尽き、母がその手で末の妹を刺し殺すのを見て、自分を先に殺してくれ、と泣いて母の懐剣を奪おうとした体験を持つ男。

母とともに上京、祖父を戦争のさい知ったという薩摩の児玉実文少将に養育され、西南戦争のおりには寄寓していた家の人が戦死、その死体を戦場からおぶって帰った体験もしているそうです。

戦争の悲劇を骨の髄から知り尽くしているものが、隣国を侵略するための二つの協約の立役者とは！　情けないことだ。」

「韓国としては、日露戦争中であり、条約でなくて協約でもあり、そのうち代えられるとの考えであったようです。

しかし、日本側は英語に翻訳、英米政府に送るとき、原文にない Agreement を題名に入れてしまうのですね。このことを根拠にして桂・タフト密約は結ばれるわけです。つまり、韓国はもう外交権を譲っているではないかとの根拠にしたのでした。」

「ところで、その桂・タフト密約とはなんですか。」

一九〇五年七月二十九日、日本の首相兼外相の桂太郎とフィリピン訪問の途上、日本にやってきた米特使のウイリアム・タフト陸相との間に交わされた密約。ルーズベルトも同意している。

すでに日本海海戦で日本が勝利、セオドア・ルーズベルト米国大統領の講和勧告をロシアも受け入れていたときで、極東の平和は日英米三カ国による事実上の同盟で守られるべきであり、米国は日本の韓国への支配権を認め、日本は米国のフィリピンへの支配権を認める、との内容だ。独立国である韓国が関わり知らぬところで、ひそかに結ばれたもので、民主主義国アメリカのもう一つの顔であった。

「戦慄するのは、戦時中に日本軍が告示した軍律のなかみです。ソウル及びその付近では、治安は韓国警察に代わって日本軍が行うと言い、朝鮮人民に恐るべき軍律をおしつけたのです。」

十九条もある軍律は、その罪を犯したもの、従犯者、教唆者、未遂犯者、並びに予備陰謀者を、「情状及ビ事態ノ必要ニ従ヒ」死刑、監禁、追放、科料、笞刑にするとした。

そして、単なる脅しではなく、鉄道妨害罪などで、処刑されたものが数多出たのである。処刑はみせしめのため、公開で行われた。

軍律のうち、七〜十九を見ても呆れる。

七、軍用電信電話機関、又ハ鉄道車輛船舶等ヲ破毀若シクハ盗取シ、又ハ其運用ヲ妨害シタル者
八、軍用ノ営造物、道路、橋梁等ヲ破毀シタル者
九、兵器弾薬、糧秣《りょうまつ》、被服其他軍需品及ビ軍用郵便物ヲ破毀若シクハ盗取シタル者
十、前三号ノ場合ノ他、軍事上ノ通信又ハ輸送ヲ妨害シタル者

十一、我軍ニ不利益ナル虚偽若シクハ誇大ノ通信ヲナシ、又ハ同様ノ伝説ヲ流布セシメタル者
十二、我軍ニ不利益ナル掲示ヲナシタル者
十三、我軍ノ徴発、宿泊及ビ人夫雇入等ヲ妨害シ、又ハ之ニ応スルヲ拒ミタル者
十四、我軍人軍属ノ職務執行ヲ妨害シタル者
十五、集会結社及ビ新聞雑誌、広告其他ノ手段ヲ以ッテ治安秩序ヲ紊乱セシメタル者
十六、一定ノ地域内ニ出入滞在ヲ禁セラレタル場合ニ於テ其禁ヲ犯シタル者
十七、軍司令官ノ命令ニ違反シタル者
十八、犯罪者ヲ隠匿シ又ハ之ヲ却奪シ若クハ之ヲ逃逸セシメタル者
十九、犯罪者ノ為メ其証拠ヲ煙滅シタル者

おりしも冬、厳寒のなか、住み家を日本軍の宿舎にさせられ、追い出された人びとの苦難。野戦電信隊に徴兵された根来藤吾の日記には、その有様が、たとえば次のように記述されている。

三月十八日　芸明
兵站司令部あり。多数の土人を集めてあり。一は糧食の徴発をなさしめ、一は貨物の運搬に使役すという。糧食は、目下糧食内地より輸送し来るもの少なきを以って、徴発するにあらざれば、給与する能わざるなり。糧食貨物も、運搬力少なき故、土人の力を待たらざるべからざるなり。（略）
隊長は糧食受領等の打ち合わせをなし、帰途、各人家を巡りて、鶏、豕《ぶた》を徴発せんとせしも、先

行部隊のために已に徴発されけん、一羽一匹の又あるなし。

三月二十日　文洞店
兵站司令部の尽力により、漸く一軒の家を得て、土人を追い出して、通信所に充てぬ。韓人夫は、逃亡の憂いあれば、白衣の肩に「電」と記したるもあれば、又顔面に「電」と記したるものもあり。かく顔に墨を塗らるるも、一言の不平も洩らさざるなり。あわれなるかな。道路、泥濘は昨日に譲らず。交互に、馬二頭ずつにて挽かしめ、果ては道路を通る韓人は誰彼の別なくとらえて、車輛を押さしむ。韓人の逃ぐるものあれば、之を打擲し以って無理に後押しをなさしむるなど。困難筆紙に尽くされず。

四月十四日　清川江を渡る
今日は兵站部より人夫八名を貰いて、所員の背嚢及び通信器具の若干を負わしむ。

四月十八日　車輦館
本日は人夫八名を兵站部より貰えり。(『夕陽の墓標―若き兵士の日露戦争日記』)

現地調達、つまり他人の土地で、その国の人をこき使い、その国の人を追い出して、兵営にしていたのだ。

「土人、ですか。先ごろ、沖縄の辺野古基地建設に反対して抵抗する住民を、大阪の若い機動隊員が「土人」とののしった事件がありましたが、もう、この頃、隣国の人々を平気で、土人呼ばわりしていたのですね。」

「根来は、東軍、二本松藩士の息子、敗戦後は極貧の暮らしをしています。でも、優秀だったのでしょう、小学校高等科卒で、小学校教師になり、二十四歳のとき徴兵され、朝鮮を経て中国へ向かうわけです。

清国内に入っても、彼らを追い払い、平気で住家とする状態は変わらないし、日記からは罪の意識は感じられませんね。」

たとえば、奉天付近に侵入してからの日記には以下のような記述がある。

我所員は宿舎に当てられたる一屋に入り、例によりて土人を追い出し、大掃除をなして之に入れり。（略）

第一に釜の二ヶ備わるを見ぬ。次に飯、汁を盛る器なかるべからず。幸いに土人のものあり。之を没収せり。外に小豆、大豆など之を没収し、外に入浴カメとすべきものあり。今日は他家まで尋ねずして各日用品を蒐集する事を得たれば嬉しく、其より土人を追い払い、次に掃除に移りけり。

「そういえば、一八九九年（明治三十二）には、占領した北海道のアイヌ民族に対して、北海道土人保護法というとんでもない法律を日本政府は作っていますね。

大和民族は万世一系の天皇を頂いて優秀、との誤った考えは、小学校教師である彼のなかで既に肉となっていたのでしょうか。」

いそがしい日々のなかで、毎日日誌を付け続けていた根来。日露戦争に従軍した一兵士が経験したそのままを記録しているのは、貴重といえる。

最初に仮包帯所で、味方の負傷者を見たときには、根来も衝撃を受けた。


戦死者はアンペラの囲いの中に、全身血にまみれて瞑目し、負傷者は手を繃帯しあるもの、足、頸を繃帯するものなど傷所の千差万別なるに従って苦痛の度も異なり、笑うも、物語るもあり、伏して吐息を吐く者あり、高くさけびて苦痛を訴うるあり、或は気息奄々として、声、正に絶えて、手足をもがくあり、而も、何れも、鮮血淋漓、征衣ためにあかし。ああ、初めて見る戦争の酸鼻、ああ、戦争の酸鼻の、護国の鬼と予て期する所、自らの斃るるは厭う所にあらねども、我が同胞の、我に先立ちてかかる苦難を嘗むるを見ては、何んぞ同情の念にたえんや。(前掲書)

一九〇五年(明治三十八)九月、アメリカ大統領の仲介で、日本有利のなか、日露両国はポーツマス条約を結び、戦争は終わる。

日露戦争といいながら、戦場になったのは、日本・ロシアいずれの土地でもなく、中国であり、中立国の韓国が全土あげて日本の兵站基地にされたことを忘れてはならないだろう。

この戦争に日本は、十七億五千万円を使い、八万四千人の戦死者を出している。

「怪我して働けなくなった元兵士は、廃兵と呼ばれて蔑まれ、気の毒だった、と、母から、聴いたことがあります。

捕虜になった将兵は、ひそかに帰還するや、村人から石を投げられ、あるいは親から勘当されたり、辛い思いをしていますね。」

「その一人だった祖父について、孫にあたる木部恵司さんが、日露戦争秘話として『日陰の残照』という本を書いているのを読みましたよ。

祖父は、戦闘中、ロシアのコサック兵に襲撃され、人事不省のまま、捕虜となり、悲惨な扱いを受けた。やがて帰還、軍からは囚人扱いされます。故郷の熊谷に帰ってからの迫害と労苦、捕虜のとき常食だったパンに生きるヒントを得て、やがて浅草でパン屋となり、自活に成功するのですが、乞食になった、かつての戦友のことも書いています。

帰国した日本軍の捕虜、約千六百名の行方は杳として知れない、との文章が胸に残りました。」

日清戦争時とちがい、内村鑑三、あるいは幸徳秋水らが、非戦を説き、戦争に反対した。

「内村鑑三は、『万朝報』で次のように主張していました。

「私は日露戦争だけではなく、すべての戦争に絶対反対である。戦争とは、人を殺すことであり、大罪悪である。……日清戦争で朝鮮の独立は守れず、日本は堕落した。戦争に反対しないのは、野蛮国である。」

鉱毒事件で、足尾銅山と闘っていた田中正造は、「戦争に死するものよりは、むしろ虐政に死するものも多からむ」と喝破していますが、卓見というべきでしょうね。」

「おお、拍手したいですね。今、遮二無二安全保障諸法案を通した与党にも、聞かせたいくらいだ。」

「ロシアでも、首都ペテルブルグで、宮殿前に多くの人びとが集まり、戦争による生活の苦しみを訴えています。軍隊が、発砲、三千人以上の死傷者が出たそうです。」

与謝野晶子が、徴兵された弟を思って「君死にたまふことなかれ」の詩を発表したのも、このとき。

君死にたまふことなかれ
すめらみことは戦ひに
おほみずからは出でまさね
かたみに人の血を流し
獣の道に死ねよとは
死ぬるを人のほまれとは
大みこころの深ければ
もとよりいかで思されむ

「さあ、この詩をムツヒトは読んでいたでしょうか。」

「さあ、読んではいますまい。

戦費に困って、砂糖・日本酒などにも税をかけていますね。」

ポーツマス条約で、日本は韓国の優越権をロシアに認めさせる。また、ロシアは遼東半島の旅順・

大連を中国から租借する権利と長春から南の鉄道を日本にゆずった。

まさに虎狼相食む戦争であったのだ。

かくて列強のお墨付きを得たことで、第二次日韓協約が結ばれる（一九〇七年十一月十七日）。日本は、韓国から外交権一切を奪った。

おまけのように、「日本国政府は韓国皇室の安寧と尊厳を維持することを保証す」として。

「高宗皇帝は、わが身に代えても、承諾できない、と言って拒否したのですか。そこで、王宮内を軍人たちにびっしり囲ませ、印鑑を外相の邸爾保管官から奪い、書類に捺印したわけだ。強盗行為としか言えまいに。」

日本政府は代表者として、韓国皇帝のもとに、一名の統監を置くという条文もあり、最初の統監は伊藤博文。

林公使がこの協約を提示したとき、高宗も諸大臣も完全拒否で合意し、会議を進行させなかった。しかし、日が暮れかかり、一旦大臣たちが王宮を退出しようとすると、かねて林公使と打ち合わせしたとおりに、伊藤特派大使が長谷川好道駐箚《ちゅうさつ》軍司令官とともに軍人たちを引き連れてあらわれる。

長谷川好道は、長州藩支藩岩国藩士の息子。戊辰戦争には精義隊《せいぎたい》小隊長として参戦。日清戦争では歩兵第十二旅団長。旅順攻撃で戦功を建て、華族となる。日露戦争では、陸軍中将に進み、近衛師団長として活躍、陸軍大将となる。

のちには、寺内正毅の後任で朝鮮総督となり、三一独立運動を、軍を動員、鎮圧した男。胸に大層な勲章をいっぱい付けた写真があり、元帥陸軍大将、綬一位、大勲位、功一級、伯爵と栄誉をほしいままにした。

その長谷川ひきいる将兵を従え、伊藤は大臣たちに、一人ずつ賛成か反対か意思を問うた。そして、八名中、六名が賛成した、と宣言、外部大臣の職印を持ってこさせて署名捺印、協約が成立したことにしてしまった。

あくまで反対の韓圭卨《ハンギュソル》は、啜り泣きつつ辞意をもらし退室していった。これを見た伊藤は、大臣たちに聞こえる程度の声で、「あまり駄々をこねるようだったら、殺ってしまえ」とささやいている。

六名中、二名ははっきり反対と言ったのに、伊藤は遮二無二こじつけて賛成意見に属すると断定。一体、これで対等の協約が結ばれたのだといえようか。

「おや、協約の写真を見ると、題名がついていませんよ。これでも正式な協定といえますかね。」

たしかに、題名がついていない。

しかし、英訳文の写真のほうには、なんと「CONVENTION」との題名が載っている。

「これは、文書偽造というべきではありませんか。」

「たしかに。」

チマチマした偽造。現在でも、官僚が行いそうなやり口は、明治から行われていたのだった。

日本国内で禁止されており、韓国でも禁止されていたアヘンの行商を、日本商人に許可することも、平気で行われはじめる。

こうして、伊藤博文は、高宗皇帝を文字通り、監視下に置く。

側近は遠ざけられ、日本人警官が王宮を埋め尽くし、各営門には警察官が配置され、入門するものを誰何、またもや皇帝は捕虜同然となってしまった。

『皇城新聞』は、第二次日韓協約に対して「声をあげて慟哭するのはこの日であることを、悲しみをもって国民に告げる」との記事を掲げ、たちまち社長は逮捕され、同社は閉鎖される。侍従武官閔泳煥はじめ自害するものも多かった。

そして、統監伊藤と韓国首相李完用《イワンニョン》との間で、一九〇七年（明治四十）、第三次日韓協約が結ばれる。

「いや、その前に高宗皇帝がハーグの万国平和会議に密使を送っていましたよね。」

ハーグ密使事件。

高宗は、同年六月、ハーグで開かれた万国平和会議に、三名の密使を送り、日本の非道を訴えようとしたのだ。

皇帝御璽を推した委任状をたずさえた三名は、ハーグにたどり着き、英・仏・米の各国委員を歴訪し、出席を懇願、第二次日韓協約は皇帝が承認しておらず、外交権はく奪は理不尽であることを力説するものの、そっぽを向かれる。

やむなく各国新聞社が開いた国際協会で、李瑋鍾《イウィジュン》が登壇、声涙下る演説を行い、平和会議に訴状を提出する。

自主独立国を宣言、各国も承認したにも関わらず、日本が兵力をもって外交権を奪い、さらに一切の法律・政治をも奪おうとしているとして、特例として三点を挙げた。
・一切の政治が皇帝の承認をまたず日本人の独断専行。
・日本は陸海軍の力で朝鮮を圧迫。

・朝鮮の一切の法律・風俗を破壊。
「なるほど。訴状は、平和会議の委員に切々と、勅任の全権使節である自分たちを会議に列席させてほしいと訴え、弱きを助け危うきを救うことに力を貸して、自分らの発言を許してほしい、そう訴えていますね。」

「委員らは、まことに使節を送ったのかどうか、韓国皇帝に電報で問い合わせます。でも、すでに通信施設は日本が掌握しており、伊藤統監はかんかんに怒って皇帝を責め、ハーグに使節は派遣せず、との電報を打たせるのです。各国委員らは、にせ使節ではないことを、もちろん知っていたでしょう。しかし、列国はそれぞれの野望のなか、韓国の訴えを無視したのでした。」

「李儁《イジュン》は任務を果たせなかったことで自死、二人の密使はもはや国には帰れず、米国に亡命したのですね。

さあ、恥をさらした、と思った伊藤は黙っていますまい。」

「そうです。伊藤は、このような陰険な手段で日本の保護権を拒否しようとするのは、日本に対して宣戦布告するようなものではないか、平和会議からの電報を皇帝に突きつけ、退位をせまるのです。そして、これは伊藤の独断ではありません。西園寺首相より、伊藤へ、韓国内政に関する全権を掌握するように閣議決定した、と極秘電報が打たれます。

さらに、この件については、「陛下ヨリ特ニ優握ナル御言葉アリ」との文言も付け足してありました。」

「なんと、ムツヒトはそこまで堕ちてしまったか！」

「河野広中《こうのひろなか》、頭山満、国友重章ら六名が、日韓両国を合併するか、皇帝を退位させ、統治権を日本に譲らせよ、との建言をしていますね。国友重章は、閔王妃殺害の首謀者の一人です。」

本国政府からのお墨付きをもらって、伊藤は公然、皇帝に退位を迫る。

「このままでは韓国に宣戦布告し、そっくり併呑してしまうぞ、と首相に就任させていた李完用らを恫喝し、高宗に退位を迫らせるのですね。」

高宗ははげしく拒否したものの、やむなく退位に追いこまれる。

一九〇七年（明治四十）七月十九日。

二十三歳の長子が純宗皇帝となるものの、なんの力もない全くのかいらい皇帝であった。

「わたしのときとそっくり同じです！　意にそぐわないわたしを葬って、幼いムツヒトを天皇にし、クーデターを成功させた手口を、またしても使ったわけだ。」

怒りのあまり、オサヒトがわなわな震えると、彼の袖につかまっていた女の子も、ともに震えだす。

さあ、ソウルは騒ぎとなった。

朴殷植は次のように記している。

早朝に譲位の詔勅が下った。人心はいよいよ激しく狂奔疾呼し、人々は皇居の外に雲集した。日本警官は群集を駆逐しようとしたが、人民は瓦礫を乱投し、数名が負傷した。日本兵は発砲してこれを撃退した。また数千の人民が鐘路に集まって激昂して演説し、日本の交番所を破壊し、日本人十余名が負傷した。(『朝鮮独立運動の血史 1』)

李完用の家は焼かれ、日本の警察署も襲撃される。

対するに、伊藤は、軍隊を出動し、鎮圧。暴動は数日で終わらざるを得なかった。

宮内大臣朴泳孝は、他のものと謀って譲位の日に侍衛隊をひきいて王宮に入り、諸大臣を殺し、皇位を保とうとしたが、謀議は漏れ、逮捕され、済州島《チェジュド》に流される(のち、日本に協力)。

かくて伊藤は、第三次日韓協約を、同月の二十四日、あっという間に締結してしまうのだ。

これは全文をあげておこう。

第三次日韓協約

日本国政府及韓国政府は速に韓国の富強を図り韓国民の幸福を増進せんとするの目的を以て左の条款を約定せり。

第一条　韓国政府は施政改善に関し統監の指導を受くること。

第二条　韓国政府の法令の制定及重要なる行政上の処分は予め統監の承認を経ること。

第三条　韓国の司法事務は普通行政事務と之を区別すること。

第四条　韓国高等官吏の任免は統監の同意を以て之を行うこと。

第五条　韓国政府は統監の推薦する日本人を韓国官吏に任命すること。

第六条　韓国政府は統監の同意なくして外国人を傭聘せざること。

第七条　明治37年8月22日調印日韓協約第一項は之を廃止すること。
右証拠として下名は本国政府より相当の委任を受け本協約に記名調印するものなり。
明治40年7月24日
統監　侯爵　伊藤　博文
光武11年7月24日
内閣総理大臣勲二等　李　完　用

この協約に基づいて、細かい「規定実行ニ関スル覚書」も押しつける。

大審院の院長、検事総長、控訴院の院長、検事総長も日本人、地方裁判所の所長・検事正も日本人に。

監獄九か所を新設し、所長は日本人、看守長以下吏員の半分は日本人。

顧問などの名義で、これまで韓国に雇われていた外人はすべて解雇。

中央政府及び地方庁の主要役人は日本人に。

警察官は、すべて日本官憲の指揮監督を受けるなどなど。

そして、八月一日、ついに韓国軍隊を解散させる。

伊藤と長谷川とで、周到に用意したもので、軍隊解散の勅語をあらかじめ作っておき、新皇帝が兵制改革のため、旧軍隊解散詔書を出すかたちにする。もし、勅に従わない暴徒があれば鎮圧してほしい、と新皇帝が伊藤統監に依頼するかたちを取った。

で、韓国軍隊に出された命令。

一、八月一日在京城諸部隊ノ解散式ヲ挙行スルニ付キ、各隊付日本人武官ハ兵器弾薬ヲ収集シタル上右軍隊ヲ率イテ午前十時、訓練場ニ集合スベシ。

一、同日空虚トナル軍隊兵営ハ日本人助教ノ案内ニテ日本軍隊之ヲ受領シ、正門ノミヲ開キ、武器庫、弾薬庫、糧秣庫ニ歩哨ヲ配置スベシ。

解散時に抵抗を防ぐために、将校一人八十円、兵士一人二十円を韓国の国庫から出させる。

怒った韓国の将兵たちは、弾薬庫に押しかけ、武器・弾薬を取り出して、兵舎から日本人を射撃、駆けつけた日本軍の歩兵部隊と激しく戦い、午後まで続いた。

だが、前方、背後からも兵営は包囲され、かなわず、韓国将兵たちはやむなく散らばり、各地で義兵の中心となっていった。

今や日本の非道への怒りは韓国全土に満ちるなか、長谷川軍司令官は、警告を発する。

「世界の進運に暗く、順逆をわきまえぬ輩が、無根の風説によって人心を煽動し、各地の暴徒に反乱を起こさせている。これらの反徒は、内外の平和な一般人を殺害し、財を奪い、公私の建築物を焼き、交通通信施設の破壊を行うなど、天人ともに許さざるところである。(略)

私は、韓国皇帝陛下の命により、反徒を一掃してこのような災いから諸氏を救おうとするものである。」云々。

『『韓国の悲劇』を記した新聞記者のF・A・マッケンジーは、義兵闘争の実態を自分の目でたしかめようと、日本軍の許可を取らずに旅に出ていますね。」

「彼は、そこで義兵たちに会うのですか。」

「はい。そして、日本軍が彼らを根こそぎ潰そうとして、街全体を破壊していることも知ることになります。」

「ああ、焼き払われた写真も、彼は写していますね。」

「ええ、動かぬ証拠といえるでしょう。

義兵たちとは関わりなかった村々まで、日本軍は徹底的に破壊し、放火しています。

村落が焼き払われるさい、相当数の婦女子や子どもが殺されたことは疑いない、とも。

一人の日本兵が野菜売りの妻女を犯すあいだ、他の兵士が着剣した銃で見張っていたことを、ある村の長老はマッケンジーに告げていますよ。」

「将兵の強かんは、もう、その頃から始まっていたのですね。見張り役は、下っ端の兵士でしょう。チマ・チョゴリの女性が写っていますが、日本兵によって十歳の娘を射ち殺された母親、とコメントされていますね。」

「人口二、三千人もいた堤川《チェチョン》で撮った写真ですね。

マッケンジーは、馬を下りて灰の山の上を歩き、これだけ完全に破壊された町を初めて見た、と言っています。地図から消されてしまった町だ、と。

あまりにやりきれなくて、詩を作りました。」

夢に見ない町

消えた　町
いちめん　灰の町
山に囲まれた　盆地一面　灰になった町

柱も　味噌甕も
オンドルも　燃え尽きた町

一九〇七年秋に
消えた町

稲刈りの若者が殺られた町
九つの少女がいきなり撃たれた町
新妻が　手ごめにされた町

おどろいて

カナダ人マッケンジーが立った　廃墟の町
空だけが　たましいのように
青かった　町

灰のなかに
日の丸だけが　はためいていた　町

こわれた城門に
私たちのおじいさんが　歩哨に立っていた　町

堤川
私たちがいちども習わなかった　町

マクベス夫人のように手を洗い続けることもなく
私たちがいちども夢に見ることもない　町

（義兵となって町を出て行った若者が

険しい山腹の窪みの仮寝で　なつかしく夢に見る　町）

かつては屋根にトウガラシやキュウリが
並べて干してあった　町

堤川
消えてしまった　居酒屋
消えてしまった　家代々の記録

せめて　私たちの胸のなかに　一輪
幻の味噌甕に　一輪
白い喪の花を挿そう

「で、義兵にマッケンジーは会ったのですよね。」

「楊平《ヤンピョン》という村で、朝、日本軍と戦い、後退してきたばかりの五、六名の若者たちが彼の前にあらわれます。

「賢そうで容貌の端正な一人の青年は、いまだに韓国正規軍の古い制服を着ていた。二人は軽いぼろぼろの朝鮮服をまとっていた。皮靴を穿いている者は一人もいなかった。」

持っている武器を見せてもらうと、旧式でろくなものはありません。三人は賃金労働者、賢そうな青年は下士官で、慣れない戦友たちを訓練しようと努力しています。もう一人があらわれますが、この人は武装せず、両班《ヤンバン》風の良い身なりで上流階級と見えたそうです。

圧倒的な日本軍の武器の前で、死刑の判決を受けたに等しい身だというのに、彼らの目は輝いていたそうですよ。

翌朝、戦闘を指揮した将校がやってきました。若く、長く白い衣服を着て、上流韓国人と思える彼は、「われわれは死ぬほかはないでしょう。結構、それでいい、日本の奴隷として生きるよりは、自由な人間として死ぬ方がよっぽどいい。」そう言って立ち去っていきました。

「日本軍は、負傷者も投降者も、殺してしまうと書かれていますね。

戊辰戦争のときと変らないわけだ。」

「ところで、韓国での日本の非道について敢然と非難した一人の若いイギリス人編集者をご存じですか。義憤にかられて『コリア・デイリー・ニュース』（英・韓語）を発行したベッセルです。」

「知りませんが、どんな報道をしたのですか。」

同紙に掲載された数多の論説から、いくつかをあげてみる。

一九〇七年九月二日

ソウルの東の城門からほんの数マイルのチャ・マチャングの平和な小さな村で、利川・忠州へ行軍中の日本軍兵士が重大な問題を起こしてしまった。彼らは、その地方の地元の農民たちに、軍のクーリーと同じように仕事をさせようと強制したが、それが拒否されると、力づくで彼らを捕えて連れ去ってしまったのである。婦人たちは、これまた暴行され、村全体が恐怖状態に陥ったのである。

一九〇七年九月十二日

ほんの二日前、日本皇太子殿下嘉仁親王の来訪を予期して、退位された前皇帝と現皇帝とは、韓国の内閣閣僚を含む一群の人たちの差し金で、互いに別居させられた。この引き裂きは、この四半世紀間のあいだ、ずっとひきつづき保たれてきた韓国皇帝の団らんを、荒々しく破り裂いたものである。というのは、このときまでは、皇帝とその御父君は、一緒に生活し、食べ、かつ眠ってこられたからである。

一九〇七年九月二十四日

われわれは、内陸地方の騒乱に関して、尊敬すべき一人の通信者から、一通の長い手紙を受け取った。彼はごく最近現地から帰り、その見聞したことを書き送ってきたのである。この通信者は、どちらの側の利益をもはかるつもりのない偏見をもたない人である。

「鎮川邑の義兵は、なんらかの方法で韓国人の家屋を手に入れ、その人たちの持ち物を燃してしまった二人の不正日本人を追放した。

九月の九日、二十七名の日本軍兵士が町に入り、六十五軒の家屋を焼き払ってしまった。私はそれらの家屋をこの目で見たが、そこには灰の山しかなかった。郡公舎は破壊され、イ・ハンユン氏の大きな邸宅もこわされた。日本人はこの大きな家の残った部分をその所有者を追い出して占領し、そこに寝泊まりしたが、数日後、汚いままにしてそこを去った。彼らはあまつさえ、扉や窓の蝶番をひっぱずし、壁紙をむしり取り、汚物や煙草の吸殻、食べ残し、こわれたビール瓶などを、この家のすばらしく立派な部屋部屋にまき散らしたままであった。その家の主は、義兵側への助力を断ったという理由から、義兵たちによってすでに笞刑を加えられていたので、彼の家での日本人のこのような蛮行は、何か理屈に合わない不人情なもののように感じられた。」

「人びとはみな、義兵は規律正しくそしてよく統率されている、と義兵を良く言う。日本人は、今では公認された人たちである一進会員によって案内されるのだが、この一進会員は、常に、彼らの祖国の敵というのがその実体であり、しかもそれが相当な数を擁して全国に広がり、かつ残忍な盗賊同様の生き方をしているのである。彼らは略奪と盗みで生計を立て、その行くところどこでも破壊を行う。」

一九〇七年九月二十六日

九月十二日月曜日、水原から十マイルのところで、不正な戦いの行われたことを知らされた。三十名の義兵が日本軍部隊に包囲され、日本軍は彼らがなんらの抵抗も行わなかったにもかかわらず、もっとも冷酷なやり方で彼らを射殺してしまった。勝者の側はそれでもあき足らず、捕虜になった二人の義兵を引き出して、将校の一人がその首を斬った。

日本側はありとあらゆる方法で、ベッセルの仕事を妨害、また懐柔しようともした。

そのいずれにも失敗すると、イギリス政府に、発禁すべきとの要求を行う。

イギリスはどうしたか。イギリス外務省は、「公の平和を犯す活動」をしているとして、ベッセルを訴える。ベッセルは弁護士もつけてもらえず、判決は、ベッセルを有罪とし、六か月の間、『コリア・デイリー・ニュース』紙は、日本の非道を報道することが禁じられたのだった。

「朴殷植は、義兵たちについて、名だたるものたちの名もあげ、顕彰していますね。

国家の元老だった崔益鉉《チェイクヒョン》には感動しました。」

「彼は、全国に激を飛ばし、義兵を組織しています。ただ、およそ武器をにぎったことなどない儒者たちが主でした。

日本軍に包囲されるや、前に出て、「お前たちが捕えようとしているのは、私であろう。銃を乱射して多くのものを傷つけるな。」と言い、数十人とともに捕えられ、対馬に送られています。「どうして日本の粟を食うことができようか」と食事を拒否し、餓死したそうです。

日本政府に彼は書を送り、そのなかで「西洋の悪しき気が、し烈で、独りでは阻止できないものがある。すれば必ず、韓・日・清の三国が互いにくみし、助け合い、しかる後に東洋の大局が全うできることは智者をまたないでも知る所である。」と言っていますね。」

「「国に忠で、人を愛するのは『性』と言い、信を守り、義を明らかにするのは『道』と言う。人は『性』がなければ必ず死に、国はこの『道』がなければ必ず亡びる。そもそも開化して列国と競争しても、これを捨てれば、恐らく世界で自立できない。」とも言い、「今、この先、貴国が信を捨て、義に背く罪、その後また、貴国が必ず亡びるゆえん、そして東洋の禍のやむ時がないゆえんと言ったが、承知するのか。」とも言うておりますよ。」

「今、日本人の何人が彼のことを知っているでしょうか。」

義兵戦争は、その後、日本軍が制圧しても、一九一〇年（明治四十三）の「日韓併合」まで、いや、その後でさえ、各地で雨後の竹の子のように途絶えなかった。

粗末な武器しか持っていない義兵たちが、あなどれないことは、たとえば一九〇八年五月六日、伊藤統監は「暴徒猖獗《しょうけつ》をきわめ、容易に鎮定する能はず。」との電報を寺内陸相に打っているほど。おどろいた西園寺首相は、もう御座所から居間にもどっていたムツヒトを呼び出し、夜、歩兵第三・第二四連隊を第六・第七師団から取って派遣することを決めている。

「日韓併合」の日にアヘンを飲んで自死した黄玹《ファンヒョン》は、その著『梅泉野録』で、詳しく、月ごとに、義兵戦争の状況を記している。

たとえば一九〇九年（明治四十二）八月、義兵に関して彼が得た情報は次のようだ。

間島で兵がとても熾烈であった。鄭容大が京城の東西を往来した。延基羽が鉄原、漣川に出没した。金正植が安辺に入った。奉化、安東の間で、およそ十回、戦った。全南で、およそ三十六回戦った。

十三日、淳昌で戦った。

十六日、龍頭洞で戦った。

十五日、楊州の渇馬洞で、日本軍を襲撃し、二十余の首級を斬った。

十四日、百余名が、南平で戦った。
十八日、綾州で戦った。
十五日、数百名が、光州で戦った。
二十一日、平山で戦った。
二十二日、義将・金栄俊が、伊川で戦った。

省くが、八月だけでも、あと十七回、各地での戦いが記してある。日にちが前後しているのは、情報が後先に入ってきたのだろう。

義兵戦争以外の抵抗もあった。

統監府は、道路の改修や日本人官吏の雇用など、韓国支配のための諸事業を、朝鮮政府に負担させ、負担の力がないのを見越して、日本政府や日本の銀行に借金させ、その額は一九〇七年、千三百万円になっていた。

大邱《テグ》の徐相敦《ソサンドン》らは、国債を返済して国権を回復させようと義金を募る。男性は禁煙、女性はかんざし・指輪を売り、運動は全国に広がっていった。

民衆の間では、風刺歌が歌われる。

日本人の挙動見よ　　三々五々群れをなし
京郷各地に出没し　　悪事の為走り廻る

開明を自称するが　各種教育ある中で
泥棒をなくすべき　真の学問学べずに
泥棒学校卒業せり　東洋一隅孤島中の
鼠狗行為斯くの如　如何にも野蛮なり

「一九〇九年（明治四十二）一月、韓国からもどってきた軍司令官長谷川好道を、ムツヒトは呼んで、皇室の紋がついた銀製花瓶一対を贈っていますよ。

「暴徒の弾圧鎮撫ニ精励シ」たことを褒め、「朕深ク之ヲ嘉奨ス」と言って。」

一九〇九年六月、初代統監伊藤博文は退任（後任は寺内正毅）。

同年十月二十六日、ロシア蔵相ウラジミール・ココツェフと中国東北部・韓国について、非公式の話し合いをするため、ハルビン駅に降り立ったところで、射殺される。（伊藤の葬儀は国葬となり、国庫から四万五千円が支出された。）

射殺したのは、安重根。

「その安重根こそ、伊藤博文の十番目の犯罪に、わたしへの暗殺をあげた仁。そのことを知ってから、香華を欠かしたことはありません。」

「そうだ、あなたと一緒に、安重根を敬慕した元憲兵、千葉十七の菩提寺、宮城県若柳町の大林寺にも行きましたっけ。」

「獄中の安重根を警備するうち、彼の人となりに接して心酔、最後の日に書を揮毫してもらい、やがて職を辞したあと、故郷に帰り、爾来、彼の遺影に香華を絶やさなかった。それどころか、妻のきつよさんに遺言して、遺墨保存と末ながい供養を頼み、きつよさん、また、日々礼拝を続けたという話におどろきました。」

「死刑執行の日に、純白の韓服を身につけ、呼び出しを待っている安重根が、それまで千葉がたのんでいた書を書こうといい、早速に千葉が、用意した絹地に、勇壮な字で書いてくれたのでしたね。」

「『為国献身軍人本分』と一気に揮毫し、『庚戌於旅順獄中大韓国人安重根謹拝』と署名、同志十二名と独立のために薬指を断指した左手に墨をつけ、押印した。

その遺墨を敷き写した石碑を千葉の遺族たちが建立、遺墨自体は、姪の三浦くに子さんが、韓国・南山公園《ナムサンコンウォン》の安重根記念館に返還したそうだが……。」

「安重根は、死の直前まで『東洋平和論』を記し、世の人々は今、おおむね文明時代というが、自分は長嘆してそうではないと言う。

世界中の賢愚・男女・老少を問わず、それぞれが天賦の性を守って道徳を崇め、競い合わない心でともに太平を享受すること、それが文明ではないか。

現今は、上等社会の高等人物が論ずるのは、競争の説、究めるものは殺人機械だ。それゆえ、世界中で砲煙弾雨が絶えることがない、と喝破していました。でも、日本政府は一顧だにしませんでした。」

そう、伊藤が殺されても、韓国を併呑しようという政策に変りはなかった。

というより、伊藤生存中の一九〇九年（明治四十二）七月六日、「韓国併合」は、すでに閣議決定し、天皇は裁可していたのだ。

「帝国ガ内外ノ形勢ニ照ラシ、適当ノ時期ニ於イテ断然併合ヲ実行シ、半島ヲ名実共ニ我ガ統治ノ下ニ置き、且ツ韓国ト諸外国トノ条約関係ヲ消滅セシムルハ帝国百年ノ長計ナリトス」として。

そして、その手順までも、検討。併合に備えて、軍隊の駐屯、憲兵、警察官の増派、外交権の完全掌握、多数の日本人の移民、南満州鉄道と韓国内鉄道の統一などなど、着々と進めていく。

翌一九一〇年（明治四十三）六月六日、ついに「併合後ノ韓国ニ対スル施政方針決定ノ件」として、以下が閣議決定、天皇裁可となる。

一、朝鮮ニハ当分ノ内憲法ヲ施行セズ大権ニ依リ之ヲ統治スルコト
二、総督ハ天皇ニ直属シ朝鮮ニ於ケル一切ノ政務ヲ統轄スルノ権限ヲユウスルコト
三、総督ニハ大権ノ委任ニヨリ法律事項ニ関スル命令ヲ発スルノ権限ヲ与ウルコト
四、本命令ハ別ニ法令又ハ律令等適当ノ名称ヲ付スルコト

かくて、同年八月二十二日、「日韓併合」に関する条約が強要され、日本は韓国の地図を赤く塗って、隣国を我が物にした。

「日韓併合ニ関スル条約」の、第一条、第二条は次のようだ。

第一条　韓国皇帝陛下ハ韓国全部ニ関スル一切ノ統治権ヲ完全且ツ永久ニ日本国皇帝陛下ニ譲与スルコト
第二条　日本国皇帝陛下ハ前条ニ掲ゲタル譲与ヲ受諾シ、且ツ全然韓国ヲ日本帝国ニ併合スルコト

ヲ承諾ス

日本側は、朝鮮統監・寺内正毅、韓国側は内閣総理大臣・李完用。

朴殷植は、痛憤のうちに記している。

ああ、こうして半万年の文明の旧国は、野蛮な島寇の植民地と化したのである。このことはわが民族にとり万世刻骨の痛史である。このとき国民のなかには、国の滅亡に悲憤し、国と運命をともにしたものも多かった。しかし、各新聞は廃刊され、会話も満足にできない状況で、殉国の人士の氏名をあきらかにすることはできなかった。そのうえ、日本の警察は、殉死者がいるのを聞くと、すぐその家族を脅迫し、事実の漏洩を防止した。ああ、死者までがこの圧迫を受けているのに、ましてや生きているものは、いうべき言葉もないだろう。(『朝鮮独立運動の血史 1』)

『梅泉野録』で、詳細に義兵の活動を綴ってきた黄玹も、併合を知った日に、アヘンを飲み、一篇の詩を残して世を去る。

なお、この併合条約の詔書に、純宗皇帝は署名しておらず、条約は成立していない。

昌徳宮《チャンドックン》に幽閉の身であった同皇帝は、死の前に、傍らの趙鼎九《チョウジョング》に、遺言を口述させている。

「わたしは、それを読みましたよ。

東大生に講義した李泰鎮《イテジン》教授の著書に出ていましたから。ほら、ここのところ。李教授の訳ですね。」

「一つの命を辛うじて保っている朕は
併合認准の事件を破棄するために詔勅をする」
と、始まる遺言は、次のように続いていた。

過ぎし日の併合認准は強隣（日本）が
逆臣の群れ（李完用ら）とともに
勝手になし勝手に宣布したものであり
すべてが私がなしたことではないのだ。
ひたすら私を幽閉し私を脅迫し
私をして明白に話をできないようにさせたのであり
私がしたのではないのに
古今にどうしてこのような道理があろうか。
私は無為に生き、死ぬこともできずに今まで十七年
宗廟、社稷の罪人になり二千万の民の罪人になったので
一つの命が消えない限り片時もこれを忘れることができない
深い所に捕らわれの身になり話す自由もなく
今日にまで至ったのであり
今この病が重くなったので一言も言えずに死ねば

朕は死んでも目を閉じることができないだろう
今、私は卿に委託するので
卿はこの詔書を内外に宣布し
併合は私がしたのではないことを明白に知らしめれば
以前の所為、併合認准と譲国の詔勅は
おのずと破棄に帰してしまうだろう。
皆の者よ、努力し光復せよ。
朕の霊魂はあの世の冥々の中から皆の者を助けるであろう。（『東大生に語った韓国史』）

「自分の願いをどうにもできなかった、この皇帝の辛さがわたしにはよくわかりますよ。こんな境遇にこの方を追いやって伊藤らが、いえ、ムツヒトが許せません……。」

オサヒトが身もだえすると、傍らの女の子はそっと彼を慰撫するような仕草をした。

併合条約に同意、あるいは推し進めた内閣のメンバーと元老をあげておこう。

元老（山県有朋、大山巌、松方正義、井上馨）、首相（桂太郎）、外相（小村寿太郎）、陸相（寺内正毅）、海相（斎藤実）、内相（平田東助）、逓信相（後藤新平）、文部・農商務相（小松原栄太郎）、司法相（岡部《おかべ》長職《ながもと》）。

一九一一年（明治四十四）六月、併合に関する功労者らに年金や勲章が与えられ、また、強奪してきた戦利品を納める建安府を設置、整理に尽力したものたちにも金品が与えられた。

歌人・石川啄木は、

地図の上朝鮮国にくろぐろと墨をぬりつつ秋風を聴く

と鋭く国家を批判していたが……。

併合により、統監から朝鮮総督府長官となった寺内正毅の武断政治。見せしめのために、部下の警視総監明石元二郎は、寺内暗殺が企てられたとの言いがかりで、百二十人余を検挙、拷問する。即死する者も出た。

被疑者を、立つことも座ることもできない狭い木箱の中に一日以上入れたり、頭に枷をはめ、高く吊って足の親指がわずかに地につくようにしたり、親指をしばり、体を空中にぶら下げたり、後ろ向きに寝かせて頭を上に向け、徐々に水を鼻孔にしたたらす、などなどの、残酷な拷問が行われる。

一九一二年（明治四十五）には、日本で禁止されている笞刑令を発令した。

一方で、一九〇八年（明治四十一）、時の桂太郎首相が創立した国策会社、東洋拓殖会社が、次々と韓国人の土地を奪っていく。

一九一二年に発令された「土地調査令」こそ、朝鮮人の土地をうわばみのように呑み込んでいった狡猾な法令といえた。

何月何日までに自分の土地だと届け出なければ、それは無主地になるといっても、日本語の読めないものが知るわけもない。そうして無主地になった土地は、総督府がもぎ取り、移民してきた日本人に与えられる。

本来の朝鮮人地主は、いつの間にか、小作人になって、法外な小作料を取られ、暮らしが立たず、やがて流民となっていったのだ。

さらにひどいやり方もあった。

官吏がやったことだが、休みの日に望遠鏡とピストルを持って丘の上に行き、手ごろの土地を望遠鏡で見つけると、標柱を立て、四方に縄張りし、ぶんどってしまう。

金膺龍《キムウンヨン》は、植民地時代を生きた朝鮮民族のもっとも忘れえないのが、「怨恨の東拓」だという。それもそのはず、子どもだったとき、その東拓によって、土地を取り上げられるのを、彼自身、目の当たりにしたのだったから。

茅で編んだ垣根の外で、ただならぬ声がして、飛び出してみると、彼の家の庭続きの田に、東拓社員二人、朝鮮人の補助員（巡査）、鉄砲を持った日本人入植者が突然あらわれ、「立入厳禁」と書かれた立札を立てているではないか。そこは、三方が道路に面した立地条件のよい美田であった。

抗議する祖父。そこへ父が帰ってきた。部落のKさん、Sさんも来た。

「何の権利があって、七割もの小作料を取った上、人の田を勝手に取るか。絶対に許さん。盗賊め！」と叫ぶ祖父の頬を東拓社員が殴り、父が「何をするか！」と社員の腕を押さえる。すると、ついてきた日本人が脅しの銃をふいにバーンと放った。Kさん、Sさんが銃を引ったくって沼に投げ、大乱闘となった。父たちが有利で、日本人たちは田に倒された、祖父が心配して止める。

そのあと、報復を恐れて父、Kさん、Sさんは、鴨緑江を越え、逃亡していき、二度と故郷には戻らなかった。

祖父は派出所に連行され、部落の人たち全員が釈放せよと夜っぴてさわぐなかで、翌日昼、祖父は紫色に腫れた頬、痛む足を引きずり、釈放される。

しかし、田は奪われてしまい、他の村人の田も同様に奪われ、水のような粟粥を村人たちはすする有様になっていく。

このような強盗行為が、至るところで繰り広げられていったのだ。

「天を畏れぬ行為としか言いようがありません。」

総督府はまた、アヘンの専売局を置き、三井財閥に専売特権を与え、朝鮮農民に栽培させている。台湾でもすでに同様なことを行なっており、中国へ輸出していたのだ。

寺内は、新聞も御用新聞だけ残し、あとは廃刊する。日本で発行されている『朝日新聞』『毎日新聞』まで、釜山埠頭で没収、焼却している。

なにしろ、総督は、「朝鮮ニ於テ法律ヲ要スル事項ハ、勅裁ヲ得、命令ヲ以ッテ実施」「必要ニ応シ朝鮮総督府令ヲ発布シ、一年以下ノ懲役及ビ二百円以下ノ罰金ヲ科スル」ことができたのだから。

朝鮮人すべての怒りが、次第に沸騰していくなかで、一九一九年一月二十一日、皇帝に追われた高宗が、急逝する。

「ほんとうは病気でなく、毒殺されたのでしょう。李方子が、しっかり記していたように。どうですか。」

「実は、彼女も記しているように、高宗が寵愛する息子、垠はいわば人質として十一歳のとき、日本に連行されたまま、「日鮮融和のため」と称して、方子と結婚させられることが決まっていました。方子自身、なんと婚約発表を新聞報道で知らされているのですが。方子はわずか十六歳でした。

そして一九一九年、一月二十五日に挙式と決まります。そのわずか四日前の高宗の死去。先述したように方子は書いています（『流れのままに』）。

「退位後もひそかに国力の挽回に腐心されていた李太王さまは、パリへ密使を送る計画をすすめられていたそうで、それがふたたび日本側に発覚したことから、総督府の密命を受けた侍医の安商鎬が毒を盛ったのが真相だとか。また、「日本の皇室から妃をいただければ、こんな喜ばしいことはない」とおっしゃって、殿下と私の結婚に表面上は賛意を表しておられたものの、じつは殿下が九歳のおり、十一歳になられる閔閨秀という方を妃に内約されていたため、内心では必ずしもお喜びではなかったのです。そうしたこともわざわいして、おいたわしいご最後となったのではないでしょうか。

毒殺、陰謀――

もはや前途への不安は漠然としたものではなく、私ははっきりと、行く手に立ちふさがっている多難と、それにともなう危険さえも覚悟しなければなりませんでした。」

第一次大戦が終わってパリ講和会議が始まったのは、一九一九年一月から。

アメリカ大統領ウィルソンの提唱もあって、民族自決をもとめる動きが、世界の潮流になるなか、高宗たちも、再度、この会議に希望を託したのでした。

さらに、方子は、高宗の死を毒殺と知った民衆が、これを発火点として、併合への根強い反感を爆発させ、葬儀二日前の三月一日、独立万歳と叫んで全島いっせいに蜂起したと記してもいますね。」

「かの三一独立運動は、そのような経緯があったのか！」

方子のほかに、高宗殺害をはっきり記しているのは、『朝鮮独立運動の血史』の朴殷植。

彼によれば、高宗の死去を、総督府ははじめ婚礼式ののちに発表しようとしていた。で、光武皇帝《クァンムファンジェ》（高宗）は危篤状態とだけ報道し、隠蔽しようと謀ったものの、流言飛語が飛び交うなかで、ついに二三日、脳溢血で崩御と発表する。

しかし、事実の真相はついに暴露されたのであった。日本は、賊臣韓相鶴《ハンサンニョン》をして、毒を一服もった御食事を進上せしめたのである。皇帝は、一時もたたないうちに重病を発し、「なにを食べてこのように苦しいのであろうか」と叫ばれ、急におかくれになった。陛下の両眼はまっかで、全身に紅斑がでて腐乱していた。侍女二人もまた急死した。かの女らが、この事実の真相を目撃していたからである。

また光化門前の専修学校の墻壁に壁書が貼りつけられ、「日本は、パリ平和会議を恐れて、わが皇帝を毒殺した」と書いてあった。この時、朝鮮三千里の江山には、疑雲が瀰漫し、無実の罪に泣くうらみの心が天地に充満していた。（同書Ⅰ）

方子の書では、侍医安商鎬が毒を盛ったとあり、朴殷植の書では、韓相鶴が食事に毒を盛ったとある。どちらが正しいのか、どちらも推察に過ぎないのか。

「わたしの場合も、今日までだれが、どうやって、わたしを亡きものにしたか、不明のままです。恐らく高宗皇帝の場合も、直接の犯人はわかりますまい。ただ、じかに手を下していなくても、意のままにならない高宗の死を、切に望んでいたのは、朝鮮総督府。

毒殺されたことは、十中八九間違いない！」

オサヒトが、ぐんと力を入れる。

朴殷植は、毒殺の事実を知った純宗が、垠親王に知らせ、真相を調査するように命じたが、日本は早々に彼を日本に戻してしまったとも書いている。

「そうだ。もう一つ、朴殷植は、ほかでもない高宗の次男、義親王について大事なことを記していました。

義親王の母親は張氏。身分が低いため、世子にはなれなかった人です。」

その人物がどうしたか。

三月一日以後、ソウルの人、全協が、崔益煥《チェイックアン》らとともに独立運動のために全国各界の諸団体を統一して、大同団を組織、ひそかに『大同新聞』を発行したりしていた。その全協が、義親王に目をつけ、彼とともに声望ある三十人余を上海にわたらせ、上海臨時政府と結び、宣言書を広く世界にアピールさせようとしたのである。

義親王は、賛成し、前法務大臣金嘉鎮《キムガジン》を顧問として文書を作成させ、臨時政府国務総理安昌浩《アンチャンホ》に送った。

文書には、朝鮮人民が徒手空拳で独立万歳を叫んでいるが、日本はいささかも改悛せず、虐殺をほしいままにしていること。諸般の条約は、父皇帝が承認したものではないこと。自分もまた朝鮮国民の一員であるので、独立した朝鮮の一庶民となっても、日本皇族の一員になることを拒否する、などが記してあった。

そして、その第一番目には、

「日本人は、わが国の何人かの奸臣としめしあわせて、わが父王および母后を弑殺《しいさつ》した。この怨恨を諸外国に訴えたいと思う。」

とあり、ここでもハッキリ高宗の死を、「弑殺した」と記してある。

「分別ある実の息子が書いているのだ。大きな証拠になりますね。で、その後、彼は上海にわたれたのですか。」

日本官憲が見張っているなかで、三十人余がいっぺんに行動することは無理。まず、七十五歳の金嘉鎮が先発、薬売り商人に化けて、息子とともに上海にわたる。

義親王は、十一月九日夜、従者一人連れて王宮を抜け出し、全協らと会った。弊衣を着て、駅へも歩いて行き三等車に乗ったものの、結局、日本の警察に捕まり、連れ戻されてしまう。

時の首相、原敬は、まず書簡で、義親王を日本に招待しようとした。義親王は、拒否、強行すれば自死することが明らかであり、やむなく断念、その邸に幽閉状態にすることとなる。

「そんなこともあったのですか。惜しいことでした。」

ともあれ、高宗の死は、それまで隠忍していた朝鮮人の心に火をつけた。

総督府も、不穏な気配を察し、一週間の哀悼を特に許したため、ソウルの人びとは、老幼男女、麻の白衣を着て、むしろの桟敷に坐り、天を仰いで号泣、七日間、中断することがなかった。各地も同様で、また、ソウルに出て来るものもあった。

学校、役所の休業は一日も認められなかった。

そこで、禁じられていた朝鮮語での号令をかけ、王城の門前におもむき、最敬礼して、日本人職員と衝突する学生たちも出た。

かねて独立運動を進めていた人びとは、この機会をとらえて、全国各都市で同日同時に独立を宣言し、一大示威を起こそう、太極旗をうちたて、「万歳」と叫び、パリ平和会議に独立を提訴しようとひそかに打ち合わせを行う。

「ちょっと……」

オサヒトが女の子を指さす。

「疲れきっているようです。三一独立運動、そのあとの関東大震災時の朝鮮人大虐殺。調べねばならないことは山ほどあるが……。

それにしても、李方子は、エライ女性だとおもいます。

自分の婚約を新聞で知るという文字通りの政略結婚でありながら、たとえどんなに日本と朝鮮の関係が悪化して、万一、危険が身にせまる事態が起きても殿下と運命を共にしようと思い定め、結婚にのぞんだと記していますね。」

「ええ、垠には朝鮮に幼児からの婚約者がいたことも、実際的には人質として日本に連れられてきたことも、年に一度は帰すといいながら帰してはもらえず、自分が朝鮮人でもなく日本人でもない人間になっていっている悲哀をだれにももらさずにいることも、彼女は結婚前に気づいていたのですよね。

そして、二人は心を通わし合った……。」

「いろいろな試練があったようだが。」

「方子にとっての一番の痛手は、一九二二年、結婚の報告の儀式にはじめて垠と七か月の愛児・晋とともに朝鮮に行って、突然、その愛児を失ったことでしょうね。

それも、非業の死。

彼女は書いています。

「父母にいつくしまれたのもわずかな月日で、何の罪もないのに、日本人の血がまじっているというただそのことのために、非業の死を遂げねばならなかった哀れな子……。もし父王さまが殺されたその仇が、この子の上に向けられたというのなら、なぜ私に向けてはくれなかったのか……。」

よみじにてまた会う日までわが胸をはなれざらなむ吾子のおもかげ

心魂こめて写経するしかなかった方子でした。」

「日本の侵略は、七か月の乳飲み子の命まで奪ったのでしたか。」

「さらに翌年、方子の心をザラザラにする出来事が起こっていますね。

一九二三年九月一日の関東大震災時に起きた何とも忌まわしい朝鮮人虐殺です。

垠たちにも危険が及ぶかもしれないということで、宮内省第二控室前に張られたテントで過ごし、自分たちがいくら愛情と理解で結ばれていても、両国の間に深い深い溝があることを実感せねばならなかった方子。

「多くの人々が死に、むざんな焼け野が原となった目の前の東京の姿にも、前途暗たんたる思いでしたが、朝鮮人というだけで、理由もなく殺された同胞のむざんさには、救いもなく、やり場もないのです。」と記す方子。

そして日本の敗戦。二人は臣籍降下し、在日韓国人となって、タケノコ生活が始まります。」

「たしか次男の玖は、アメリカに留学、やがてアメリカ国籍をとっていますね。」

「方子夫妻が韓国に戻ったのは、一九六三年。そのときには、垠は脳軟化症の悪化で言葉のみならず心も失っての帰国であったとか。そして七年後に死去。

でも、方子はめげません。一九八九年、八十九歳で死去するときまで、帰国のとき、これからの生涯を福祉に捧げようと思い決めたことを実践、知的障碍児や肢体不自由な子どもたちのための施設や、養護学校の設立など、数々の仕事をなしとげています。」

「ひとは、どこで生まれ、どんな時、どんな家に生まれるかは選べなくても、そのなかでどう生きていくのかは、本人が決めていけるということでしょうか。」

「いや、そうともいえませんよね。たとえば関東大震災時に虐殺された朝鮮人、中国人たちは、生きようとしても生きられなかったのですから。」

「たしかに。そのことも詳しく知りたいが、今日はここまでにしませんか。」

わたしも頷き、休むこととする。

第三章 「琉球処分」を追って

「琉球國王之印」
（『琉球国王表文奏本展展示図録』沖縄県公文書館）

1

ひさしぶりにやってきたオサヒト。傍らには、あの女の子のほかに、十歳くらいの男の子が立っている。異様に青ざめた顔をして。

「その子は？」

「それが、どうやら沖縄の子どもらしいのですよ。」

オサヒトがささやく。

「通りかかったわたしに、この詩集を突き出して読めといわんばかりなので、手に取って読んでみると、いやはや、今の琉球人の怒りがモロに伝わってきましてね、これでは先ず琉球への仕打ちについて調べねばならんと思ってしまいましたよ。」

さしだした詩集には、真っ赤な表紙に小さく琉球列島が白く浮かび、中央には『日毒』とあり、題名らしかった。

「石垣島在住の詩人、八重洋一郎《やえよういちろう》さんが、万感の思いをこめて書かれた詩篇です。ドキリとさせられます。

ほら、「日毒」と題した詩もありますよ。」

日毒

八重洋一郎

ある小さなグループでひそかにささやかれていた
言葉
たった一言で全てを表象する物凄い言葉
ひとはせっぱつまれば　いや　己れの意志を確実に
相手に伝えようと思えば
思いがけなく　いやいや身体のずっとずっと深くから
そのものズバリである言葉を吐き出す
「日毒」
己れの位置を正確に測り対象の正体を底まで見破り一語で表す
これぞ　シンボル
慶長の薩摩の侵入時にはさすがになかったが　明治の
琉球処分の前後からは確実にひそかにひそかに
ささやかれていた
言葉　私は
高祖父の書簡でそれを発見する　そして

曽祖父の書簡でまたそれを発見する
大東亜戦争　太平洋戦争
三百万の日本人を死に追いやり
二千万のアジア人をなぶり殺し　それを
みな忘れるという
意志　意識的記憶喪失
そのおぞましさ　えげつなさ　そのどす黒い
狂気の恐怖　そして私は
確認する
まさしくこれこそ今の日本の闇黒をまるごと表象する一語
「日毒」

なるほど凄い詩だ。

それで、と、オサヒトは、当方の顔をのぞきこみ、

「で、にわかに、琉球のことを調べたくなりましたが、もちろん付き合ってくれますよね。」

ゆめ断られるとはおもっていない様子で念を押すのだ。

そう言われてみると、当方も琉球国がどのように日本の領土にされてしまったのか、ほとんどわかっていないことに気づく。

「いいでしょう。その話に乗りましょう。なんでも、江戸時代から薩摩藩に支配されていたと聞いていますが。」

「そのようです。そのへんは、少々調べましたよ。ま、聞いてください。」

で、いささか心もとないオサヒトの講義？を傾聴することとする。


オサヒトの講義？

ええ、琉球列島が、現在のかたちになったのは、氷河期が終わった約一万年前らしいですが、近年、那覇市で「山下洞人《やましたどうじん》」が発見されたため、約三万二千年前から、人類が住んでいたことがわかっています。

もっと以前には、中国大陸・九州とつながっていて、その頃に、シカ・ゾウ・ヤマネコがわたってきたようです。

石垣島の白保竿根田原洞穴遺跡《しらほさおねたばるどうけつ》では、二万七千年から一万六千年前くらいの人骨がいっぱい見つかっていますね。身長は百六十センチくらいあるそうです。

本島南部では、一万八千年前だといわれる「港川人《みなとがわじん》」のほぼ完全に近い人骨が発掘されていますね。サンゴ石灰岩の土壌のおかげで、骨が溶けずに保存されてきたようです。

また、南城市サキタリ洞遺跡で、八千年前の押引文《おしびきもん》土器が発見され、話題になりました。土器の表面に割り箸状の工具で押し引きした模様がつけられているのです。

七千年前〜六千年前の遺跡からは、爪の跡を押しつけた爪型文《つめがたもん》土器が見つかっていますし、さらに後には貝殻を引きずって付けた模様もあり、古代にもファッションがあった、と考えると楽しくなります。

ここでは遺体の上に大きな石が乗せられていて、最古の埋葬跡とされています。遠い地域との交流もさかんになっているようで、二千五百年前の北谷町《ちゃたんちょう》の遺跡から、東北の亀ヶ岡式土器が見つかったり、糸魚川産のヒスイも別の遺跡から発見されたとか。

国家などない時代には、今よりかえって、人びとの往来は自由だったかもしれませんよ。

ただ、宮古・八重山では、縄文土器・弥生土器とも全く出土していません。代わりに、東南アジア・南太平洋文化と同類の外耳《そとみみ》土器、シャコ貝製の斧、焼いた石の上に食物をのせて蒸し焼きにするための石などが出土していますね。

中国の戦国時代から唐の時代にかけて鋳造された貨幣も幾種類か出土しています。

さて、豊富な魚や貝を採って暮らす貝塚文化の時代は長くつづき、アジア最大のサンゴ礁地帯で採れる貝を資源に、東アジア社会との交易がさかんになっていきます。

「そういえば、貝塚遺跡の発掘にたずさわるのは、女性たちだとか。

最近、山之口貘《やまのくちばく》賞を取った安里英子《あさとえいこ》は、次のような詩を詠んでいますね。」

島の女

安里英子

砂丘の底に眠る死者を

あなたは抱き取った
そのあなたが　東風の吹くころ
神女になる

洗い清めた髪を
束ねることもせず
風にさらして

あなたは　目をつぶり
静かに時が満つのを待つと
白衣を　まとって
足早に　神道を行く

森には
サバニ漕ぎの勇者が
片手で櫂を漕ぎ
片手の指に魚を食いつかせたという

心やさしい　神話の男が　まっている

砂丘の底で眠りつづけた　縄文の男も
指で　魚を釣った　神話の男も
すべて　あなたの子

あなたの吐息から　魂が生まれ
あなたのふくよかな手の平から
肉体が生まれた

あなたの　その手の平から
全宇宙が　誕生し
あなたは　万物の　母となる
島の女こそ全き人

こうして　あなたの祈りで
死する者は生まれ
生まれでた者は　死す

（『神々のエクスタシー』）

「縄文の時代と現代は、どうやら琉球では、女性たちの間でまだどうやらつながっているようです。」

なるほど、そうもいえますか。

久米島からは大規模なヤコウガイ加工工場の遺跡が見つかっており、貝匙に加工したり、素材のまま中国や日本と交易していたようですね。

実は、ヤコウガイといってもどんな貝かわかりませんが……。

「ああ、大型の巻貝です。二キロ以上の重さとか。直径二十センチ以上の大きさがありますから、加工しやすい。加えて、殻の内側は、青あるいは金色の美しい光沢をしていますから、螺鈿《らでん》細工に利用されています。正倉院の螺鈿細工も、琉球のヤコウガイを細工したのかもしれませんよ。」

水田耕作と鉄製農具が伝えられたのは、十世紀以降。

十二世紀から十五世紀をグスク時代と呼ぶようですが、人びとは丘陵地帯に住むようになり、天然の湧水を利用して小規模の水田もひらかれます。

そして、かつて先祖たちが住んでいた森の奥が、御嶽《ウタキ》といわれ、ひとびとの信仰の対象となっていき、各地には、按司《あじ》と呼ばれる首長らがグスク（城砦）をかまえて陣取り、抗争するようになります。

十四世紀には、三人の按司が、三つの勢力を形成、三山時代といわれます。それぞれ小国家といってよいでしょう。

本島の北部、今帰仁《なきじん》グスクに陣取る北山《ほくざん》の羽地《はねじ》按司。

本島の中部、浦添《うらそえ》グスクに陣取る中山《ちゅうざん》の浦添察度《さっと》按司。

本島の南部、島添大里《しましいおおざと》グスクに陣取る南山《なんざん》の大里《おおざと》按司。

三山成立から約四十年後、中国では、朱元璋《しゅげんしょう》が元をほろぼし、明国を建てています。

一三七三年、彼は浦添察度按司に使者を送って入貢をすすめてきました。

「惟《おも》ふに爾琉球、中国の東南に在り、遠く海外に依る、未だ報知に及ばず、茲《ここ》に特に使を遣わし、諭せしむ」との勅語に応えて、中山の察度は、よろこんで弟を使者として送り、入貢します。

かくて明との朝貢貿易がはじまるわけで。

少々遅れて、北山も南山も入貢していますね。

これによって琉球で最も不足していた鉄材が明からもたらされるようになり、農具・鍋・釜いずれも豊かになりました。

朝貢関係では、中国は琉球の内政にクチバシを入れたりしません。

倭寇の跳梁に対日貿易がゆきづまり困っていたこともあって、朝貢回数、寄港地も無制限、朝貢者も三王、世子《せいし》ほかが認められ、大型船をただで貸し、その船を操るためのスタッフまでそろえてくれましたから、東南アジアにも出ていける。

それに朝貢物に対しては、望みの品物が返礼されますし、朝貢物も、市価より高く評価され、琉球に対しては南洋の原産地のものが多いので、とりわけ高価に扱ってくれます。琉球にとっては、願ってもない関係なのです。

で、中山からの朝貢がひんぱんすぎて、明のほうは困惑しながらやむを得ず受け取っているほどです。

「あっ、だれか私の服を引っ張ったものがいますね。男の子とはちがう、いたずらなキジムナー（ガジュマルの精霊）のようだ、そうか、そうか、『月刊琉球』に連載された真久田正「琉球水軍伝」中の記述を紹介しなさい、と言っているわけか。」

そうです、その小説には、一四二五年、中山王・尚巴志《しょうはし》の冊封《さくほう》のため明の冊封使一行が訪れたさいの様子が、ほら、生きいきと記してありますよ。

天使館の前の通りには様々な衣装を身にまとった冊封使の一行と琉球側の王府官僚や兵士たちが続々集まってきた。路次樂《るじがく》の楽隊が演奏をはじめ、爆竹の音が鳴りひびき、行列はゆっくりと動きだした。琉球側高官の先導隊のあとに路次樂隊が続く。そのあとに騎手隊、儀仗隊が続き、そして王府官僚が続く。（略）

琉球側先導隊の後に龍や虎の刺繡のほどこされた旗や牌をもつ中国側騎手が続き、そのあとに儀仗兵儀仗、騎馬の武官、そして立派な御輿に乗った冊封正使と副使が続く。

沿道に群集ひしめく中、その数千名以上にもなろうかと思われる大行列がにぎやかに首里城へと向かった。（略）

下之御庭ではすでに儀式の用意が整っていた。行列とともに運ばれてきた龍亭、綵亭が御庭に置かれる。これには明国皇帝からの下賜品が納められている。ゆったりとした路次楽が演奏される中、冊封正使は華やかな装飾のあしらわれた宣読台にのぼり、「璽を封じて琉球国中山王と為す」と高らかに冊封の詔書を朗読した。これにより、はれて新国王は中国皇帝の名のもと正式に認知されたのである。（略）

儀式が済むと、冊封使の一行は新国王とともに酒宴を囲む。いわゆる「冊封の宴」である。酒宴では、まず衣冠束帯した「おもろねあがり」と呼ばれる役職が、ゆったりとして荘厳な「オモロ」を朗々と歌いあげる。その後、茶・酒が振る舞われ、鉦・鼓の演奏をともないながらもてなしが行われる。ちなみにこの頃三線はまだ伝わっていない。

冊封使は、約半年間滞在、さまざまな学問、土木、建築、工芸などを琉球に伝えていました。冊封使が、帰国するおりには、琉球側からも明国皇帝にお礼の文と礼物を届けるために随伴していくのでした。

一四二九年、中山王・尚巴志は、三国をまとめ、琉球国が成立します。

一四五三年には、王の世子・志魯《しろ》と王弟・布里《ふり》が王位をめぐって争い、双方が傷つき倒れ、首里城《すいぐすく》は焼け落ちています。

結局、布里の弟にあたる尚泰久《しょうたいきゅう》が王位を継ぎ、彼は三年後、再び争いがないことを願って、再建した首里城の正門に、かの万国津梁之鐘《ばんこくしんりょうのかね》を懸けています。

「万国津梁？　ああ、今、辺野古に新たに造ろうとしている米軍基地に反対している翁長沖縄県知事が、その言葉を用いていましたっけ。沖縄は本来、万国津梁のくにだと言って。

実際にはどんな銘文なのですか。」

わかりやすく、口訳してみましょうか。

琉球国は、南海のすぐれた地にあって、朝鮮三国の知恵をここに集め、助けられている大明国、唇と歯のように密接な間柄の日本、その二つの中間にある蓬莱《ほうらい》の島々、たぐいまれな、すぐれた島々である。

船を橋代わりに、万国からの、くさぐさの産物、至宝が充ちあふれ、ひとは豊かに、夏、やわらかな風を起こす扇のごとく心地よい風土。

ここに、わが王、尚泰久王は、天から位をさずかり、人びとに恵みをもたらした。

仏法を興し、父母・大仏・大地・国の四恩に報いんがため、新たに巨大な鐘を鋳造し、中山国王殿前に掛ける。

王国三代・尚泰久王より憲章を定め、文武百官を王殿前にあつめ、下は三界の人びとを救い、上は王国が万年続くことを祝う。

尊敬する相国住持《しょうこくじゅうじ》の渓隠安潜叟《けいいんあんせんそう》に命じ、銘を記録する。

銘に曰く

中国の南のほとりのわが国土
世界は広くゆたかであり
わが王があらわれて苦しむ人びとを救った
ぼうんと鳴る鐘の音は
川の流れをせき止める巨象
月に吠えるクジラのごとく　四方の海に響きわたり

長夜の夢を覚まし　天に誠の心を伝えるであろう
泰平の風はとこしえにそよぎ
この国の　おだやかな日々は
ますます盛んとなるであろう
　戌寅六月十九日　辛亥　大工　藤原国善
相国住　渓隠叟、これを誌す

はは、まず、こんなところでしょうか。

ちなみに王権を霊力により支えていたのは、王族から選ばれる聞得大君《きこえおおぎみ》でした。はじめ聞得大君は王の姉が就任していました。オナリ（姉妹）はエケリ（兄弟）を護る力があると信じられていたのでした。聞得大君の霊力が、王の統治を支えていたわけです。

尚真王《しょうしんおう》の時代に「ノロ制度」が整備され、各地のノロ（神女）は、地域の祭祀をとりしきり、ウタキ（御嶽）を管理しました。

琉球の宗教観は、海の彼方にニライカナイと天空のオボツカグラの他界にティダ（太陽神）をはじめとする神々が住み、生者の魂も死後にはニライカナイに渡って肉親の守護神となると思われていました。彼らは時を定めて現世を訪れ、豊穣をもたらし、人びとを災難から守護します。その神々と交信できるのがノロであり、ノロの最高位が聞得大君でありました。

神々との交信はウタキで行われますが、そこにあるのは森の空間あるいは泉、川、植物、岩だけです。

「ああ、詩人の高良勉《たからべん》さんが、訳されている〈おもろ〉に聞得大君を歌ったものがありますね。」

「おや、どんな歌ですか。」

「聞得大君ぎや
おれづむが　立てば
斎場下走り
押し開けれよ　門の主
玉簾
巻き上げれよ　孵《かえ》で者」

「どんな意味ですか。」

「高良勉さんは次のように試訳されています。
名高い聞得大君が
おれづむの季節になると
斎場御嶽の下の遣り戸を
押し開けなさい　門番の方よ
玉簾を
巻き上げなさい　若がえりの優れた方よ」

「おれづむ？　どんな意味ですか。」

「旧暦二、三月頃だそうです。孵で者とは、再生の優れ者だとか。」
「安里英子さんが書かれた本（『ハベル(蝶)の詩』）には、聞得大君の就任式の斎場で、七十人の神女が神歌を歌うといい、「クェーナ」と呼ばれる次のような歌を紹介していますね。」

よかるひより　良き日和を
まさるひより　勝る日和を
選び出ち　選び出して
ささひじて　選び出て
大君前　大君前
さやは御嶽に　斎場御嶽《セーファウタキ》に
おちやい召せうち　いらっしゃいまして
てやかり召せうち　照り上がりなさって
糸すだれ　糸簾を
玉すだれ　玉簾を
まきやけ直て　巻き上げ直して
あかりはしり　明かり走り（戸）を
ひきやけて　引き開けて
押明け直ち　押し明け直して

御出召せうれ　　　いらっしゃいませ

さて、万国津梁之鐘に記してある文言は、誇張ではありませんでした。

毎年、琉球王は、他の地域から手に入れた品物を、たくさん朝貢品として中国皇帝に贈っていますね。ラッコの毛皮百枚、サメ皮四千枚、日本刀、金箔の屏風、扇、ヤコウ貝八千五百個、宝貝五百五十万個などなど。

実際にこの頃、そう、一四六三年、明の皇帝から与えられた軍艦に、おびただしい商品と、琉球人の使節団や那覇在住の中国人の移民が乗って、那覇の港からマラッカ王国に向かったことが、記録にもあります。

さて、一四六九年には、伊是名島《いぜなじま》に生まれた内間《ウチマ》の領主、金丸《かなまる》が、クーデターをおこし、新王朝を開きますが、尚王家を継承、尚円王《しょうえんおう》と名乗ったため、第二尚氏王統と呼ばれています。

この王朝から、琉球国の宰相職にあたる三司官（あるいは世あすたべ）が、国政にあたるようになりました。三司官は、三人制、選挙権をもつ王族、上級士族ら二百余人ほどで、親方《うぇーかた》から投票で選ばれています。

十六世紀のはじめには、マラッカ商館に来ていたポルトガル人が琉球について記した文書が残っていますよ。

レキオ（琉球）人は、中国人とマラッカで取引を行う。正直な人間で、奴れいを買わない。ジャンボンへ行って、その島にある黄金や銅などを手に入れる。マラッカへもってくるのは、黄金・銅のほか、武器・蒔絵の箱・扇・紙・生糸・陶磁器である。インド産の衣服を大量にもち帰る。マラッカの酒をたくさん積み込む。

ああ、学び舎の教科書（『ともに学ぶ人間の歴史』）にも、次のように記してありますね。

琉球の船は、中国の陶磁器や絹織物を手に入れ、シャム（タイ）やマラッカなど、東南アジア各地に運んで売りさばきました。帰りには、香辛料や象牙など、南方の産物をもち帰りました。那覇は、朝鮮や日本の堺（大阪府）や博多（福岡県）との間でも、船の行き来が盛んでした。

日本との貿易でいえば島津氏、その島津氏を通して大内氏、あるいは種子島氏、博多商人、堺商人などとの取引がありました。那覇には、また、多くの禅僧が渡来してきていますね。

ただ、十六世紀後半には、武装した民間の多国籍商業集団ともいうべき倭寇が、明の徹底弾圧によって暴徒化、かえって跳梁するようになっていたようです。

冊封使との交易をもとめ、千人近くの武装倭人が那覇に殺到する事件さえありました。

そのようななか、明は、倭寇対策を転換、民間貿易を解禁することにしています。琉球への大型船の貸与も中止、ポルトガル、スペインが東南アジアに植民都市をひらいていくなか、琉球への商船が減少し、さしもの琉球の繁栄にもかげりが生じはじめます。

島津（薩摩藩）の琉球侵攻は、一六〇九年。

新里恵二《しんざとけいじ》他『沖縄県の歴史』によれば、両者の善隣友好が維持されていたのは、一五七五年までのようですね。

ところが、一五七六年には、島津義久が薩摩・日向・大隅三州を掌中におさめ、九州制覇もめざす勢いのなかで、それまでと違い、琉球国に対して居丈高になっていっています。

義久の相続を寿ぐために遣わされた使者に、贈り物が粗末になったとか、島津氏の印判を帯びない船を許したとか、さまざまイチャモンをつけて受け取りを拒否したりもして。

しかし、上には上あり、かたや全国制覇を着々すすめる秀吉がいて、大友氏を倒し、九州制覇をねらっていた島津氏に対して、そうはさせじと、大軍を派遣、島津氏は降伏します。

戦国時代は、秀吉の全国制覇によって終わるわけですが、各地の戦争は海賊・盗賊にひとしい。なにしろ下っ端の兵たちの参加理由は、乱取り、人取りなどと言われて、物資・食料の略奪と人間の拉致。

島津軍が豊後を占領したときには、臼杵《うすき》地方だけで婦女子ふくめ三千人が奴隷として肥後に売られたそうですよ。

そう、きれいな戦争なんてないわけです。

（オサヒトの袖につかまっている男の子、女の子が、深く頷くのを、私は見た。）

秀吉は、小田原の北条氏を降伏させるや、ついに、各大名に二十五万人もの動員令を発し、朝鮮侵略という大それた戦争をはじめるわけです。

逆らうものはなで斬りに、日本中くまなく搾取の対象とするための太閤検地によるひとびとの怨みをそらし、かたやなべて服属してしまった武将たちに恩賞として与える土地の必要からも、秀吉は外征を考えたのでしょうか。

アジア大陸の王となるとの誇大妄想にかられた秀吉にとって、朝鮮侵略は明国征服の手始めだったともおもわれます。スペイン領フィリピンや台湾にまで従属をうながす使者を送っているくらいですから。

その秀吉には、琉球王も諸侯と同じにしか見えません。

一五九一年には、島津氏を介して琉球にも軍役と、名護屋城を築くための夫役を命じます。もう、島津氏には自由な外交権はないわけです。

島津義久は、命を受けて尚寧王《しょうねいおう》に書を送りました。

「関白は薩琉両国あわせて一万五千人の出兵を命じている。しかし、琉球は軍事に習熟していないから義久のはからいで兵は薩摩が負担する。その代わり、七千人の食料十か月分を来年二月までに坊の津にもたらし、その後高麗に転送するように。」と。

一五九二年四月十二日、秀吉軍はついに朝鮮・釜山に上陸しました。

上陸以前から、琉球では、謝名親方《じゃなうえーかた》が、秀吉の朝鮮攻め計画のくわしい情報を、朝貢船に乗る那覇在住の明人・陳申に託して明国に届けていました。

ただ、朝鮮は、すでに秀吉に服属した、との間違った情報も交じっておりましたが。

島津氏から七千人の十か月分食料ほかの要求がきたとき、王府は困惑します。総米高の一〇%にひとしい上に、明征服のための戦費にもなるではないか。

そんな折、一六〇五年、謝名親方が三司官に就任しました。

あ、謝名親方についてちょっと説明しておきましょう。

一五四九年、那覇久米村生まれ。

始祖は中国福建からの渡来人。十六歳のとき、留学生として中国の福州にわたり、長年、南京国子監《こくしかん》で勉学。二十三歳で帰国後は、久米村の子弟を教育、その功労により浦添村謝名の地頭に補せられます。また、数回、進貢使《しんこうし》として明国に行っています。唐名は鄭迵《ていどう》。

三司官の一人で、親日派の筆頭だった名門の城間親方《ぐすくまうぇーかた》を弾劾、彼を百姓身分にして一六〇七年、三司官に抜てきされ、国政にたずさわりました。久米村出身のものが最高の地位についたのは前代未聞であったようです。

服装も明人の服装をしていたほどで、三司官への抜てきは、秀吉情報をすばやく明に知らせたことに、尚寧王が、好ましく思ったからでしょう。

島津氏の要求に、琉球王府では、ちょうど明の使者船を迎える準備に追われていたところ。おどろき、群臣を集めて協議します。

顔色を変えて反対したのは、三司官の一人、謝名親方。

「明の勅使を迎えるので、金銀米銭を山のように積んでもなお足りますまい。ですから薩摩藩の要求には添えません。」

一同、その激しい勢いに押され、薩摩の要求を断ります。容貌魁偉の偉丈夫であったとか。

薩摩からは、度々催促しても応じないのに業を煮やしたとみえ、「応じないなら、大島以下を割譲せよ」と言ってきます。やむなく要求の半分を調達しましたが、それ以降は一切応じません。

先にも言ったように、琉球のほうは、秀吉の出兵以前に、明と朝鮮に日本軍の動向を知らせ、出兵以後は日本軍の出兵情報を知らせていたほどですから。

ああ、ここでちょっと、秀吉の朝鮮侵略について、あなたからレクチャアしてもらえますか。

悪い癖で、オサヒトはまた不意にわたしに役目を振ってきた。

あわてて、子どもむきの岡百合子『世界の国ぐにの歴史8　朝鮮・韓国』をひもとく。

「朝鮮侵略は、朝鮮では、壬辰倭乱《イムジンウェラン》と呼ばれていますね。ええ、日本では文禄の役ですが。

はじめに秀吉は対馬の宗氏に、出兵の先駆けを命ずるのですが、朝鮮との通商が頼りで穀物も朝鮮から輸入して暮らしている宗氏は、おどろき、苦し紛れに李王朝に頼み、天下統一の祝賀使節を出してもらうよう、頼みこむのです。

来日した使節を、秀吉は服属使と思いこんでいるため、明に攻め入る先導を命じるから、両者は食い違う。業を煮やした秀吉は、動員令を発し、釜山上陸が行われました。

その頃の朝鮮は、支配階級の両班《ヤンバン》が、東人、西人と二つの党に分かれて争いあい、日本への使節も、東人が日本は攻めてくると言えば、西人は反対し、結局、たいした備えをしないままでした。それに、戦争に明け暮れた日本と違い、朝鮮軍には実戦の経験がなく、武器もまだ弓や槍、刀が主でした。そのため釜山に上陸した日本軍は、連戦連勝、一月もたたないうち、首都ソウルに入ってしまいます。

あわてた王は、北へ逃げ出し、怒った民衆は行く手をさえぎり、石を投げるものもあったとか。

しかし、侵軍する日本軍の暴虐は凄まじいものがありました。

前掲書には、次のように記してありますね。

「町は焼け野原にする。本などの文化財は、てあたりしだいもちだして日本に運んでしまう。民衆をとらえ、殺し、食料は一つぶのコメものこらぬようにうばいつくした。慶州《キョンジュ》の仏国寺《プルグクサ》、芬皇寺《プンファンサ》などのりっぱな寺も、ソウルの王宮も、このとき日本軍の手で大部分がこわされ、焼かれたのだ。」

その暴虐に、なべての朝鮮人たちが武器をとり、戦いはじめます。

そして、李舜臣《イスンシン》将軍が、水軍をひきい、亀甲船に乗って、潮の流れを巧みに利用し、日本軍に次々勝利するにいたって、日本の補給線は断ち切られます。

朝鮮王の要請で明軍も到着、和議をのぞむ小西行長と明の間で、交渉がはじまり、日本優勢と信じこんでいる秀吉は、荒唐無稽ともいえる要求を出すのですね。

明の皇帝の娘を天皇の妃にするとか、朝鮮八道のうち、四道を日本に割譲するなどなど。

困惑した小西らは、にせ手紙を書いて明に渡したため、日本が服属したと信じた皇帝のほうは、秀吉を臣下とし、日本国王に任ずることにして、使者を送ってきました。

大阪城での使者引見により事が露見、怒った秀吉は、再侵略に踏みきります（慶長の役、朝鮮では丁酉倭乱《チョンユウエラン》）。

今回は朝鮮も軍備を強めていましたし、明軍もすぐ出動してきました。

蔚山《ウルサン》で籠城した加藤清正軍は、飢え、壁を煮て食べ、紙を嚙むありさまでした。

一五九八年八月十八日、秀吉死去。喜び撤退する日本軍に追撃する朝鮮・明軍。激しい戦いが行われています。

今回もまた、李舜臣が大活躍していますね。

「そう、わたしは韓国ドラマで彼の活躍を観ましたよ。上官にねたまれ、獄に落とされたり、さんざんな目にあいながら、いざとなると皇帝は彼を頼り、二日間続いた日本軍との死闘で、三百隻の日本軍船を二百五十隻も沈めてしまうのですね。そして惜しくも、彼は弾丸に当って自分の死を敵に知らせるな、と叫びつつ、亡くなりました。ええ、一五九八年十二月十六日。彼の命日にわたしは香華を絶やしませんとも。」

いつの間にか亡霊は、DVDも観たりしているらしい。

呆れながら前掲書のページを繰る。

日本軍の残虐は、厭戦気分が広がった二回目の侵攻のときのほうがひどかった、と記している。

秀吉は、大名らに朝鮮の老若男女の首をことごとく斬って送れ、と命じました。

その命令通りに、ただし首は送るのが大変なので、かわりに人々の鼻や耳をそぎ、塩漬けにして送ったというのですから呆れます。

それが単なる噂ではないことは、京都市東山区にある「耳塚」が証明しています。当初、鼻塚と呼ばれ、林羅山が鼻そぎは野蛮だとして耳塚と記してから耳塚といわれるようになったとか。朝鮮・中国二万人分の耳と鼻が埋められているともいわれています。

二〇〇九年に、在日韓国人によって初めて大がかりな慰霊祭が行われています。それまでは京都に住む在日韓国人ら数人が集まり、質素に祭事を行なっていたらしい。

他国で四百年経って、耳あるいは鼻斬られた人びとは、「偉大なチョソンの義兵よ！　民衆よ！　耳と鼻を切り取られてもその顔は朝鮮で輝くだろう」と、子孫たちに慰霊されたわけですね。

南原《ナムウォン》からはるばるやってきた国立民俗国楽院の舞踊家たちは、昇天舞を舞い、歌手のヨム・キョンエさんはパンソリで追慕の詩を歌ったそうです。

さらに二〇一六年には、初めて日本人僧侶たちが参加、日韓の有志が参列して慰霊祭を行なっています。慰霊に、なんと長い年月がかかったことでしょうか。

殺戮のほかに、多くの朝鮮人を拉致してきました。数万人ともいわれています。

ちょうど日本では茶の湯がさかんで、高麗茶碗が人気だったため、争って陶工を連行しています。そう、日本の焼き物は連行された陶工たちによってようやく花開いたのでした。有田焼、伊万里焼、萩焼、薩摩焼、みな、そうですよ。

学者も連行されています。「金属活字、いろいろの書物など、江戸時代の文化すべてに、戦争の略奪品が大きな影響を与えた。」岡百合子氏は記しています。

さあ、琉球に関わり強い島津氏ですが、島津軍は慶尚道《キョンサンド》・泗川《サチョン》に倭城をかまえていました。そこへ明・朝鮮連合軍が数万人余で迫ってきました。対する島津軍は七千人余。しかし、なんと戦闘は島津軍の勝利に終わり、生き残った明・朝鮮軍の兵士は一万人余に過ぎなかったといわれます。島津軍は「鬼石曼子《グイシーマンズ》」と呼ばれていますよ。

この間に、琉球では、秀吉の死去をいち早く朝鮮に知らせています。

「賊酋　死亡の消息を報ず」として、関白という賊は罪満ち悪を積んでいたので、死は天の下した罰であり、朝鮮の幸いのみならず天下の幸いであります、とあり、琉球にとっても、秀吉は悪そのものであったのでした。

さあ、秀吉は死んだ、徳川の世になります。

家康は、戦争の戦後処理をせねばなりません。

明との講和交渉を対馬の宗氏に頼み、人質を送還する代わりに、国交回復と日明貿易の復活を願うわけですが、おいそれと明が応じるわけもありません。

そこで、頼りにしたいのが、琉球国であり、その琉球とパイプがある島津氏ということになります。

琉球では、尚寧が王となってから十年経つのに、秀吉の戦争のためか、冊封を受けていません。それでは正式には世子のままなのです。

冊封使の督促に対して、明は武官に変更すると言ってきましたから大騒ぎ、吉事には文官、凶事には武官と決まっており、明からすると、秀吉から要求された軍役を半分調達したことで、怪しむ気持ちがあったのでしょう。

再三再四、潔白を知らせてようやく一六〇一年、文官の冊封使がやってきます。

さぞ尚寧王は安堵したことでしょう。

そんなところに、一六〇二年、仙台藩の領内に琉球船が漂着しました。

仙台藩が家康に伺いをたて、家康の命によって、翌年、漂着民たちは丁重に琉球に送還されました。

さらに一六〇五年にも琉球官船が平戸に漂着、同じく家康の配慮で島津氏を通して送り返しています。

ところが琉球からは、一切返礼がありませんでした。

琉球の尚寧王は、家康への謝恩の使いを出すことを、島津氏を通じて度々要求されますが、応じません。

琉球としては、もう日本とはなるべく関わりたくなく、明の意向をおもんばかったのでもありましょうし、それは外交を一手に握った謝名親方の考えであり、尚寧王の意向でもあったでしょう。島津氏のほうは、養女の婚礼の出費やら、幕府に命じられた江戸城普請のための石材運搬船三百隻建造のための出費に苦しみ、なんとしても琉球を通じて、明との交易を行い、財政を立て直したいわけで。

一六〇六年六月、ついに明から冊封使・夏子陽《かしよう》らが琉球にやってきます。

同年夏、琉球は、薩摩に、家久の藩主相続祝賀の船を送っていました。得たりと、島津家久は、夏子陽に、島津氏領内への明商船来航を要請する書を、その琉球使節に託します。また、家康へ謝恩使を送らないことを責め、そのようでは安全を得られまいと暗に出兵をほのめかしていました。

この間、那覇には明との交易をもとめる倭人が殺到していたようです。夏子陽は、兵器の提供を王府におこない、「倭は貪欲で残忍な心をもっている」と忠告していますね。

帰国する夏子陽一行に謝恩使として明へおもむいた琉球の使節は、台湾・東南アジアと同じに民間貿易を許してほしいことを願っていました。しかし、明は認めませんでした。密貿易をおそれたようです。

また、閩人《びんじん》三十六姓を再下賜してほしいとも願っています。謝名親方の祖は、明が、琉球の那覇に明の文化あるいは航海技術などを伝えるために置いた人々で、今回の願いを明は聞き入れ、二人の明人を下賜、琉球への水先案内をさせています。

しかし、島津氏の要求にこたえるためもあり、日明貿易の中継地たろうとした尚寧王の願いはとん挫しました。

怒り、琉球への戦争を願う島津氏に対し、徳川政権は慎重です。それは最終手段である、と。

明との講和も実現していないなかで、琉球との戦争は避けたいわけでした。

一六〇八年、島津氏は琉球に大慈寺龍雲を遣わし、謝罪使を出すか、奄美割譲するか、と迫ります。

しかし、琉球側は応じるどころか、龍雲をののしり、返しました。

昔から琉球は明に属し、日本とは別個の国である、と。

少し以前から薩摩は、島津氏の渡航朱印状を帯びない船舶の取締りまで琉球に要求しており、琉球側は、断固拒否、薩摩の自分勝手な態度に憤激していたのです。

一六〇九年、島津氏は、琉球にいわば最後通牒を突きつけます。

琉球国を誅罰するようにとの家康公からのご朱印が下った。で、早急に軍船を渡海する用意がととのっている、として、「ああ、その国の自滅、豈《あ》に誰人を恨むべけんや。然るといえども頓《にわ》かに先非を改め、大明・日本の通融の儀、調達いたさるにおいては、この国の才覚、愚老随分入魂を遂げるべし。もし然らばすなわち球国の安穏有るべきか。」

しかし、そういわれても、明が日明貿易を拒否している以上、琉球国としてはどうしようもありません。

かくして、ついに一六〇九年三月、島津家久は、樺山久高（副将は、平田増宗）に大将として「琉球征伐」を行うように命じ、八十余艙に総勢三千人の将兵を乗せて、大軍勢が琉球めがけて山川港を出立することとなります。

家久は、出発にさいし、樺山に五箇条の作戦を授けていました。

一、琉球が講和を申し入れたらすぐ戦闘を中止する。
二、講和成立後は七月ごろまでに軍を撤退させる。
三、王府首脳陣、島々の頭を鹿児島へ連行し、租税・課税を定める。
四、首里城籠城のおりは、焼き払って撤退し、周辺諸島を占領し、人質を取る。
五、兵糧米の徴収は王府の年貢より軽くする。

さて、琉球国の軍事力といえば、王府の直轄軍「ヒキ」千人、地方役人から成る軍あわせて数千人だったようです。戦争経験がないわけですから、兵器は火縄銃が数百挺といったところ。

戦争に次ぐ戦争に明け暮れ、鉄砲もふんだんに用意した島津軍にかなうべくもありません。

樺山軍は、大島・徳之島・沖永良部島を次々占領し、三月二十五日夕刻、沖縄島の属島、古宇利島《こうりじま》に八十隻の大船団が到着します。

徳之島では、湾屋、また秋徳《あきとく》で激戦が行われていますね。兵数で琉球軍が多くても、島津軍が大量に用意した鉄砲の威力は凄まじい。

秋徳では、上陸した島津軍に、二百二十センチの身長の大男、佐武良兼《さぶらがね》とその弟の二兄弟が、竹の先に包丁あるいは山刀を付けた百姓をひきい、突撃。一時はさしもの島津勢も押されるほどでした。

しかしながら、長さ三メートルの棒を振り回していた佐武良兼も、鉄砲で撃たれ、弟も戦死、百姓らはことごとく撫で斬りにされていきました。戦死者は数百人にのぼったようです。

この戦で、秋徳の各家では、ヤマト兵の膝を火傷させるため、粟粥を煮て坂や道に流したそうです。

三月二十六日、奄美諸島占領の悲報に、琉球王府は講和使節を首里から出発させました。なお、停戦要求であって、降伏の使者ではありません。

使者は日本に留学したこともあり、かつて薩摩に使者として行ったことから樺山久高とも旧知の間がらの、禅僧・菊隠宗意《きくいんそうい》ほか三十名。

ところが今帰仁《なきじん》からやってきた使いが、すでに道中は敵軍に満ち、陸路で向かうのは無理との情報が入り、急きょ漁民の小舟に乗って今帰仁に向かいます。

沖合で、もう島津軍の船に誰何され、使者だといって島津軍の船に同乗、島津陣営にむかうありさま。そして、交渉事は那覇でおこなうと一蹴されてしまいました。

二十七日、無人の今帰仁グスク占領。

「田畑多く、良き在郷」で、無人であったため、「とり物多く見え申し候」と島津方の記録にあります。

那覇港は、琉球側が鎖を張って防いでいるとの情報があり、樺山は水路・陸路と攻め手を二つに分ける作戦に出ます。

琉球側は那覇の防衛に王府正規軍を投入しました。

謝名親方指揮のもとに、那覇港口の南北両岸に砲台を築き、間の海には鉄の鎖を張って、島津軍の侵入を阻止しようとしたのでした。

四月一日、那覇港口での戦闘は凄まじいものがありました。

「このとき、琉兵は陸にあって勢い強く、倭は水に依るゆえに勢いは弱い。また倭船は浅小ゆえに武を用い難い。箭《や》で射れば逃げにくく、大石火矢を発すれば避けられない。あわてふためき狭い場所にひしめき、各船はぶつかり合いサンゴ礁に衝突する。溺死、殺されるものは数えきれない。」と、琉球の書『歴代宝案』は記しています。

一方、陸路をすすむ島津軍は、浦添《うらそえ》グスク近くの龍福寺を焼き払い、村々の民家に放火、略奪を重ねつつ、首里へと向かっていきます。

樺山も、ほとんどの軍勢を陸に上げ、首里へとぐんぐん行軍していきます。

敵が首里に向かってくるとは思わなかった王府はあわて、入口の大平橋《たいへいきょう》に越来親方《ごえくうえーかた》ひきいる百人の兵を送りますが、島津軍の鉄砲を雨あられと浴びて、たちまち退却するしかありませんでした。

城間親方の長男、盛増《せいぞう》は鉄砲に撃たれ倒れたところを島津兵が駆けよって首を掻きます。初めて見る「首取り」に琉球兵たちはショックを受け、戦意を失ったようでした。

この悲報に王府は動揺、すわ薩摩軍が押し寄せるぞ、と家財道具を運び出し、避難するものもあらわれる有様。

尚寧王は司令らと相談ののち、和睦を申し出ることに決め、西来院《さいらいいん》菊隠ほか三十余人を使者に立てます。樺山は、那覇で和睦の談合を行うと決め、菊隠に同行していた名護親方《なごうえーかた》を人質に取りました。

菊隠らは、薩摩軍団より一足早く出発、夜更けに首里城に着いて事の次第を報告、夜明けには那覇にもどり、待機しています。

「当時、尚寧王に仕えていた堺の僧、喜安《きあん》が、その状況を日記に書いていますね。」

「はい。現代語訳にしてもらえますか。」

「大将は、とあるのは、樺山のことですね。

「樺山大将は湾より陸地に進み、浦添の城、さらに龍福寺を焼き払った。

大平橋、首里の平良橋《たいらばし》のことですが、その橋へ敵が攻め近づくと知って、越来親方を大将にたてて寺侍百余人が出発。おもったとおり、橋爪へ攻めてきて雨あられと鉄砲を打ってくる。

だれが放った矢かはわからないけれども、城間鎖子親雲上《ぐすくまさしぺーちん》（盛増）の左脇の腹にあたって頸を取られた。

これを見て誰一人残るものはなく、退き、城へこもった。薩摩軍はその辺りの家々をことごとく焼き払った。」」

戦国の世に生き、絶えず血の臭いのなかで暮らしてきたヤマトと、各国とのおだやかな交易で暮らしてきた琉球と、なんという違いか。家を焼かれた人びとはどんな思いで、薩摩の軍勢を見たことでしょうか。

四月一日、那覇で和睦の話し合いが行われます。

この談合で、薩摩側が出した三条件、
一つ、薩摩が要求する宝物を差し出す。

二つ、尚寧王が江戸に謝罪におもむくこと。

三つ、摂政・具志頭《ぐしちゃん》王子と三司官が人質になる。

琉球側はすべて受け入れ、薩摩側は、那覇に全軍を撤退させます。

薩摩側は、容赦ありません。

四月三日、尚寧王は王子をさしだして降伏、城を明け渡し、名護親方の邸に移ります。城を出る準備中、浦添親方《うらそえうぇーかた》の三人の息子が、首里城を脱走、戦いを挑み、加治木衆の武将・梅北照存を打ち取りますが、たちまち識名原で殺されてしまいました。

下城のさいは、王以外は、なべて徒歩、王妃はじめ女官たちも衣装の裾をあげ、慣れない足取りで城を後にしたのでした。

四月四日、城内の宝物改めは、薩摩側で行うと宣言、尚寧王は、名護親方の邸に移りました。

島津家久は、樺山に、「琉球王が城にたてこもり、籠城する気配が見えたならば、ことごとく城を焼き払って、からっぽの城にし、城のものたちはためらわず捕虜にし、近隣の島々のものたちも人質にとって引き上げるように。」と、命じていましたから、もし、尚寧王が城にたてこもっていたら、あたら首里城は灰となってしまったことでしょう。

薩摩方の渡海日記が残っていて、城明け渡しのありさまをリアルに記していますよ。はい、口訳してもらえますか。

「五日には、首里のお城お受けなされましたゆえ、御大将はじめ、首里へ向かわれました。城のなかには、お傍衆ばかり連れられてお入りになりました。

その日は、昼ごろから、城内の荷物改めが行われ、日記を付け、薩摩の物となった品々を四組で調べました。

日本にては、見ることとなき唐物ほか珍しい物が、多いこと限りないほどでありました。

半右衛門さまは、身分高き方なれど、草履取りさえ従えず、お一人でお入りになりました。夕刻お帰りのさいは、城内に入ったもの、なべて、番所で帯を解き、着物をふるい、まこと厳しいお改めでありました。

金銀絹紗ほか珍しい物を一々、調べましたゆえ、十三日間もかかったお改めでありました。その間、荷物改めの方々は首里に逗留なさいました。（略）

そのほかの方々は、那覇へ逗留なさり、辰の刻（午前八時ごろ）から酉の刻（午後六時ごろ）まで城に詰めてお改めなされ、那覇へお戻りなれました。

お逗留のうちに、諸荷物は、船に積み、都船も参りまして、なべてお荷物をお国元へ運びました。」

なんと、薩摩になどなかった貴重な品々を、洗いざらい持っていったようですね。

宝物をどっさり積んで、エイエイオウと鬼が島から引き上げる桃太郎を思い出しませんか。

四月十六日、尚寧王は樺山らと対面、樺山は家久への礼のためだと渡航をせまります。異国へ渡るなど前代未聞のことですが、敗戦したゆえに抗いようもありません。

五月十五日、樺山は二人の部下を残留させ、尚寧王以下重職のものたちを人質として船に乗せ、鹿児島へ向かいます。

抗戦派だった謝名・浦添両親方は、戦犯であることから別の船で連行されました。

六月二十三日、鹿児島到着。

同月二十六日、尚寧王、薩摩藩主島津家久と対面。

翌一六一〇年五月、家久は尚寧王を伴って、駿府の家康に謁見したのち、江戸城の秀忠に謁見。

家康は、一国の王として尚寧王を、丁重に待遇していますね。なお、京都滞在では、諸大名が尚寧王を歓待し、古田織部などは、琉球の歌を教わり、稽古に熱をあげ、多くのものが琉球歌の稽古をはじめています。

秀忠は、家久に琉球の支配権を認め、一方、奄美諸島を直轄地にします。島津氏の抜け目なさは、占領後、ただちに、そして、じっくり時間をかけて琉球検地を綿密に行ったこと。

一六一一年には、検地帳二百六十冊が完成しています。尚寧王が帰郷できたのは、同年初秋でした。帰郷にあたり、尚寧王らは、屈辱的な起請文に署名させられます。起請文のあらましは、次のようです。


琉球は昔から島津氏の属領であり、したがって藩主さまの譲位には船を出してお祝い申し、あるときは使者、使僧を送って貢物を献じ、礼儀を怠ることがありませんでした。

それなのに、太閤秀吉公のとき、定められた諸夫役をつとめるべきでしたのに、遠国のゆえに果たさず、その罪は大きなものがありました。

このために琉球国は破却され、わが身を貴国に寄せることとなりました。帰国を断念し、籠の中の鳥のようにじっとしておりましたが、このたび家久公のご憐憫によって帰国を許されたのみならず、諸島を割いて与えていただきました。

かくのごときご厚恩は何をもって謝し奉ることができましょう。永々代々、薩州の君に疎かな心をもつことはありません。


「えっ、まるで昔から琉球国は薩摩藩に支配されていたかのような文面ではありませんか。」

「それのみならず、将来的に守るべきものとして、「掟十五条」なるものを押しつけています。

「掟十五条」のうち、特に問題なのは、次の項目ではないでしょうか。

一、薩摩が命ずる以外、唐へ品物を注文してはいけない。
二、由緒あるものでも、官職のないものに知行をやってはいけない。
五、諸寺社を多く建ててはいけない。
六、薩摩の許可なしに他藩の商人と交易してはいけない。
八、年貢ほかの貢物は薩摩奉行が定めたとおりに取納すべきこと。
十三、琉球から他の藩へ貿易船を出してはいけない。
十四、取納には日本の升以外用いてはいけない。

十五カ条を呑み、起請文を書いてしまえば、なんのことはない、琉球は薩摩のいいなり、属国に近くならないか。

尚寧王と三司官はどうしたか。

しかし、捕虜の身ではどうにもならなかったでしょう。

実は、薩摩が欲しいのは、明国との朝貢貿易ほかの富でしたから、那覇に在番奉行所を置いても、琉球国を滅ぼすことは考えておりません。それどころか、このたびの侵攻についても、明には一切秘密にしておきたいところです。

それでも、三司官の一人、謝名親方は、起請文への署名を「琉球の自由なくして生きる甲斐なし」と、断固として拒否し続け、九月十九日、見せしめのため、処刑されました。

同日、尚寧王ほか二人の司官は、「薩摩に逆らうな、逆らえば天罰が下るぞ。謝名の末路を見よ」と暗に脅され、命の危険を感じて、やむなく署名せざるを得なかったのではないでしょうか。

謝名親方が、ひそかに明に密使を送り、救援を求めていたのを薩摩は承知していて、それも許せなかったのでは。

鹿児島の旧知の中国人に託した救援を訴える手紙は、長崎滞在の福建人に託されますが、嗅ぎ付けた島津氏は、回収を尚寧王に迫り、やむなく公銀百両で福建人を買収、密書は明にもたらされることはなかったのでした。

あ、また、キジムナーがわたしをせっついているな。

そう、言っておきましょう。

ともあれ、謝名親方の名声は、薩摩のひとびとにも伝わっていて、捕虜として薩摩に上陸のさいには、音に聞こえる親方を一目見ようと見物人が市をなしたほどでした、と。

東恩納寛惇《ひがしおんなかんじゅん》は、その著書で、特に謝名親方について一章を設け、検視役は相良日向守、彼を助けおけば養虎の憂いがあるとして、頸を斬ったのみならず、琉球の彼の一家をも一掃し、息子たちは薩摩送りにし、遺品まで処分したと、「喜安日記」の記述を紹介し、「慶長十六年九月十九日を以て彼れは薩摩潟寄り来る潮のうたかたと消えぬ。」と万感の思いをこめて記しています。

かくて、尚寧王と三司官は、ようやく帰国できたものの、彼らに代わって人質を出さねばなりませんでしたし、毎年春には新春を寿ぐ使者、島津家の慶弔には特使を派遣せねばならなくなりました。」

「結局、これからの琉球国は日中両国に〈両属〉することになるわけですね。」

「いえ、琉球もさるもの、中国・ヤマトという強国を相手に自律的に生きる道をさぐっていくのです。比嘉克博《ふぃじゃかつひろ》『琉球のアイデンティティ』にそのへんが詳述されています。」

ええ、まず、比嘉克博の分析をそのまま紹介しましょうか。

薩摩は、この事件以降、侵略した琉球に「国家存続」を前提にした一定の権利を付与し、琉球国と共に「琉明貿易」の利益を拡大する運命共同体的な関係を取り結ぶ結果となった。薩摩は、琉球を自らの領地として貢納を義務付けたが、その一方で、東アジア朝貢体制の中で琉球の占める位置やその存在意義を認め、冊封・朝貢に関する琉球側の財政負担に対する支援を行うようになっていくのである。このような両者の関係は、支配――従属という単純な図式で表すことはできない。

尚寧王は、明の皇帝に、無事に琉球にもどったこと、国はもう平静になったとの使者を送っています。すると、明の神宗皇帝（万暦帝）は、敗戦で疲弊しているだろうから、国力が回復するまで十年に一貢でよい、と大らかにいってきました。

薩摩、その背後には徳川政権がいることを、うすうす感づいていても、明からすれば、別にかまわないわけで。

十年に一貢といわれて、困惑したのは、明との貿易で持っている琉球、さらに、その上前をはねようとしている薩摩のほう。

薩摩からは、早く貿易を行えるよう明に働きかけよと琉球へ矢の催促、しかし、二年一貢の願いがかなったのは、一六二二年、尚豊王になってからでした。

明に対しては、ひた隠したつもりの薩摩の琉球経営ですが、新里恵二他『沖縄県の歴史』に事細かに記してあるので、そこからチョイとつまんで説明しましょうか。

窮乏していた薩摩藩は、琉球国と明との貿易を財政補填の中心に据えることに決め、一六二八年には在番仮屋《ざいばんかいや》を那覇に設け、正式に任期三年の在番奉行を置いています。

那覇市中の監察にあたる役人も置き、一方、鹿児島には琉球仮屋（のち琉球館）を置いて、琉球の役人二名と薩摩の役人二名、両者で事務処理に当らせていますね。

薩摩のせっつきで、二年一貢と貢船二隻の制が、ようやく許され、島津氏は琉球に渡唐銀《とうぎん》を交易資金として与え、欲しい品物を購入させたのでした。

ですから、薩摩側は、もし、背後の自分たちの存在を明に知られ、琉明貿易を打ち切られたら大変だと、戦々恐々としたところがあります。

中国からの船が琉球に来たときは、大変です。日本の書物も諸道具もすべて隠し、やまと歌、やまと言葉も禁じました。

そう、一八六六年の尚泰王《しょうたいおう》冊封のさいには、次のような達しが出されていますよ。

「男たちがまわしを付けては唐人のせんさくを受ける恐れもあるので、唐船滞在中は那覇へ出るときには袴を着し、まわしをやむなく着ける場合は、肌が現れないよう衣装をきちんと着るように。」

薩摩はまた、管理化にない日本人ほかの琉球への渡航・滞在を禁止しましたから、薩摩の侵略以前に琉球にいた中国系、朝鮮系、日本系の琉球人は琉球社会に吸収されていって、琉球独自の文化・風習が花開いていきました。

やがて中国では明が衰え、満州族・ホンタイジ（太宗）がチャハル部を平定、一六三六年、国号を清に改称します。

いっとき、琉球からの慶賀使は、明・清双方への書簡を用意していく事態でありました。

一六四四年、明は滅亡、以後、清国相手の貿易がなされていくわけですが、一六五五年、清の冊封使が琉球に来るにあたって、弁髪を強要されないかの心配がありました。

このときに、薩摩は、弁髪強要が行われた場合は、琉球に出兵したいと幕府に申し出ました。

しかし、老中松平信綱は、兵力を琉球に派遣してはならない、弁髪に対しての対応も琉球に一任し、清の意向を優先させるように命じたのでした。

強国のはざまで、琉球は、生き残り戦略として二重外交を堅持するという外交方針を貫き、それは清日双方に都合よかったのでした。

身分制度についてみてみると、国王のもとに、大名（王子・按司・親方）、ユカッチュと呼ばれる士族、庶民に分かれ、大名・士族は家譜を持っていました。身分によって衣服・髪型・携帯品まで決まりがあり、農民は履き物を履けず、傘も禁止、墓も亀甲型は禁じられていました。

農業で括目すべきなのは、甘藷の伝来。野國總管《のぐにそうかん》が中国から種を持ち帰り、郷里に広め、さらに儀間真常《ぎましんじょう》が普及させ、野國總管は芋大主《うむうふしゅ》と呼ばれてその功を称えられています。

「ああ、その甘藷が、薩摩にもたらされ、さらに薩摩から青木昆陽《あおきこんよう》によって、サツマイモと呼んで栽培され、日本のひとびとの飢えを救ったのでしたか。野國總管に日本のわたしたちも感謝せねばなりませんね。」

それのみならず、一六二三年には、製糖法が伝えられています。儀間真常が、人を福建に遣わして学ばせたとか。

一六四五年、薩摩への銀四百貫の負債に苦しんだ王府は、砂糖の専売制に踏みきっています。一六六二年には砂糖奉行を設置、植えつけから樽詰にいたるまで、厳重に統制されました。農民たちの私売は禁止されていたものの、次第に抜け売りがなされ、専売政策はゆらいでいったようです。

各地で市が開かれていくなか、活発に栄えていったのは、王府がある首里と港をひかえた那覇。一七一九年、冊封使としてやってきた徐葆光《じょほこう》の「中山伝信録《ちゅうざんでんしんろく》」には、那覇は朝夕に市が開かれ、魚、エビ、甘藷、陶器、わらじ等々がおもに女性によって売り買いされていると記されていますね。

文化面で王府が積極的に取り組んだのは、旧記の編集や古歌謡集の編集。衰退した琉球本来の歌謡「おもろ」に代わり、琉歌がさかんとなります。

恩納岳あがた里が生まれ島　森もおしのけて　こがたなさな
たのむ夜やふけて　おとずれもないらぬ　一人山入の端の月にむかて
恩納なべ
吉屋思鶴

物語歌謡も盛んでした。十四世紀ごろ伝わった三味線が大きな役目をはたしています。

今も盛んな陶芸では、秀吉の朝鮮侵略時、島津氏に拉致され、薩摩で窯を開いた、陶工の張献功《ちょうけんこう》ほか三名を連れてきて窯を開かせていますね。一方、平田典通《ひらたてんつう》を清に遣わし、赤絵を学ばせてもいます。

一六八二年、王府は各所に散らばっていた陶窯《とうよう》を牧志村《まきしむら》の南に移します。壺屋焼《つぼややき》の始まりですね。

「ところで、謝名親方の命日に追悼の行事を行っているひとたちがいるのを知っていますか」

尋ねると、オサヒトは首をかしげて、

「いや、知りませんね。どこでですか。」

「「オサヒト散歩」を企画した、駒込の東京琉球館が行なっています。

ほら、そのときのチラシがここにあります。

「鄭迵謝名親方利山を知る・想う――ナーグシクヨシミツ謝名親方命日にうたう」と題して、謝名親方の絵姿もあります。二〇一六年九月十九日と日付も記されていますね。」

「ほう、絵姿を見ると、なかなかの偉丈夫ですね。そうですか。おう、四百五年を経て、顕彰されたわけですか。」

オサヒトは感慨ぶかげに見えた。

「歌手のナーグシクヨシミツさんが、謝名親方を顕彰した歌を作っていて、彼のＣＤに歌詞が入っていますね。東京琉球館主宰の島袋マカト陽子さんから見せてもらいましたよ。次のような歌詞です。」

謝名親方利山《じゃなうぇーかたりざん》

独立国の琉球を奪い取り支配し服従させるために
薩摩は「掟十五条」を琉球国に強制した

しかし謝名親方は薩摩の不当な強制（起請文）に
命を掛けて強く抵抗し拒絶した

薩摩がケダモノの様に武力を使い脅しても不屈を貫いた
謝名親方は凄まじき勇気を持った偉大な人間である！

※　謝名親方！　忘れてはなりません
　　謝名親方！　忘れてはいません

我ら琉球の尊厳と独立　そして繋がる未来を守るため

命を捨て歴史に高々とその名を残してくれました
琉球の誇りを現代に繋ぎ　伝えてくれました
不屈の真の魂を我々に届けてくれました
※
時代は流れ今もって何も変わらない植民地政策
米国と日本に差別され続け
基地もトラブルも押し付けられ続けている

親方が与えてくれた不屈　胸に刻み忘れてならない！
ひとりひとりが継いで行け！　謝名親方の誇り

この琉球の為に今こそ！　立ち上がりください
この琉球の為に今こそ！　立ち向かうんだ！

〜謝名親方の不屈の真魂
今を生きる我ら継いでいきましょう……〜

ナーグシクヨシミツさんにとってこの歌詞は「日本語対訳」。コンサートではウチナーグチ（琉球の言葉）で歌います。ちょっとだけさわりを……。

どぅくりちくくぬ琉球《るーちゅー》くん取《と》ぅてぃ
支配さーに　したがーらす為《たみ》なかい
さちま「掟《うっち》十五条」琉球くくんかい　うしちきたん

やしが謝名親方《じゃなうぇーかた》ぬ前《めー》や　さちまぬ　やなうしうしんかい
命《ぬち》かきてぃ強撥《くふあば》にぃっし　敵《げー》対さーに　はにちきたん
獣《いちむし》ぬ如《ぐと》ぅ　さちま武力ちかてぃん　まがらん謝名親方や
うすまさる　うふいじ持《む》っちょーる　まぎさる人間《にんじん》どぅやる

謝名親方ぬ前《めー》　忘《わし》てぃないびらん
謝名親方ぬ前《めー》　忘《わし》てぃ居《う》ぅいびらん

「ところで、薩摩侵攻後、疲弊し、誇りを失いかけた琉球国を建てなおした二人の政治家のことは聞いたことがありますか。

私も最近知ったことですので、大きな顔はできませんが、ちょっとレクチュアするとしますか。

（やや得意げなオサヒトに、くすっと笑った声を聞いたような気がした。キジムナーの笑いだろうか）

一人は、一六六六年から尚質王《しょうしつおう》の摂政となった羽地按司朝秀《はねじあじちょうしゅう》。

「機能不全におちいっていた『古琉球』の政治・社会システムを否定し、新たな社会の構築をめざしたものだった。」と、上里隆史は、『琉日戦争一六〇九』の中で書いています。

質素倹約、風紀の粛正、王城内の女官の権限を弱める、農民への夫役負担の軽減、諸芸の奨励などなどで、「もし自分のやり方を不満に思う人がいれば、私、羽地が相手になろう。私の身は少しも惜しくはない。」と布達書『羽地仕置《はねじしおき》』で述べているように、私を捨てての政策実行であったようです。

羽地を踏襲、発展させた政策を行なったのが、一七一三年即位した尚敬王《しょうけいおう》に迎えられ、国師職となった蔡温具志頭親方文若《さいおんぐしちゃんうぇーかたぶんじゃく》。

農業は国の本とする考えのなかで、地力保持、耕作時の心得、治水灌漑、耕地の拡張、山林原野の開発などをさかんに行なっています。しかし、手法はかなり強引で、たとえば波照間島《はてるまじま》から三百余人を石垣島へ、黒島《くろしま》から石垣島へ四百余人を強制移住させ、開拓させたため、風土病で死ぬものも多く出ています。

商工業にも力を入れ、諸士にも技能のあるものには諸細工をすすめ、町百姓が商売をするさいは、免税扱いにしていますね。

前述書で、上里隆史は、今、沖縄に伝わる「伝統」は、羽地の改革路線のなかで生まれたものだと見て、その「伝統」にあたるものに以下のものなどを挙げています。

風水思想にもとづいた碁盤目に区画された集落、亀甲墓、清明祭《シーミー》、海を走るマーラー船、サトウキビ畑の風景と黒糖、健康食品のウコン、泡盛、赤瓦やシーサー、壺屋焼、サツマイモ、豚肉食の普及などなど。

羽地の改革は、「黄金《くがに》の箍《ぬたが》」と呼ばれたそうですよ。

しかし、それにも関わらずというべきか、琉球王府の財政は、疲弊しはじめるのですが、台風、干ばつなどの相次ぐ自然災害に見舞われるなか、ますます逼迫していきます。

薩摩への貢納、鹿児島の琉球館経営、清からの冊封使の接待、船員たちが持ってくる物産の買い取り、徳川将軍即位の接待などなどに莫大な出費をしなければなりません。

王府専売にした砂糖・ウコン、朱粉などを鹿児島で売っても、とても足りず、鹿児島・大阪での借金は膨れ上がっていきます。

借金の利払いのため、また、借銀するというありさまでした。

そのしわ寄せは農民たちに課せられるわけで、おまけに年貢徴収にあたる末端役人の横暴もひどい。

一七〇九年、台風と干ばつで、旧米・新米とも食べ尽くした人々が、木の皮をはぎ、雑草を取って飢えをしのいでも、冬になるとすべて欠乏し、餓死するもの多く、礼節を失った士民が、野盗となり、道に出没して通行人の衣服を奪うありさまでした。

一八二四〜二七年、琉球国は大層な干ばつ、さらに台風、長雨、暴風と打ち続く自然災害に見舞われ、人びとの暮らしはゆきづまっていきました。

奄美大島から琉球諸島まで、凶作による大飢饉で、餓死する者が数多出るありさま。上地がサトウキビ栽培で占められて、水田が減ってしまったことも大きかったでしょう。

一八三二年、干ばつと台風による飢餓と疫病で死者三千九百二十八人。

一八三七年の宮古島は、農耕用の牛馬も食べ尽くしたといわれています。一八五二年、三司官が薩摩の琉球館にさしだした連署状には、疫病、台風、干ばつによる琉球諸島の餓死者は、なんと一万千八百二十四人におよんでいますよ。

王府は、蘇鉄の栽培をすすめて飢饉の備えとしますが、蘇鉄は処理をあやまると中毒し、死ぬこともあったのです。

特に先島すなわち宮古・八重山のひとびとの、窮乏はきびしいものがありました。

賦測石《ふばかりいし》と呼ばれた宮古の人頭税石、聞いたことはありますか。」

「ああ、写真で見たことがあります。高さ四尺八寸の自然石で、男女十五歳でこの石と同じ身長になれば、すべての税が課されたそうですね。」

「人頭税はなんと明治以後まで続いていたと聞きました。」

「宮古島出身の詩人、与那覇幹夫《よなはみきお》氏が、詩集『赤土の恋』で、そのことを幾篇も詠んでいます。」

沖縄世《じごくゆ》

与那覇幹夫

人頭税が運命となったんは　寛永十四年からとの伝えじゃに　この婆《ばば》の三十んころ……ん……
地獄じゃった
そう明治三十六年　わしの三十んころまであったん……孫や

六十年前ん宮古　人頭税云うの　どんな世《ゆ》だったか知っとらんじゃろね　知っとらんが幸わせじゃ
　じゃが孫ん　お前んも久方の里帰りで　なんとのう島がなつかしいのか　港から里までの間道ばたの土ばつまんでみたり　空ばじっと見上げたりで　そん年んなって　やっと自分の土　自分の空ば見立てたようじゃから　むかし語りに人頭税の話ばしているんよ　この婆の　そんわしの若い命んころをね　おじいは　もうとっくに死《い》んじゃったが……鞭い打たれながら　夫婦《でおう》たんね　おじいもばばも　農奴《どみん》の子じゃったから　そんで二人とも　アラガマ（死んでたまるか）と生きたんね　あ、でんも　こん年んなると　楽しかったことんも　苦しかったことんも　みーんな夢ん中んよう……
　あんれ　あん桑ん木んとこ　すーと　おじいが……

　与那覇氏の別の詩によると、男も女も、上・中・下・下々の四等級に分けられ、村々も同じく四等級に分けられており、上（二十歳～四十歳）、中（四十一歳～四十五歳）、下（四十六歳～五十歳）、下々（十五歳～二十歳）として、等級によって割り当てられた土地で作物を作り、実りを上納しています。

　作物は、粟、芋、麦、ゴマ、上布（上等の麻布）など。

　王府の土地を耕す農奴であったから、村の出入り口には番所があって、朝夕、畑への出入りは番所へ届け出なければならなかった、定められた時刻より早く出、定められた時刻より遅く働かねば鞭打ちの刑があったそうです。

「凶作ん年でのうても　草ん喰って　蘇鉄ん喰わにゃ生きられんかったとよ　味噌んや塩買う金あろうはずないんから　ほとんどん家　味噌も塩もなかったんよ」との詩行に先島のひとたちの王府への憤りが滲んでいますね。

そんな疲弊したところに、資本主義列強が牙をむいてあらわれるわけで。

まずやってきて、通信・貿易・布教を要求したのは、デュプラン艦長ひきいるフランスの軍艦（一八四四年）。琉球語を学びたいからと、宣教師と中国人神学生を置いて去ります。二年後にもセシーユ艦長ひきいる軍艦がやってきましたが、王府は防戦につとめ、そのうち二月革命が本国で起きたため、フランスは去っていきました。

その間、王府は摩文仁親方《まぶにうぇーかた》を清につかわし、フランス退去の外交交渉を依頼していますね。

一八五三年には、もっと強力な相手がやってきます。アメリカ・東インド艦隊司令官ペリーの来島です。

日本が開港を拒否した場合に、米艦船の集合基地にしようと考えたペリー。

王府は物産がないといって拒否します。市中で米人が買った品物の代価を売主の商人から取り上げ、米人に返すことまでして。

そんなことをしても、米人の支払った代金は唐銭より高かったので、王府の目を盗み、取引するものも出てきたし、代金の虚偽報告も多く、結局、肩代わり制度は廃止することとなります。

一八五四年七月十一日、琉米修好条約調印。

ついで、一八五五年十一月二十四日、琉仏修好条約調印。

そうです。西欧諸国は、ハッキリと、琉球国を独立国だと認めていたのでした。

一八五七年、富国強兵の道を開こうと考える薩摩の当主、島津斉彬《しまづなりあきら》は、市来四郎《いちきしろう》を琉球に送って、七項目の構想を示しました。

一、フランス・オランダと貿易を開き、漸次鹿児島・山川港まで広げること。
二、イギリス・アメリカ・フランスに留学生を送ること。
三、蒸気船をフランスから購入すること。
四、福州の琉球館を拡大し、薩摩商人を送りこみ、貿易を活発にする。
五、清国へ旧式大小砲を売ること。
六、台湾の便利な地に清に渡る船の停泊場を設けること。

などです。また、親中派で、蒸気船購入に反対し、販売用として薩摩の御用船が積んできた穀類を酒造禁止の理由で積み戻させたり、農民に甘藷栽培制限令をしいたりした、三司官座喜味親方《じゃちみうぇーかた》の更迭を要求していました。

『沖縄県の百年』では、斉彬の構想は、琉球国を欧米列強との貿易基地としようとしたもので、冊封制市場圏を欧米列強の要求に対応して編成しなおそうとしたものであり、その後の明治政府の東アジア市場編成の前提となった〝琉球処分〟にさきだつ〝処分〟であったとも解されると述べていますが、どうでしょうか。

琉球王府は、留学生派遣、薩摩商人を福州に送りこむ、奄美大島・琉球国で外国貿易をおこなうことだけは拒否しつづけていますね。

座喜味親方は免職を余儀なくされ、後任には翁長親方がなりましたが、上級士族による選挙では最下位、当然、斉彬の意向が働いたわけでした。

しかし、斉彬の構想は、翌年八月、彼の急死により、とん挫し、王府内の親中派は勢いをえて、親日派の親方たちが、入牢、流刑されていきました。

斉彬に忠実だった牧志親方などは、久米島へ十年間流刑となっています。のち島津久光（藩主・忠義の父）が藩の通事として採用することで解放しようと試みたが、薩摩に向かう船中で、牧志は海中に身投げしてしまう。二つの体制のはざまでの犠牲者というべきでしょうか。

一八五九年七月六日、琉蘭修好条約調印。

一方、外圧、自然災害、王府、村役人からの収奪に苦しむ農民たちは各所で起ち上がっていました。

2

オサヒトが、新聞片手に興奮ぎみにやってきた。そばには変わらず、女の子と男の子。

「ひどいではありませんか。この写真見ましたか。」

さしだした写真には、「新基地建設のK9護岸工事に消波ブロックを置くクレーン＝六月二十七日午後、名護市辺野古のキャンプ・シュワブ沿岸」との説明がついている。

消波ブロックは、一個が約二十トン。これまでに投下した砕石の外側を固め、強い波などに耐えるためのものらしい。

「沖縄の美しい海が壊されてしまいます。我慢なりません。」

どうやらオサヒトは、そこは亡霊の手軽さ、沖縄にも飛んでいったようだ。

しかし、怒っているのは何もオサヒトだけではなく、炎天下で大勢の人々が坐りこみ、「海を壊すな！」「石の投下は止めろ！」と抗議しているらしい。

新聞には、八十九歳の女性の談話が載っていて、毎週二〜三回はゲート前に来て坐りこんでいるという。彼女は一番危険度が高い普天間基地の近くに住んでいて、普天間は一刻も早く無くなってほしいが、「辺野古のひとたちに普天間と同じ思いはさせたくない。基地の無いところには誰も爆弾を落とさない」と語っている。

「なんと広やかな心ではありませんか。それを政府は、アメリカの言いなりに住民や自然を顧みないで、抵抗するひとたちを捕まえたりしています。天を畏《おそ》れない所業ではありませんか。」

「たしかに。そもそも沖縄は、明治以前は日本国とは別の独立国だったのです。それを明治政府が強制的に乗っ取ってしまった。朝鮮を強制的に植民地にしたように。もっと以前ですが。」

「そう、それが大本の原因だ。そのことを調べてみる必要がありますね。」

かくして、意見が一致。

琉球国はどのようにして「沖縄県」にされてしまったのか、例によって、手分けして調べてみることになった。

わたしの学習

一八六六年（慶応二）六月、清から冊封使が来琉。数百年来のしきたり通りに、先王尚育《しょういく》を祭り、八月、王子尚泰を「琉球国中山王」に封ずる式典が、とどこおりなく行われました。そして、これが最後の冊封となったのでした。

「なんと、わたしが殺された年ではないか。わたしにとっての最後の年は、琉球王にとっても、最後の冊封となったわけですか。」

オサヒトは、殊の外、感慨深げに見えた。

一八六八年（明治元）、明治藩閥政府の成立により、琉球の運命は大きく変わっていきます。

一八六九年（明治二）版籍奉還、一八七一年（明治四）廃藩置県と日本の体制が変っても、琉球は従来通り、鹿児島県の附庸《ふよう》ということで、日本側の変化については、一八七四年（明治七）、奈良原幸五郎（のち繁）が、鹿児島の伝事として王府に伝えにきています。

一八七一年、左院（正院の諮問機関）は、外務卿・副島種臣《そえじまたねおみ》の建議を取り入れ、清国に代わって日本が琉球王を冊封するという案に同意します。

一八七二年（明治五）には、大蔵大輔《おおくらたいふ》の井上馨《いのうえかおる》が、次のような建議を行います。

「かの国は、南海に起伏している島で、一方の要塞だ。清との関係が曖昧なまま数百年が過ぎたが、維新の今日においては、このままではいけない。皇国の規模を拡張する措置があってよい。ただ、その際、威力で奪う行為はよくない。

よって、かの酋長を近いうちに招き、不忠不信の罪を厳しく咎め、その後に版籍を納めるがよい。」

「酋長とは！　なんて見下した言い方か。」

「機動隊が、辺野古基地に反対する住民を「土人」とののしった事件が起こりましたが、すでにその先鞭を井上馨あたりが付けていたと言えますね。

井上案に対して、外務卿の副島種臣が、別の建議を行います。つまり、冊封を日本も行うが、当面、清と両属の体制で行き、そのうち清と手を切らせるとの案、琉球国をつぶすことまでは考えていません。

正院はこの案で行くことにしています。」

そこで、政府は、使者（鹿児島県）を首里城に送り、「王政御一新の祝儀且御機嫌伺」いのため、王子一名、三司官一名で、東京へ来るように要請しました。

当然、王府は、これまでの江戸上りと考え、王政一新の慶賀使節として、伊江王子、宜野湾親方《ぎのわんうぇーかた》などを送ったのでした。

彼らの接待を受け持った外務省は、慶賀の文中の「琉球国」を「国」を削り、「琉球」に直させています。

こまかいところで、字句を修正し、本丸に迫っていくやり口は、今も官僚が行なっていますよね。

「たしかに。最近も、武器輸出を「防衛装備の移動」、「戦闘」を「衝突」と言い変えているようだ。」

ムツヒトは、一行を謁見、外務卿・副島種臣が、「冊封の詔《みことのり》」を読み上げます。

琉球国を藩とし、「国王尚泰ヲ陞シテ藩王と為シ、叙シテ華族ニ列ス」旨が、記してありました。

「陞《しょう》シ」は、冊封体制で位が上がった意味。

日本政府は、清と同じく冊封体制のかたちを取る、と宣言したわけでした。

琉球の一行はといえば、この達しを、これまでの日本側の相手が、薩摩から天皇に代わっただけと考え、ほっとしていたのです。

翌一八七三年（明治六）、上京中だった使者、与那原親方《よなばるうぇーかた》らは、北京で日清両国が琉球の所属を談判中というニュースが流れたのにおどろき、ちょうど北京から帰ってきた副島種臣に真偽をただし、従来からの日清両属の冊封体制の継続を訴えます。

副島は、「琉球の国体政体は、永久に変更せず、清国との関係も従来通り」と約束し、与那原らは文書での確認文書を日本外務省と取り交わしたのでした。

ところが、同年十月二十六日、政府に政変が起こり、大久保利通が実権を掌握しました。

その狡猾なやり口は、『オサヒト覚え書き』で、詳しく述べましたよね。

副島種臣も、外務省を去り、大久保が実権を握った時点で、琉球国の運命は定まった、といえるかもしれません。

一八七四年（明治七）二月、江藤新平・島義勇らが佐賀で反乱をおこしている最中、大久保利通・大隈重信は、宮古島の島民が、台湾に漂着、先住民に殺害された（一八七一年）ことを根拠に、台湾征討を建議します。

「我藩属タル琉球人民ノ殺害セラレシヲ報復スヘキハ、日本帝国政府ノ義務」とうたって。

清国の方では、生存者を福建で保護し、琉球からの入貢船で送り返しているのですよ。

その後、イギリスの反対、政府の反対も無視、大久保・大隈・西郷従道《さいごうつぐみち》三名が長崎で協議、五月四日、出兵を決定するのですね。日本は政府への憤懣が江藤新平らの乱をはじめ、沸騰している最中、ひとびとの怒りを外に向ける狙いも大きかったでしょう。そこへ、お雇い外国人のリセンドルが悪知恵をつけるわけで。

日本初の侵略戦争の実相は、『オサヒト覚え書き』で、詳述しましたから、ここでは省きますが、かたや首里王府のほうは、三司官の浦添親方と川平親方《かびらうぇーかた》が連名で、一八七二年、すでに、日本側の意図を察知、清との関係悪化を懸念して、出兵中止を在番所に要請しているのですが……。

全権大使として北京におもむいた大久保利通は、持ち前の粘り腰で、北京議定書を清と交わします。大久保は、国内向けに、台湾先住民は、清国にとって「化外の民」であり、住んでいる土地は「無主の地」であった、清国側からは「見舞金」であったものを、「賠償金」を勝ち取ったと宣伝したのでした。

翌一八七五年（明治八）早々、大久保は、琉球から三司官与那原親方良傑《りょうけつ》ほか数人を呼び寄せ、台湾出兵の顛末について種々説き明かし、償金から蒸気船一艘、被災者へは撫恤米《ぶじゅつまい》を賜給することを告げ、謝恩のために藩主の上京、「明治」の年号を使用するよう、促しています。

旧習にこだわり、目前の小さな得失にとらわれて、政府の「御改正」を妨げないようにとも念を押していました。

ところが、前年十月、進貢使・国頭親雲上盛乗《くにがみぺーちんせいじょう》（毛精長《もうせいちょう》）ら二百名が二隻の船で那覇を出発、福州琉球館に到着するや直ちに北京、紫禁城に滞在しているとの情報が大久保のもとへ入ります。

折しも中国では一月に同治帝《どうちてい》が死去、光緒帝《こうしょてい》が即位していましたから、このままだと琉球は慶賀使を送るでしょうし、国頭を迎える接貢船《せっこうせん》も派遣される、とわかって大久保はあわてます。

そこで五月、大久保は太政大臣三条実美《さんじょうさねとみ》に「琉球藩処分方之儀伺」なるものを提出するのですね。副島との間に交わされた文書など一顧だにしません。

三条実美は、ま、お人形のようなものですから、大久保の案はそのまま通り、五項目を政府は決定します。

一、清国への朝貢使、あるいは慶賀使の廃止。

二、福州琉球館の廃止。

三、藩王代わりに清国から冊封を受けることの廃止。

四、処分に官員を派遣する。

五、今後清国と琉球藩の関係はすべて外務省が行う。

このうち、二、三については、時期が切迫していないので藩の都合にまかせてよいとの但し書きがついていました。

さあ、これで下準備は出来た！　と大久保は考えたのでしょう、五月、松田道之《まつだみちゆき》を処分官に命じ、いわゆる「琉球処分」に乗り出すわけです。

松田は、鳥取藩士の家に生まれ、統治能力にぬきんでていたのか、京都府大参事、大津県令の要職を歴任、大久保によって内務大丞《ないむだいじょう》に抜てきされ、処分官として「琉球処分」の大役を任されます。

七月十四日、那覇に着いた松田は九カ条の命令を王府に伝えました。

「ほう、どんな内容ですか」

「現代語訳にしてみましょうか。」

一、従来、朝貢といって隔年に清国へ使節を送り、また清帝即位のさいは慶賀使を遣わしていたようだが、これからは一切、差止める。
一、琉球王が代替わりのさいに、清国から冊封を受けてきたようだが、これからは差し止める。
一、明治の年号を使い、年中の儀礼などすべて布告通り行うこと。
一、刑法は定めたとおり施行するので、その取調べのため担当のもの三名上京するように。
一、藩政改革は別紙のとおり施行すべきこと。
一、学問の修業と時情通知のため、人選し、少壮のものを十名ほど上京させること。
一、福州の琉球館は廃止するべきこと。
一、謝恩使として藩王尚泰を上京させること。
一、鎮台分営を置くべきこと。

このように一方的な命令に、琉球側がしたがうはずもありません。

鎮台分営、つまり琉球に軍事基地を置けとの要求に、王府は次のように反駁しています。

「小国ニシテ兵アリカアルノ形ヲ示サバ却ッテ敵国外患ヲ招クノ基トナリ国遂に危シ」

「実に卓見ではないか。ああ、大久保らが欧米帝国主義の猿真似をして琉球を併呑しなければ、今日の琉球庶民の苦しみはなかったのか。」

「松田は、政府が国内を経営するのに、要地に鎮台を置くのは、その地方の変にそなえるためで、これは政府が「国土人氏ノ安寧ヲ保護スルノ本分義務ニシテ」拒む権利はない。などと主張しています。比嘉克博氏は、鎮台設営の真の目的は、琉球士族層の反乱鎮圧が主目的であったといい、決定権は日本にあるとの明治政府の論理は、琉球人の抵抗をしり目に、在日米軍を七十二年間押しつけ、米軍基地の辺野古への移設を強行する現日本政権まで、共通、持続している論理であると喝破していますよ。」

松田と王府側でいくたびも書簡が交わされ、九月五日、ついに松田はこのような「曖昧」で、「遁辞」を残した文章は聞き入れられない、わが政府に反したものとみなし、国法をもって処分があろう、と脅迫してきました。

そのため尚泰王は、「居ながらにして奇禍をこうむるよりは、むしろ従って国を全うしたほうがよかろう」と命令に従おうとし、松田に使者を送ろうとします。ところがこれを知った人びとが首里城に押しよせ、王命の撤回をもとめ、数百人が使者を追いかける事態となったのです。

そのため王府は、国家の重大事、自分らだけでは事を決められないとして、首里十五村の士族に命じ、各学校に集まって、三条実美・松田道之からの書類を閲覧させることとします。また、松田との問答があるたびに、これを知らせ、建議書の提出も命じました。

そこで、知らせがあれば村ごとに数十人の士族、老いも若きもが集まり、夜となく昼となく喧々諤々《けんけんがくがく》話し合い、意見書を提出します。

松田はやむなく、琉球の幹部を上京させ、東京で直接交渉させることで琉球側の不満をおさえる策略に出ます。

王府は、大喜び。わかってもらえたのだと、にわかに役人らを集めて知らせます。

当時、二十七歳の尚泰王の側仕《そばづかえ》であった喜舎場朝賢《きしゃばちょうけん》（二十九歳）は、そのときのことを、苦い思いともに、次のように記しています。

衆官吏皆雀躍して手の舞ひ足の踏む所を忘れ宛《あたか》も今回政府の命令全く取消されられたるものの如き思を為す

各村士人も欣々然《きんきんぜん》として喜びの眉を開く嗚呼松田の此策略は宛も罠獲陥穽《かんせい》を設けて鳥獣を籠絡するの所為たること三尺の童子と雖《いえど》も猶《なお》能《よ》く之を知るべし藩中之を喜ぶこと此の如し何ぞ思はざるの甚だしきや

さあ、それからは、与那原親方、池城親方安規《いけぐすくうぇーかたあんき》らが、東京の琉球藩邸（千代田区九段北一丁目付近）を拠点にして命令の撤回をもとめて請願を行うこととなります。

「琉球は五百年來支那に臣属せり支那の眷顧《けんこ》を受くる其恩義天地に喩《たと》ふべし若し琉球にして支那に絶つ所あらば国は国にして国にあらず人は人にして人にあらず」と。

しかし、政府は却下するのみ。

池城親方は悲嘆のあまり、不眠症が高じて客死します。ほとんど明治政府に殺されたといっても過言でないでしょう。

「おう、そんな犠牲者が出ましたか。申し訳ないことだ。」

この間、王府は、藩政の中枢にいた幸地親方朝常《こうちうぇーかたちょうじょう》（尚泰の義兄）を、ひそかに福州へ出発（総勢三十九人）させ、清国に事態を訴えさせております。

幸地は、福州琉球館に滞在していた国頭親雲上盛乗らと相談のもとに、北京・天津・上海など幅広く救国運動を続けていくこととなるのですね。

「松田の要求のなかに福州琉球館の廃止という条項がありましたね。

そも、福州琉球館とはどんな館だったのですか。」

「そこには琉球政府の役人が常駐しておりました。

アヘン戦争で南京条約が締結されるまで、福州を利用していた外国人はなんと琉球人だけだったのです。イギリスは福州が茶の生産地であり、琉球館が置かれて中継貿易の拠点になっているため、福州の開港を要求したのですよ。

後田多敦《しいただあつし》はその著書で次のように記しています。


琉球館は福州における琉球人の居住場所であり、執務場所であり、旅先で死んだ人々を祀る場であった。

また、中国で知識や技術を学ぶためのルートであり、永住した人々の故郷への窓口であり、清国に漂着した琉球船舶や関係者をサポートする場所でもあった。そして、福州を通して多くの人やモノ、情報、技術、文化が琉球と往来した。清国側で琉球人の通訳を担当する福州人や永住した琉球人、琉球人と取引する福州商人など、琉球館を中心とした人的ネットワークが蓄積されていたのである。（『琉球救国運動』）

一方、清国はといえば、初代駐日公使の何如璋《かじょしょう》に、日本政府との交渉を命じていますね。

この間、日本では西郷隆盛の乱——一八七七年（明治十）があり、大騒動、琉球問題はお預けとなっていましたが……。

乱鎮まった同年十一月、神戸に停泊する何如璋らの船に忍びこんだのが、ぼろをまとった与那原親方良傑。一通の書簡を差出、救援を懇請しました。

その訴えを受けて、東京に赴任した何如璋は、寺島外務卿に長文の書簡を送っています。

そのなかで曰く「今琉球に加ふるに侮瞞凌辱を以てし恣《ほしいまま》に旧制法《きゅうせいほう》を変更せば閣下清国に何の面目かある将た琉球の同盟国に何の面目かある琉球小なりと雖も国民貴となく賤となく皆心を清国に馴服《じゅんぷく》するに閣下今之を凌《しの》がんとするは事甚だ難からずや」。

目下各国が親しみ礼儀を重んじているときに、条約の義務を履行せず、「非理」をもって小国を圧倒することがあれば、人情に照らし、あるいは万国公法に問うても、だれが軽々に見過ごすであろうか、各国が知ればおそらく黙ってはおりますまい、と。

何如璋は、オランダ駐日公使宛てにも請願書を送り、琉球国は小さいながら自ら一国をなし、大清国の年号を尊重しているけれども、「大清国の天恩高厚にして、その自治を許せり」と記してもおりました。

一八七八年（明治十一）、大久保利通が殺害され、伊藤博文が代わって内務卿となります。

与那原らは、米仏蘭各国公使へ救国請願書を出すことを何如璋にすすめられ、実行、各公使にひそかに会いに行って、日本政府を諭してくれるよう頼みます。英・蘭は拒否、米国は本国に照会し、何とかしようと言ったものの、動く気配もありません。

一八七九年（明治十二）一月、松田道之は、琉球にやってきて、「来月三日午前十時」を限って決断しない場合、日本の要請にこたえないものとみなすと言い渡します。

しかし、王府以下、諸役人たちは主張を変えませんでした。

もし事が起これば清国が決然として支援してくれるだろうとの考えもあり、上下志を強固にして命令を固辞しようと決めたのでした。

松田は、この返書を受け取り、「後日の処分を待て」と言って帰っていきました。」

「なんと傲慢なことか。小国といえど、長い歴史を持つ独立国ではないか。日本もそのおかげを蒙《こうむ》ってきた友好国であったはず。実に実に嘆かわしい。」

ため息をつくオサヒト。

「同年三月二十五日、松田道之は、「琉球処分官内務大書記」の肩書で、汽船新潟丸で那覇にあらわれます。

随行するものたちは、官吏五十名余、警部巡査百名余、陸軍歩兵百名余。

二十七日、松田は木梨精一郎以下、随行官吏・警部・巡査百余名をひきいて城府にやってきて、尚寧王代理の今帰仁王子、三司官ほか役人ら列席の場で、太政大臣三条実美からの通達を読み上げ、手渡します。

去ル明治八年五月二十九日並ニ同九年五月十七日ヲ以テ廃藩置県被仰出候條此旨相達候事
　　　　　　　　　　　　　　琉球藩王　尚泰
明治十二年三月十一日　　太政大臣　三条実美

そして、松田は以下のような命令を下します。

一、三月三十一日正午十二時までに居城（首里城）を退去すること。東京へ出発するまでは、嫡子尚典の邸へ居住せよ。但し、居城は当地営所長へ引き渡すこと。
一、県令に対し、土地人民その他旧藩の管轄に属した諸般を引き渡す手続きを行うこと。
一、土地・家屋・倉庫・金穀・船舶その他の諸物件は、官に属すべきものと私有に属すべきものとをはっきり分け、具申すべきこと。
一、東京へは四月中旬の郵便船をもって出発と定め、諸事さしつかえないよう用意し、期限を違えないように。
一、このたびの上京は、格別の御用であるゆえ、どんな事故があっても、名代の儀は許されない。先年に御用のさいも、名代を立てたが、事後、名代を立てることは相ならない。

一、東京に出発については、引き渡し及び取調事務については、旧藩吏に命じ代理させよ。

松田は、この布達を渡し終るや、随行してきた役人らに命じ、手分けして、ただちに「処分」の実行に移ります。

評定所やら当座用意方やら、書院、庫裏、系図、各所の帳簿、文案、そして大台所倉庫を封印して役人に見張らせ、巡査には三門を守らせます。

王府側は、役員らは智南殿に集まりましたが、尚寧王は病に伏して深宮におりました。

松田は、首里の士族は天界寺に、泊村士族は泊学校に、久米那覇士族は内務省出張所にそれぞれ各五十名集め、告諭書《こくゆしょ》なるものを読み上げ、手渡します。

さ、現代語訳にしてみますか。

このたび、琉球藩を廃し、さらに沖縄県を置いたについては、今後どのようになるかと心配のものもあろうゆえ、その主意を告示いたす。

そもそも琉球は、古来わが日本国の属地であり、藩王はじめ人民にいたるまで、皆、わが、天皇陛下の臣民であるからして、その政令に従わねばならぬ。

しかるに、明治八年五月二十九日同九年五月十七日、本年一月六日をもって、お達しのご主意があったのに、藩王が従わず、不遜の奉答を行った段、実にそのままでは置けない次第となり、やむを得ず、ついに今般のご処分となったものである。

しかしながら、旧藩王の身上及び一家一族においては、格別のお計らいをもって、将来を安堵させ、また、士民一般の身上家禄財産営業などにおいても、苛酷の御処分がないようにし、努めて旧来の慣行に従えとのご主意のみならず、かえって旧藩政中の苛酷な所為あるいは租税諸上納物など重税のものは、追ってご詮議の上、相当に軽減の御沙汰があろうに付き、世上の流言風説に惑わされず、安んじて家業に努めよ。この旨、洩れなく告諭するものである。

これに対して旧藩の役人らは、連署、いっせいに那覇に行き、松田に嘆願書を提出しています。そこでは、「哀願」するといいつつも、「当藩は、自ら開闢《かいびゃく》し、もとより君主の権を有し、」他の日本の藩とは違うのだとハッキリ述べていますね。

しかし、松田は見ようともせず、ただちに突き返します。

一方、三月二十七日、沖縄県令心得の木梨精一郎は、沖縄県設置を布達、那覇西村の内務省出張所を仮事務所として事をすすめます。

旧統治機構を中央と地方にわけ、中央は廃止して県を発足させ、地方はそのまま使おうとしました。廃止された王府は旧三司官らを中心に中城御殿《なかぐすく》を拠点として権力を保とうとしていました。そのまま採用するといわれた地方の役人たちも、役場を引き上げ、勤務するものはおりませんでした。

三十一日、松田は、首里城を明け渡す手続きを行うから、首里各村の士族平民の強壮なものはことごとく、城府に集まるようにとの命令を発しました。

同日、数百人が参集しますと、かれらに命じ、庫裏・書院・近習内宮《きんじゅないくう》の各所から、藩王の儀仗、鹵簿《ろぼ》、図書ほか、衣類、布団、絹布などを納めた箱、箪笥その他数百年にわたって蒐集され、納められてきたもろもろの器具物件をことごとく中庭に持ちださせましたゆえ、それらが堆積することさながら山のようでありました。

これらを荷造りして、夫卒に担わせ、紳徒士卒らに護衛させ、中城殿及び按司親方などの家に運び、朝から晩にいたるまで、その混雑ぶり騒がしさ、城すべてがわんわんとしております。

城門を出るさいは、守衛の巡査が一々封緘《ふうかん》を開いて鍵鎖を解き、厳重に調べます。封鎖を解くのに時間がかかると、容赦なく叱咤し、この棒剣で打擲《ちょうちゃく》しますゆえ、内宮の装飾品その他秘密の器具など壊されたものも少なくありませんでした。

この夕べ、藩王と両夫人、令息令嬢らは、おのおの駕籠に乗り、近侍の臣、侍婢ら数十人をともない、城府を退去して、王世子の尚典《しょうてん》公の邸に移っていきました。

按司親方や衆官吏百余人、各村士族百余人らが、前後左右を護衛しました。

だれの胸にも、二百七十年前、薩摩軍に迫られ、城府を引き渡して三司官名護親方の邸に退いた時と同じだと思いがよぎったことでしょう。

松田は容赦なく、次には尚寧王の出発を迫ります。

病気ゆえ、せめて百日でも延引してほしいとの、十六歳の世子・中城王子の懇願にも、諸役人たちの哀願書にも、頑として応じません。

四月十七日、三司官ほか那覇・泊・久米村の士族数百人が集まり、王の出発の延期を頼むため集まり、三司官たちは士族の長十数人を同伴して松田に会い、八十日間の延期を懇請しました。松田は、その勢いに困惑したのか、四十日間の延期を許しました。それでも、三司官らは、喜びません。

ここに木梨県令は、四年前に在琉していたことから琉球役人らと付き合いがあったため、ひそかに三司官に、はかりごとを教えます。

どうしても八十日間の延期が必要な理由があれば、中城王子が自ら出京し、政府に請願したらよいだろう、そうすれば父子の情意にほだされ、あるいは許されることがあるかもしれない、と。

三司官がなるほどと思い、衆官吏にはかると、だれも同意しました。そこで、連署して、八十日間延期願のため、中城王子を東上させるとの願書を松田に差し出します。

尚泰王は五年前から病に臥し、いつ快癒するかもわからない、三司官らが延期を嘆願するのは、そうしていれば清国政府が軍艦を派遣、王の上京をとどめてくれるのではないかとの胸算用があったのです。

中城王子は、尚泰王の嘆願書をたずさえ、随行の官吏ら七十人をともない、那覇から明治丸に乗船、六昼夜で東京に到着しています。

内務省からは、遅滞なく進めよと三司官宛てに言ってきます。松田からも督促してくる。しかし、中城殿に集まった衆官吏らは、松田の命令を拒み、国中で一致、義を守ろうと粘ります。

各村の士族は、おのおの学校に集まり、村の中心の人物四名を選び、国学に集合させて、松田との応答の一切を逐一知らせること、志操を堅持し、日本の命に従わずに清国の援軍を待てと内命します。

ここに士族らは激昂、憤激、日本の命令に従い、官禄を受けるものは首を刎《は》ねて許すまじ、もし日本の害に遭い、義に死すものは共有金で妻子を救助すべしとの誓約書を作り、連署捺印させたのでした。おどろいた松田は、三名以上集まった場合は、その理由を問わず、謀反として処分するとの布達を発しましたから士族たちはやむなく学校での集会を止めるのです。

五月十八日、宮内省御用掛・陸軍少佐・相良が侍医高階を伴って尚泰王の病状を検査しに、お見舞いと称して来琉。相良は今の病状では上京に気遣いなしと診断したのでした。

同月二十九日、松田は属官二名を王府に遣わして、上京をうながし、今夜中に返答しなければ直ちに警察へ引き渡すとして、深夜にいたっても督促し続けます。

事ここに及んで尚泰王は、警察に捕らわれるよりはむしろ自ら赴《おもむ》こうと決意、上京を諾《だく》す命を発し、三十日早朝に三司官を松田のもとへつかわし、出京を請けたことを告げたのでした。そして、士族の長三、四名を各村から呼び出し、直に説得しましたゆえ、やや騒ぎは静まったものの、亀川党のものたちは敢えて従わず、騒ぎ続けたため、尚泰王はこれを憂えて、衆官吏らを自分の村に帰らせ、子弟をなだめさせたのでした。

ここに及んで、これまでの役人らは、おのおのの事務帳簿の引き渡しとその説明のため、新県庁へ出頭し、刑官、国倉などの引き渡しを終えます。

かくしてついに五月二十七日、尚泰王は第二子尚寅公《しょういんこう》と随行官吏ら百人余をともなって、東海丸開陽に那覇から乗船、乗船するや否や直ちに船は錨を抜き、出発したのでした。

那覇に着くまでは、数千人が駕籠を護衛し、王を送っていきました。薩摩藩兵により尚寧王が、鹿児島に向かったときには、永の別れと考え、涙で見送ったのに、今回は談笑し日頃と変らない態度であったのは、しばらく恥辱を忍べば、いずれ清国が軍を発して国を再興してくれることを疑いもしなかったのでした。

六月四日、松田処分官は、士族らがなお頑固に従わないのを見て、告諭書を発しています。

すなわち、「この頃の挙動を見ると、新しい県の職務に命ぜられても、固辞すべしとし、職務につこうとすると親戚中で責め、朋友に迫って辞めさせるなど「暴戻可悪《ぼうれいかあく》」の振る舞いがあるとして、旧主に対する情誼《じょうぎ》から出たものであろうけれども、もはや旧主は、居城を退き、元の事務を整理して病を押して上京、忠誠を表しているのであるから、この所業は旧主への情誼を誤り、かえって旧主の意思に反する。

しかるになお、旧態を改めないときは、到底用うるにたえないと判断し、百職なべて内地人を取ることとなろう。

かくては、この「土人」は、一人も職につけず、社会の侮辱を受け、一般人と区別されること、あたかもアメリカの土人、北海道の「アイノ」の如きとみなされるであろう。」

それでもよいのか、と威《おど》したわけでした。

「おう、ここでも土人という蔑称を用いていましたか。アメリカの先住民たち、北海道を日本に乗っ取られたアイヌ人たちを蔑視する傲慢さは許せません。」

「六月十三日、松田は、事成れり、と判断したのでしょう、諸般の事務を沖縄県令・鍋島直彬《なべしまなおよし》に引き渡し、警部巡査兵士幾多を残して帰京していきます。

さて、尚泰王はといえば、朝命により宮内省別館を下賜され、六月二十日、世子尚典と第二子尚寅、按司親方らを伴い、宮内省へ参内、小御所で「天皇陛下」ムツヒトに「拝謁」したのでした。祖先の墳墓を離れ、東京に移住するのは、忍び難く、病を保養する道でもないとして、三司官を通じ、故国に戻ることを熱望したものの、許されません。

なお、尚泰の上京一週間前に、旧佐賀藩主・鍋島直正《なべしまなおまさ》が、旧家老で少書記官に任命された原忠順《はらただゆき》以下三十二名をともなってあらわれ、那覇で県庁を発足させます。

新県庁への引き継ぎは、八月十五日で終了、それから県の態度はガラリと代わり、「大凡《おおよそ》寛大の主義」から「剛強の主義」になります。

「国人を煽動し県命を妨げるもの」として検挙捕縛されたものは、実に百有余人に達しています。捕えられたものには苛烈な拷問がなされました。

地方にも探偵からの情報を得て、多くのものが捕まりました。

沖縄県警察本署をはじめ、各所に警察分署がつぎつぎ設置されていきました。警察幹部十八人中、鹿児島県出身者は十二人。県庁役人は、長崎県出身者が三分の一を占め、顧問の浦添親方、富川親方《とみかわうえーかた》をのぞく沖縄県出身者はなべて下位に置かれました。

首里城は、日本軍（熊本鎮台分遣隊）の駐屯地にとって代わられ、伊藤博文は軍に「土人狼狽騒擾スルトキハ……営所ニ謀《はか》リ兵力ヲ用ユルベシ」との命令を与えていたのでした。（一八八二年〈明治十五〉には、新たに監獄も設置されています。）

九月二十八日、これまで英米仏蘭と琉球国が結んでいた条約の正文は、奪われ、外務省に「移管」

され、日本政府はれっきとした独立国である琉球国の歴史を闇に葬ろうとしたのでした。

しかし、琉球士族たちは、この理不尽なやり口に黙って従ったわけではなかったのです。」

3

「廃琉置県の知らせは、早くも一八七九年（明治十二）五月、福州にいる幸地朝常《こうちちょうじょう》（向徳宏《しょうとくこう》）らのもとへ届けられています。さらには、世子・尚典からの密書が六月初旬に福建商人を通じてもたらされると、幸地は天津へ向かい、七月李鴻章《りこうしょう》に救援を頼む請願書を提出します。

そこには「生きて日国の属人と為るを願はず、死して日国の属鬼と為るを願はず」と記しています。

彼はこの言葉通りに帰国することなく、一八九一年（明治二十四）清国で客死、福州で弔われ、一九一四年幸地家の墓に移され、現在は沖縄大学近くの墓に眠っているようです。

彼は李鴻章に三度もじかに会い、琉球が日本と異なる国であることを、るる説明していますね。

たとえば、琉球には独自の神教があり、それは日本から来たものではない。言葉も自分たちの言葉を使っている。貿易をしてきたため互いに通じあうようになったのであって、言葉を理由とするなら、日本は琉球のものだと言うことも出来る。琉球が日本に朝貢していたという事実はない、などなど。

九月には、同じく福州にいた毛精長・蔡大鼎《さいたいてい》・林世功《りんせいこう》（名城《なしろ》里之子《さとぬ》親雲上《しぺーちん》）らも出発、天津で幸地朝常と会い、米グラント将軍から琉球分島への調停案が出ていることを知ったのでした。

この頃、日本政府の密命を帯びた竹添進一郎《たけぞえしんいちろう》が、こっそりやってきて、李鴻章と会い、廃琉置県の正当性を述べるとともに、幸地朝常らの訴えを無視するよう筆談を繰り返しています。」

「なに？　竹添進一郎？　聞いた名ですが。」

「ああ、ほら、あなたが以前に調べた、一八八四年、朝鮮の開化派を煽動して甲申《カプシン》事変を起こし、内乱を起こさせようとした男ですよ。のちの東大総長です。」

「そうだ。思い出しました。なんとすでに、琉球国に関しても、これをつぶすために働いていたわけですか。


ところで、分島とはなんですか。」

大統領職を終えたのち、一八七九年、国賓として日本を訪れた、南北戦争の殊勲者グラントは、中国滞在中に琉球についての、いざこざを調停するよう、依頼されていました。

で、伊藤博文らと話し合ったとき、琉球問題では一歩ゆずって、欧米並みの通商権を要求したほうが利があるだろうと勧告したのです。

そこで日本は、宮古・八重山を清国へゆずる代わりに、日清条約の改正を行う案を清国に提示することになります。つまり琉球は、清・日のそれぞれの利害の格好の餌食となったわけです。

これに対して、清国は、奄美大島を日本、宮古・八重山を清国、中部は琉球国として存続させるという案。

両国とも、肝心の琉球国を蚊帳の外に置いての交渉でありました。

このための日清の会談は八回におよび、十月二十一日で合意、十日後の調印を約束するまでに至ります。ところが突如、十日過ぎても清は調印に応じなくなります。その最も大きな原因は、在清琉球人の分割阻止への激しい働きかけにあったといえるでしょう。

彼らは十一月十八日、清国総理衙門を訪れ、請願書を提出、その二日後に、林世功は、自決します。

「林世功。わたしも彼については少々調べましたから、説明させてください。

この仁は、二十五歳から二十九歳まで首里の国学で詩文と官話を学び、一九六八年、他の学生たちとともに清国に留学、北京の国子監に入学しています。

帰国は一八七四年（明治七）。琉球の危うい状況は一八七二年にやってきた進貢使節らから聞いています。

再び清国を訪れる日は来るのか、不安があったのでしょう、前年に詠んだ詩中には「木を植え　人を植える　清国の理の有り難さよ（略）　来年は許されて故郷にもどる。再びこの槐の樹を撫でることができるかどうか。」とありますね。

この年に彼と会い、筆談したことがベトナム使節の日記に残っています。

「明年卒業するため帰国します。同じく留学したうち、六人は病死、二人だけになりました。と言い、中国服を着ており、ただ剃髪せずに髪を頂上に束ね、串は挿さずに簪《かんざし》を挿しています。」とあり、その風貌がしのばれます。

帰国した彼は、ほどなく国学師匠となり、また、世子尚典の講師をつとめ、久米村と首里の教育分野での指導者としてハツラツと活動しはじめるわけですが、それに待ったをかけたのは、まさに累卵の危うきにある琉球国の運命。

なにしろ帰国の翌年（一八七五年）には、松田道之がやってきて、福州琉球館廃止を命じ、翌年（一八七六年）には、進貢船の派遣もさしとめられるのですから。

ついに、そこで一八七六年（明治九）、林世功は国を救うべく、一切を投げ打ち、清国へ密航したのですね。幸地朝常、蔡大鼎《さいたいてい》（伊計親雲上《いけいぺーちん》）らが行動をともにし、彼らは、救援を求める尚泰王の密書をたずさえていたのです。

そして福州琉球館に滞在中の毛精長（国頭盛乗）らと合流するや、救援の嘆願をさかんに行ううち、事態はますます悪化、一八七九年（明治十二）、廃藩置県令、首里城明け渡しへ、分島分割案へと進められていってしまいます。

林世功は、蔡大鼎とともに福州を出発したものの、一八八〇年（明治十三）清国が分割案を呑んだと知り、嘆願書をしたため、ついに自刃してしまいました。

そう、十一月二十日だそうです。全くムツヒトは、どれだけ犠牲者を出し続けるのか。

嘆願書は、全文は見ておりませんが、琉球新報社編『「琉球処分」を問う』中に引用された一節を見ても、粛然とせざるを得ません。

そう、こう記していますね。

「ひそかに思うのに、私、功は、主が辱められ、国が亡びるにより、すでに前の進貢正使である毛精長らに従って、弁髪にし、服装も中国風に改めて都に入り、ひたすら叩頭し、救援を請うてそれぞれ書を差出しました。（略）どうか、わが君主を国に帰し、わが都を戻してくだされよ。」

このように、というより、長文だったようですが、最後に事がかなえられれば「功（私）は、死すとも一切恨みはございません。謹んで申します。」と結んでありました。」

「辞世の詩もあったでしょうね。」

「ええ、二首あります。

其一

古来忠孝幾人全
憂国思家已五年
一死猶期存社稷
高堂専頼弟兄賢

其二

廿年定省半違親
自認乾坤一罪人
老涙憶児雙白髪
又聞噩耗更傷神

はは、何のことやらと目をパチクリしていますね。訳してみますか。」

そこは、オサヒト、昔取った杵柄というところであろう。

「最初の詩は、ま、こんな感じでしょうか。
「いにしえから　忠と孝　二つ　ともに全うさせたものが幾人あるだろう
国を憂い　はたまた家を思うて　すでに五年経った
国の存続を願って　わが命を賭ける
どうか　父上母上　賢明なわが兄弟に頼って下されよ」
その二は、さらに悲痛ですね。
「二十年間孝行してきたといえ　半ばでご両親に背く苦しさ
まこと　わが身は天下の罪人
老いたお二方は　子のわたしを思い　白髪になっておられよう
その上に　わたしの死を　聞かれたら　どんなに
心身傷ついてしまわれようか」
噩耗《がくこう》、死亡の知らせだと解説してありますね。
ともあれ、林世功の自刃は、清国にも大きな衝撃をもって受け止められ、分割案の調印をとどめる力となったと思われます。享年三十八。」
「先に謝名親方を顕彰した東京琉球館は、なんと林世功の自刃した日（十一月二十日〈一八八〇年〉）を、二〇一六年、「子叙（林世功）の日」として顕彰していますね。」
「ああ、そのことを記した館主の島袋マカト陽子さんのエッセーをわたしも読みましたよ。
「東京琉球館へようこそ」という題で、いまどき珍しい謄写刷の『あめ通信』に掲載されたものですね。」

「そう、そこにこんなふうに書いてあります。

「神奈川大学の後田多敦さんに講演をしていただいた。林世功の辞世の句や遺稿、著作、手紙などを読み聞き、その時代と彼の行動、そして次代に遺された想いを知り学んだ。

救国運動（いわゆる「琉球処分」に抵抗した抗日運動）の多くの偉人たちの写真が遺されているが、林に関するものは一枚も発見されていない。沖縄戦の影響で資料も少ない。だからこそ、先人に思いをはせながら、琉球の歴史を消さない努力をしているのだが。これらの事実は決して隔てられた歴史の過去ではなく、今も私たち琉球人が引き継ぎ、はたさなければならない課題としてあることに気付く。」と。」

「ほかにこうも書いてありますね。

「清国はその死をもっての抗議を受けとめ、条約調印を翻した。林世功に対しては弔慰金を出し、清国の張家湾《ちょうかわん》に手厚く葬った。」

ともに北京に向かった蔡大鼎《さいたいてい》のことですが、自分より十九歳年長のこの仁を、林世功はよほど敬愛していたようでした。」

「ええ、林世功が、彼について詠んだ詩がありますよ。

両人の交情がしずかに伝わってくる佳い詩で、私はとても気に入りましたよ。

お国の使いとして　この身を天南に寄せる

閑暇のおり詠んだ詩は　俗にながれず
才はわが国に高く　詩はかなうものなし
筆を館近くの川で洗い　神境に達す
花鳥　春風にも　故里をなつかしみ
河畔を吹く秋風に　友を偲ぶ
虫魚　草木　に　筆をふるい
柔らかな表現は　よく一片の真心を伝える

林世功は、ほかにも蔡大鼎との交流をよろこぶ詩を作っています。久しぶりに会って白髪を交えた髪を笑い合い、共に酒を酌み交わし、ほろ酔いのところで袖の中から一篇の詩をさしだすという、何とも風雅な詩です。

ああ、そんな風流な暮らしぶりが、野蛮この上ない日本という国の強欲によって潰されてしまったとは、恥かしいことです。」

オサヒトが感慨にふけっている間に、今一人の救国運動に身を捧げた詩人を私は見つけた。

その名は、亀川盛棟《かめがわせいとう》（毛有慶《もうゆうちー》）。

祖父は、旧三司官の亀川盛武《かめがわせいぶ》。親清派である士族集団の指導者でした。

彼はなんと二回も、清に密航しています。

密書を抱いて虎口を逃れ、と詩に記しているように、最初の密航は、首里と久米村の士族に彼を加えて三名で那覇から旅券なしに清に渡ったのでした。

それでも着いた福州の琉球館で、先に渡清している幸地親方に密書を渡し、ほっと一息つくものの、そこはやはり他郷、酒を飲んでも心は苦いままです。そして、詩だけが湧いてくるわけでして。

「ああ、その仁の詩もなかなかのものです。わたしに説明させてください。」と、オサヒト。

現代語訳にしたりして。

遊宦帰何日　　この身はいつ故郷に帰れるのか
蹉跎水一方　　一方にながれる水を見てため息をつく
榕城非我土　　福州はわが故郷ではなく
琉館是他郷　　琉球館もまた他郷だ
酌酒情逾切　　酒を酌み交わせば思い切なく
吟詩意更長　　詩を吟ずれば心さらに重い
恨看歳将暮　　虚しく暮れゆく年を恨み
低首徒悲傷　　頭を垂れていたずらに悲しむ

「ちょうどその頃、福州に左《さ》宗棠《そうとう》が赴任してきます。清仏戦争で敗北を喫した何如璋に代わって現れた彼は、琉球人たちの嘆願を聞き、今は仏軍との戦争で手一杯だが、戦争が終結次第、日本政府と談判するゆえ、静かに待っていてほしい、と力強く告げたのでした。

この言に力を得たひとびとは、このことを故国の人に一刻も早く伝えるべく、毛有慶がその任に命じられます。

しかし、船は逆風にあって伊良部島に漂着、そこで早くも捕らわれの身となってしまうのです。火輪船（外輪式蒸気船）に乗せられ、那覇に到着するとそのまま、那覇監獄へ。叔母の喪に仮出獄も許されず、四か月も収監され、きびしい取調を受けたのでした。

詩魂は衰えるどころか、ますます盛ん、獄中でも出獄ののちにも悲憤の詩を詠んでいますね。獄中での詩は、次のようです。

獄中　南音（中国南方の楚の国の歌）を口ずさむ
凄々たる　白雪吟の曲　かの屈原を思い　操曲げまじ
故郷に帰れど　家なお遠く
責苦を受けて　恨みいよいよ深し

日本官憲は彼の祖父を呼び出し、祖父は彼の密航を知らなかったと言い、改心を誓っていますが、毛有慶の反日の心は変わらず、ついに一八九二年（明治二十五）、愛しい家族をも棄てて清国へ亡命しています。

首里の城は魚のウロコのように光る武器に覆われてしまった、桃源をもとめ、しばらくここを離れるしかない、そんな詩をのこし、翌年福州で謎の死をとげたとか。わずか三十三歳。

単に桃源境をもとめての亡命とは思えない。救国運動を続けようとしての亡命でありましょう。ひょっとして刺客に刺されたのでしょうか。

日本政府は福州にも密偵を送っています。あるいは、その密偵のしわざかもしれません。謎の死といわれていることが気になります。」

さて、士族たちの救国運動をあげてきたが、では、一般民衆はどうだったのか。

「松田処分官が各地に放った密偵の報告では、苛酷な王政を恨んでいた農民はどこでも「世直し」「一種の奴隷解放」として歓迎したようですが……」

「民衆が日本側に期待するのを恐れる王府は、あわてて農民から買い上げる砂糖・ウコンを値上げしたり、地頭たちの収奪を禁止したりしましたが、いかにも遅かったといえましょう。」

この頃の琉球国の社会は、最大の土地所有者である国王をトップとして、間切《まぎり》（数村から成り、郡の管轄に属する）や、村を、知行地《ちぎょうち》として与えられた三百六十〜三百八十の地頭層（有禄士族）が支配階級として君臨、そのすそ野に王府の役職につくことを願う数千の無禄士族が、那覇に住んでいた。

廃藩置県（一八七一年）により、首里の行政機関は廃止されてしまったから、有禄士族は一挙に職を失い、無禄士族は任職への夢を絶たれたわけで、彼らの憤りは深かった。（このままではまずいと日本政府は、有禄士族懐柔のため他藩より多めの一時金支給を行なっている。）

新県政は、地方の役所はそのままにして、旧士族層に協力を求めたが、ヤマトにだれが協力するか、ヤマトの禄は食まないと血判書を作り、抵抗する地方役人は多かった。そして、彼らに積極的あるいは消極的に支持し、あるいは蹶起する農民たちもいた。

名護では、士族たちの抗日運動に呼応した住民たちが、勾引された地方役人たちを力づくで奪いかえそうとして、蜂起している。

「宮古島では、一八七九年（明治十二）、住民参加の抗日運動が起こっています。島民はひそかに申し合わせ、旧暦閏三月下旬に各村で旧藩政回復の祭祀をはじめ、今後どんなことがあっても日本政府の命令に従わないとの四カ条の誓文を作っていました。もし、誓いを破ったときは、本人は身命をもって償わせ、父母妻子は流刑に処す、というきびしい誓文でした。すなわち、
一、宮古は往古から琉球へ進貢し、関係が深いので大和から要請があっても断る。
二、大和人が聞きいれない場合でも、生命を賭して断る。
三、大和人から島の官吏への就任要請があっても断る。
四、大和人と内通することは許されない。」
「ああ、那覇市発行の『那覇百年のあゆみ』に、血判誓約書の写真が載っていますよ。」

「『往古より琉球へ進貢仕り候以来、段々ご高恩こうむり申すことにて、何ともお請け成りがたき段返答いたし……』と、たしかに記してありますね。」

「ところが下里村の士族下地某が、誓文を破り、派出所の小使に採用されたことで、彼は虐殺されてしまいます。「サンシー（賛成）事件」と呼ばれ、おどろいた新県庁は、那覇から巡査四十五名を動員・派遣、首謀者を逮捕、騒ぎを鎮圧しました。」

一方では、新県政に、「世直し」をひそかに期待した農民たちもいたろうが、内務卿伊藤博文は松田

の具申を受けて、旧士族の不満を少しでも和らげるために旧慣温存政策を取ることを決める。同化政策のために教育には力を注ぎながら……。

初代沖縄県令の鍋島直彬はといえば、士族層の不服従やコレラの流行などに嫌気がさし、二年後には辞表を提出、旧米沢藩主上杉茂憲が第二代沖縄県令となる（一八八一年）。上杉はほぼ沖縄全地域をまわり、地方農民の窮状をつぶさに知り、旧慣温存政策の修正を政府に申し出る。

那覇・首里をのぞけば、貢租・貢糖・貢布のため「一粒ノ米粟自ラ食スル能ハス一尺ノ反布自ラ衣ル能ハス……黎庶三十七万余人ノ内僅々タル数百人ヲ除クノ外人間社会中些少ノ快楽アルコトモ解了セサル……」として、地方役人の余剰を減らし、税負担を軽減しようという案であった。しかし、政府では不利益をこうむったのは士族、農民は幸福を得たと断定、上杉の改革案をしりぞけ、彼を解任する（一八八三年）。上杉は県令の職権で、雑税廃止など行っていたが、次の岩村通俊県令は、それをくつがえし、旧慣を復活させた。

つまり、政府にとって民衆が飢えようがどうしようが関係なく、支配層の懐柔だけが大事であったのだ。

上杉県令の立ち位置は、「天皇陛下のもとの一視同仁」であったといえ、民衆の暮らしに目を配り、改革を目指したことには、一定の評価を与えるべきではないか。

「旧慣温存政策という懐柔・慰撫策に乗ることなく、あくまでヤマトの支配に抗したものたちもいました。先述した石垣島の詩人、八重洋一郎氏も、曽祖父がヤマトの支配に抵抗し、ひどい拷問にあったことを母方の祖母から聞き、一篇の詩にしています。」

手文庫

八重洋一郎

その時すでに遅かったのだ
祖母の父は毎日毎日ゴーモンを受けていた
にわか造りの穴《ミィー》のある家
この島では見たこともないガッシリ組まれた
格子の中に入れられ
毎朝ひきずり出されては
何かを言えと
迫まられていた　そしてそれは
みせしめに　かり集められた島人たちに無理矢理
公開されていた　荒ムシロの上で
ハカマはただれ血に乾き　着衣はズタズタ
その日のゴーモンが過ぎると　わずかな水と
食が許され　その
弁当を　当時七才の祖母が持って通っていたのだ
祖母の家は石の門から

玄関まで長門《ながじょう》とよばれる細路が続いていたが
その奥はいつも暗く鎖され
世間とのあれこれはすべて七才の童女がつとめた…
こんな話を　祖母は　全く
ものの分らない小さなわたしにぶつぶつぶつぶつつぶやき語った

祖母の父は長い厳しい拘禁の末　釈放されたが
その後一生一語として発声することなく
静かな静かな白い狂人として世を了えたという

幾年もの後　廃屋となったその家を
取り壊した際
祖母の父の居室であった地中深くから　ボロボロの
手文庫が見つかり　その中には
紙魚に食われ湿気に汚れ　今にも崩れ落ちそうな
茶褐色の色紙が一枚　「日毒」と血書されていたという

（『日毒』）

「一八八六年（明治十九）、なお、後を絶たない抵抗に業を煮やしたのか、沖縄県は左記の達しを出して

います よ。

一　何事ニ限ラス人ヲ教唆鼓動シ県治上ニ妨害アリト認メルモノ
右ノ行為アルモノハ屹度取調ノ上旧藩不応ノ律ニ依テ処分ニ及ヘシ
明治十九年三月六日　沖縄県令西村捨三

また、同年の二月、内務大臣山県有朋、翌年（一八八七年）には文部大臣森有礼、総理大臣伊藤博文、陸軍大臣大山巌、海軍大臣西郷従道らが、琉球におもむいていますが、それらはなべて「皇国民化」へのデモンストレーションだと考えてよいでしょう。」

「琉球処分」の翌年（一八八〇年）、早くも日本政府は、最高学府の国学を首里中学校に変え、会話伝習所を設立して、「日本語」教育を推し進める。それまで王府で使う首里言葉が公用語であったのが、公教育の場で日本語が強制され、さらに、それまで明・清の元号で過ごしていた「時」も奪い、明治の年号を使うことも強要した。

後田多敦は、詩人、川満信一の詩、死の床にある母のスマフツ（島言葉）に「ナニヲシテ、ホシインデスカ」などニッポン語でしか応答できない無念さを紹介し、万感のおもいをこめて記している。

「言葉を奪われニッポン語を強要された人々、死の床の親子の間にも入り込む断絶。それは、（中略）小さな島のその小さな村に生きる人々まで、名指しで介入してくる。それはまた私自身にも無縁ではない。祖父はニッポン語を使ったが、祖母は達者ではなかった。向き合うと言葉は少しずつすれ違っていきやがて沈黙となり、祖母は静かに手を差し出した。」
では、川満信一の詩の一部を紹介しておきましょうか。

吃音のア行止まり　　川満信一

（前略）
ニッポン語を習わなければ良かったんだ
ニッポン語を習ったばっかりに
死の床で苦しむ母にさえ
「ナンデスカ、ナニヲシテ、ホシインデスカ」
などと、羽織、袴で、背広の根性で表情を装っていたのだ
最後の息を引取る間際の
スマフツ（島言葉）を呑み込んだ母に
スマフツで答えきれないでいたぼくの
謂われもないコンプレックスの無残さ
「ンザガア、ンザヌガ、ヤンムガア、アニー」
（どこね、どこが、痛むの、お母さん）

はるか岬の遠くまでコンクリートに覆われ
荒れた埋立地にとり残された
みすぼらしいピイダ（干潟）浜のあこうの木も
気紛れな風に急かされて、かさかさかさ
カイハツシンコウというニッポン語を勉強中
ケイザイハッテン、カンコウシンコウと
貝や小魚たちも硬い舌回しで暗唱している
ああ、美しいニッポン語、豊かなニッポン語
名前を失った島の岬よ、風よ、雲よ
あいやなあ、あい、あえ、あお
すべては吃音のア行止まり
ミャークニー（宮古音）はどこへ消えたのか
アヤグ（綾語）は昇天したのか
ミャークイムムサー（宮古漁師）よ

（『カオスの貌』1号）

「小学校（当時、琉球人は大和屋と呼んでいた）への就学率は、一八八三年（明治十六）には、わずか二・三三％でしたのに、日清戦争（一八九四〜五年）を経た二十四年後の一九〇七年（明治四十）には、九二・八八％に達していますが、それは同時に「皇民化」思想の徹底でもあったのでした。

天皇・皇后の写真（御真影）が、沖縄県立師範学校に「下賜」されたのは、他府県より早い一八八七年（明治二十）でしたし、明治末には、「蛍の光」に次の四番がつけくわえられています。

ちしまのおくも　おきなはも　やしまのうちの　まもりなり
いたらんくにに　いさをしく　つとめよ　わがせ　つつがなく

一木喜徳郎《いちききとくろう》書記官が、沖縄人の頑迷な思想を破って、内地の文明に同化させるには、教育によるほかない、と述べているように、彼らの狙いは、心からヤマトの盾になるひとびとを作っていくことであったといえるかもしれません。一八九八年（明治三十一）頃には、二つの小学校調査では、尊敬すべき人物の一位は、天皇、卑しむべき人物は足利尊氏、あるいは逆臣との回答が多く、最も見たいものはなんと皇城になってしまっているのですから。

皇民化教育を受けていない大人は、そのずっと後、一九二一年（大正十）の皇太子（ヒロヒト）訪問のさいも、次のような感想を述べていたのでしたが。

「皇太子ヤ　コーグンマガティ　色ン黒々トゥシアンシヒンスーギサル　ワッターウシュガナシーメーガル　クワンクワントゥシー　美男子ヤミセール」（皇太子は背も曲がって色も黒く貧相なことだ。わたしたちの王さまのほうが貫禄もあって美男子であられるよ）」

「このような日本政府の政策に対して、日本側で政府に異議を申す人物はいなかったのでしょうか。」

「調べてみたら、植木枝盛《うえきえもり》という人が政府を攻撃していました。

一八八一年（明治十四）、『愛国新誌』という雑誌に、「琉球ノ独立セシム可キヲ論ス」という論説がそれです。家永三郎教授（『革命思想の先駆者』）が植木枝盛の論説について調べるなかで、見つけたのですね。

琉球は「一個別立ノ地ニシテ、天孫氏以下諸氏数代ノ如キ各々之ヲ主トシテ政ヲ施シ、一国ノ形ヲ為シタル」もの、「一個ノ独立ヲ為シ琉球ト云ヘル一個ノ団結ヲ為シタルモノ」であるから、分割案について「両断シテ二国交々《こもごも》之ヲ分取スルト云ウカ如キハ、実ニ残忍酷虐」の甚だしいものであり「野蛮不文ノ極」であると断じていますね。

晩年には彼も変質していますが、一八七五年（明治八）には、征韓論に対して、日本も朝鮮も東亜の同胞であり、全アジアが助け合ってヨーロッパの侵犯を防ぐのが当然であり、朝鮮を攻めるがごとき、「アジアの存亡の危険を無視した暴論」であるとの主張もしています。憲法案に、抵抗権を四カ条にわたって記し、戦争を「天に対する大罪」と断じた、彼ならではの琉球分割反対論であったでしょう。」

「それにしても、琉球国時代にも苦しかった庶民の暮らしは、「琉球処分」によって、その後、どうなっていきましたか。」

「ああ、宮古人頭税撤廃運動について紹介する必要がありそうですね。

人頭税というあこぎな税制については、以前に説明しましたが、十七世紀のなかばに定まった人頭税は、沖縄県になっても変わらず、貢租の一部は貢布で納めるのに、厳しい品質検査のため、精巧な布一反を織るのに半年かかるありさまでした。宮古島を訪れた笹森儀助が、十五歳から五十歳までの女性が織っているけれど、その苛酷さは他府県の懲役人より劣る、と記しているほどです。

加えて、県役人以外に、旧い慣習で王府以来の三百四十人ほど多数の地方役人がおりました。彼らは免税されている以外に、名子《なご》（終身の隷属農民）、宿引女（任地での世話係・現地妻）の保有、お蔭米（特別給与）などの特権を持っていたのです。

一八九二年（明治二十五）、那覇から職業指導員としてやってきた城間正安《ぐすくませいあん》は、島内をまわって農民の窮状におどろきます。そこへ、新潟県出身の中村十作《なかむらじっさく》という男が、真珠養殖のため島にやってきて、同じく島民の窮迫に憤慨し、二人ともども、島民とともに改革に力を尽くします。

彼らは、役人の数を減らし、特権を廃止すること、人頭税を廃止し地租とする。税を金納にする、などを島役所、県庁に請願しますが、らちがあきません。

腰が引けていない農民たちは、ついに、代表が一八九三年（明治二十六）に上京、帝国議会にじかに訴えることに決めるのです。

保良村《ぼらむら》の平良真牛《たいらもうし》、福里村《ふくざとうむら》の西里蒲《にしざとかま》が代表に選ばれ、城間と中村が同行します。旅費の費用は農民の寄付と、平良・西里は畑を売り、城間は家畜を売り借金し、中村は事業資金をつぎこみ、農民のなかには村番所の上納用の粟たわらを持ちだして売ったものもいるなど、まさに全島民が心を一にして、一行を東京へ送り出したのでした。

中村の伝手もあって、十紙余の新聞が、この請願行動を載せたそうです。読売新聞など、「沖縄県下宮古島民苛政に苦しむ—琉球の佐倉宗五郎上京す—」の見出しを掲げ、連載しています。」

「なんと、今の読売新聞、安倍首相をかばうために、加計学園の獣医学部設置に総理の御意向があった、と、すがすがしい態度で告発した元文部官僚の前川氏の私生活を誹謗する記事を載せてしまう退廃ぶりに比べると、えらい違いだ。」

笑うのを見ると、オサヒトは読売新聞もちゃっかり読んでいるらしい。

翌一八九四年（明治二十七）、第八回帝国議会（通常会）で、宮古島百六十人提出の「沖縄県政改革請願書」は衆議院・貴族院双方で可決、政府に建議がなされ、内務省は書記官・主税官を旧慣調査のため派遣する。それでも実際に人頭税が廃止されたのは、一九〇三年（明治三十六）、地租条例の施行によってであった。

「地租で税は金納になったわけですが、それで農民は楽になったのでしょうか。」

「いいえ、それが、貨幣経済にまきこまれるなかで、楽にはなりませんでした。

農民は米・サツマイモ・サトウキビ・養蚕を行なっていましたが、サツマイモは自家消費に対し、米・黒糖・養蚕は換金し、納税にあてていたのですね。

ところが製糖農家と市場を仲介するのは、おもに鹿児島商人などの「内地商人」。これら商人たちは、農民の貧しさにつけこみ、「砂糖前代」というやり方を進めます。製造される予定の砂糖を担保に金を貸しつけ、利子をつけて製造した砂糖で返済させるのです。

零細農民のなかには、子どもを年期奉公に出すものも多かったそうです。那覇の辻遊廓に十歳未満の少女が身売りされることもあったとか。「ジュリ売《ウィ》り」といわれていたそうですよ。反物・陶器・野菜・米・魚など、女性たちは、市場でさかんに小売りするものの、卸売りは、これまた「内地」商人。

結局、沖縄の近代化で大きな得をしたのは、これら「内地」商人であったのです。

ですから、故郷では暮らしが成り立たなくなって、ハワイに労働目的で移民していくひとたちが大量に出ました。」

「「ソテツ地獄」という言葉を聞いたことがありますよ。いつごろの話でしょう。」

「ああ、第一次大戦後の世界恐慌のときのことです。イモも食べられず、ソテツの粉を練って食べるだけ。しかし、ソテツにはサイカシンという有毒成分がふくまれているので、水洗いや調理が十分でないと死にいたることもあります。

琉球では零細農家が多く、生産性も低く、産業が砂糖にかたよるモノカルチャー経済だったこと、サトウキビ栽培と黒糖製造が未分化で行われていたこと、糖商の支配もあり、黒糖相場が急落するなかで、農村は荒廃していきます。

耕地を売って小作人になるもの、子どもを売るもの、大阪・横浜・川崎の日雇い労働者になるもの、海外に移民するものも急増、新城朝功は、著書『瀕死の琉球』のなかで「国税の苛斂誅求《かれんちゅうきゅう》」を第一にあげています。

ええ、例えば一九一九年（大正八）の宮崎県の国税と比べると、沖縄県の国税は二・一倍ですし、鳥取県の二・四倍にものぼっているのですよ。ですから一般家庭でも、関西地方・中京地方に女性たちが当たり前のように出稼ぎに行き、低賃金・出稼ぎに長時間労働で働かされたのでした。

名護市には、本土に行く娘に別れを告げる煙をあげたという逸話を刻んだ「白い煙と黒い煙」の碑が現存しています。

会社が苦しくなると真先に馘首されるのも、これら女工たちだったのです。

これら差別待遇に反対し、生活と職場での権利を守るため、阪神地方を中心に「関西沖縄県人会」

が発足（一九二四年）、活動しています。」

「結局……」

と、オサヒトはしめくくるように言った。

「明治政府が行なったことは、琉球国という一個の独立国を武力で制覇し、遮二無二、植民地にしてしまったということでしょう。他日、朝鮮に対して行なったことと同質であるといえます。」

「明治政府に抵抗、逮捕された神山庸栄は、日本の政治は中世以降「王道クズレテ覇道行ハル」とみなし、明治になっても「覇道ヲ改メントセズ、親政未ダナラザルニ朝鮮ヲ討タントシ、マタ台湾ニ兵ヲ出セリ」と喝破していました。」

「まさに！　そもそも、わたし殺しから、覇道は極まっていったのだ！」

「そう、神山はこうも言っています。

「按《あん》ズルニ日本ハ小国ナリ。己ノ力ヲ測ラズシテ、シキリニ兵威ヲ以テ四隣ヲ脅シ、猥《みだ》リニ武断ヲ以テ八荒ニ対センカ、日本カナラズ敗ルルノ日来ラン。彼敗レテ自ラ危キニ至レバ、我ヲ捨ツルコト弊履ノ如クナルベシ。我アニ手ヲ拱《こまね》キテ政府ノ命ニコレ遵《したが》イ、イタズラニ好戦ノ犠牲ト化シテ日本ノ為メニ売ラルル有ルノ愚ヲナサンヤ。」

ずばり言い当てているではありませんか。」

「神山の予言どおり、日本のやり口は今に続いているから、最近の、辺野古米軍基地建設に反対する山城博治《やましろひろじ》さんへの、不当逮捕、五か月におよぶ長期勾留・弁護士以外の接見を認めない不当な処遇・裁判時の厳戒態勢という異例ずくめの裁判が行われているのだと思います。」

「同感です。わたしは法廷を見てきましたがね、先ず、おどろいたのは、検察側の防衛局職員と傍聴席との間に、遮蔽措置を取ったことです。」

そうそう、と男の子も女の子も頷く。彼らは亡霊だからなんなく裁判所ものぞけるわけで。

「え？　わたしもこれまで裁判を何回も傍聴したことがありますが、そんな遮蔽なんて見たことないです。

山城さんたちは、何という罪で起訴されているのですか。」

「検察は、公務執行妨害、威力業務妨害、傷害、器物損壊の罪で起訴しています。

まず妙なのは、工事用ゲートの前で山城さんら市民が二〇一六年一月にブロックを積んで工事車両の進入を阻止したのが、威力業務妨害にあたるというのですが、逮捕はそれから十か月も経ってからなのです。しかもブロックは何度も機動隊員によって取り除かれており、工事車両はゲート内に入っていますから、「威力」とは言えず、沖縄防衛局の業務の妨害もしていません。

また、八月二十五日に、防衛局職員Ｉが、山城・添田・吉田にテントに引きずりこまれ、暴力をふるわれ、「外傷性頸部症候群・右腕打撲・全治二週間の負傷」を負わせたことに関しても、提出された証拠のビデオでも、この職員は自ら入ってきたテントを出たすぐあと、右手を大きく振り回しているのですね。」

「それに」

黙っていた男の子が、にわかに口をとがらしてしゃべる。

「検察側の証人のお医者さんが、頸部のレントゲンを四方から撮ったけれど、異常はなかったと証言したよね。ただ、その職員の希望で、加療期間を二週間にしたって。

「引っ張られて頸椎捻挫が絶対に起こり得ないとは言えませんが、私の二十九年間の経験ではありません。彼の通院は一日だけでした。」ってお医者さん、正直に言ってた。

検察側証人として出廷させられというのに、吉田さんは、Ｉは突き飛ばされたのではなく、もみあいで尻もちをついただけだし、山城さんは後ろにいて、Ｉの前に出てきたことはなかった、Ｉは一人でテントから出て行ったと、きちんと証言したよね。」

「吉田さんは逮捕されてから恐怖におののき、食事・睡眠もとれず、二回も倒れ、救急搬送されたそうですよ。トイレにも立って行けず、車いすにオムツという状態で実況見分をやらされ、ただ首を縦や横に振るだけだったのに、遮二無二、山城さんがＩに暴力をふるったという証人に仕立てようとしたわけで、やり口が汚いです。」

「一世紀半経って、沖縄に対する日本政府の対応は代わっていないのですね。」

（そう、そう）とばかりに男の子が頷く。その後頭部に大きな傷があるのをわたしは見つけた。

あとがき

一体、どこまで堕ちてゆくのか、目をおおうばかりの昨今の政権・官僚・大企業の退廃に、「わたし殺しから明治がはじまったゆえの今日ではあらしゃいませんかえ？」再びあらわれた亡霊オサヒトの呟きについ、頷きたくなって、一旦閉じた歴史をまた、彷徨うこととなりました。

本書を紐解かれた方々も、ご一緒に付きあい、さまざま調べ、百五十年間の歴史の闇をまさぐっていただければうれしいです。旅はまだまだ続きそうですから。

実は、本書は二〇一八年に筆を擱いておりますが、世の動きはさして変わらず、その後の出来事は敢えて追加しませんでした。

『オサヒト覚え書き』に次いで、また付き合って下さった一葉社の和田悌二さん、大道万里子さん、装丁の松谷剛さん、校正に力を貸して下さった吉川光さん、琉球関係でさまざま知恵を貸して下さった島袋マカト陽子さんほかに心から感謝しております。有難うございました。

二〇一九年七月七日　凌霄花の花開く季節に

石川逸子

参考文献

第一章　ヨシヒサを追って

イザベラ・バード／時岡敬子訳『イザベラ・バードの日本紀行』講談社文庫
石川逸子『オサヒト覚え書き――亡霊が語る明治維新の影』一葉社
石川逸子『〈日本の戦争〉と詩人たち』影書房
李泰鎮《イテジン》／鳥海豊訳『東大生に語った韓国史――韓国植民地支配の合法性を問う』明石書店
井上晴樹『旅順虐殺事件』筑摩書房
エドゥアルド・スエンソン／長島要一訳『江戸幕末滞在記――若き海軍士官の見た日本』講談社学術文庫
呉知泳《オジョン》／梶村秀樹訳注『東学史――朝鮮民衆運動の記録』平凡社（東洋文庫）
小原紘『韓国通信』（メール通信）
河田宏『日清戦争は義戦にあらず――秩父困民党から軍夫へ』彩流社
姜在彦《カンジェオン》『朝鮮近代史』平凡社
『江華島《カンファド》事件から併合まで日本がしたこと』歴史を勉強する会
金膺龍《キムウンヨン》『外交文書で語る日韓併合』合同出版
金重明『小説　日清戦争』影書房
喜安幸夫『台湾島抗日秘史―日清・日露戦間の隠された動乱』原書房
宮内庁書陵部編纂『明治天皇紀』吉川弘文館
黄昭堂『台湾民主国の研究――台湾独立運動史の一断章』東京大学出版会
小松裕『「いのち」と帝国日本（全集 日本の歴史14）』小学館
佐々木克『戊辰戦争――敗者の明治維新』中公新書
許 世楷《シューシージェ》『日本統治下の台湾』東京大学出版会

『臺灣征討史』台湾懇話会
角田房子『閔妃《ミンビ》暗殺——朝鮮王朝末期の国母』新潮社
中嶋久人「田中正造の朝鮮観」(『アリラン通信』59号／２０１７・11・20)
中塚明・井上勝生・朴孟洙《パクメンス》『東学農民戦争と日本——もう一つの日清戦争』高文研
中塚明『歴史の偽造をただす——戦史から消された日本軍の「朝鮮王宮占領」』高文研
夏目漱石『坊ちゃん』新潮文庫
朴燦鎬『韓国歌謡史 1895–1945』晶文社
原奎一郎・山本四郎『原敬をめぐる人びと』ＮＨＫブックス
黄玹《ファンヒョン》／朴尚得訳『梅泉野録』国書刊行会
星亮一『奥羽越列藩同盟——東日本政府樹立の夢』中公新書
牧原憲夫『文明国をめざして(全集 日本の歴史 13)』小学館
宮地正人講演「竹橋事件の歴史的位置」竹橋事件の会発行
陸奥宗光『蹇蹇録——日清戦争外交秘録』岩波文庫
安井俊夫『ともに学ぶ人間の歴史——中学社会(歴史的分野)』学び舎
安川寿之輔『福沢諭吉のアジア認識——日本近代史像をとらえ返す』高文研
靖国神社『靖国神社史』
山田昭次・高崎宗司・鄭章淵・趙景達《チョギョンダル》『近現代史のなかの「日本と朝鮮」』東京書籍
檜山幸夫『日清戦争——秘蔵写真が明かす真実』講談社
「能久親王事蹟」(『森鷗外全集』第三巻)岩波書店
若松丈太郎「言論人 井土霊山」(『福島民報』２０１６・３・26)

第二章　閔王妃殺害を追って

「安重根義士・千葉十七居士・第一八回追悼会に参加して」（『ヒロシマ・ナガサキを考える』63号）

李泰鎮《イテジン》／鳥海豊訳『東大生に語った韓国史――韓国植民地支配の合法性を問う』明石書店

海野福寿『韓国併合』岩波新書

F・A・マッケンジー／渡部学訳注『朝鮮の悲劇』平凡社（東洋文庫）

勝海舟『氷川清話』講談社学術文庫

『江華島《カンファド》事件から併合まで日本がしたこと』歴史を勉強する会

木部恵司『日蔭の残照』教育報道社

金文子《キムムンジャ》『朝鮮王妃殺害と日本人――誰が仕組んで、誰が実行したのか』高文研

宮内庁書陵部編纂『明治天皇紀』吉川弘文館

角田房子『閔妃《ミンビ》暗殺――朝鮮王朝末期の国母』新潮社

中塚明『歴史家 山辺健太郎と現代――日本の朝鮮侵略史研究の先駆者』高文研

根来藤吾『夕陽の墓標――若き兵士の日露戦争日記』毎日新聞社

黄玹《ファンヒョン》／朴尚得訳『梅泉野録』国書刊行会

朴殷植《パクウンシク》／姜徳相《カンドクサン》訳注『朝鮮独立運動の血史』（1・2）平凡社（東洋文庫）

朴燦鎬『韓国歌謡史 1895–1945』晶文社

原奎一郎・林茂編『原敬日記』福村出版

原奎一郎・山本四郎『原敬をめぐる人びと』ＮＨＫブックス

原奎一郎・山本四郎『原敬をめぐる人びと（続）』ＮＨＫブックス

三浦梧楼『観樹将軍回顧録』中公文庫

三浦梧楼『明治反骨中将一代記』芙蓉書房

山田昭次・高崎宗司・鄭章淵・趙景達《チョギョンダル》『近現代史のなかの「日本と朝鮮」』東京書籍
山辺健太郎『社会主義運動半生日記』岩波新書
山辺健太郎『日韓併合小史』岩波新書
李方子《りまさこ》『流れのままに』啓佑社
李修京・朴仁植「朝鮮王妃殺害事件の再考」(『東京学芸大学紀要 人文社会科学系Ⅰ』Vol.58)

第三章 「琉球処分」を追って

青山克博「考古学的視点から描く琉球国前史像」他(『月刊琉球』22～25号/2015・3～6)
あさとえいこ詩集『神々のエクスタシー』あすら舎
安里英子『ハベル(蝶)の詩――沖縄のたましい』御茶ノ水書房
新しい沖縄歴史教科書を造る会「明治政府要人の暴言録」(https://okireki.muragon.com/entry/145.html)
新城朝功『瀕死の琉球』越山堂
家永三郎『革命思想の先駆者――植木枝盛の人と思想』岩波新書
上里隆史『琉日戦争一六〇九――島津氏の琉球侵攻』ボーダーインク
岡百合子『世界の国ぐにの歴史8 朝鮮・韓国』岩崎書店
沖縄県立博物館HP(「学芸員コラム」主任山崎真治)
喜舎場朝賢『琉球見聞録』至言社
金城正篤・上原兼善・秋山勝・仲地哲夫・大城将保『沖縄県の百年』山川出版社
川満信一個人詩誌『カオスの貌』(1号/2007・4・30)龍吟舎
『月刊琉球』(45号/2017・4、48号/2017・8)琉球館
散歩の変人「カジムヌガタイ 風が語る沖縄戦」(https://sabasaba13.exblog.jp/6372874/)

佐久盛栄「沖縄人はどこから来たか」(『月刊琉球』22号/2015・3)
後田多敦『琉球救国運動——抗日の思想と行動』出版舎 Mugen
後田多敦「奪われ続けた「沖縄」の歳月」(『神奈川大学評論』89号/2018・3)
島袋マカト陽子「東京琉球館へようこそ」(『あめ通信』2017・最終号/編集製作発行・田上正子)
新里恵二・田港朝昭・金城正篤『沖縄県の歴史』山川出版社
高良倉吉『琉球王国』岩波新書
高良勉「斎場御嶽とおもろ」(『月刊琉球』44号/1017・3)
那覇市企画部市史編集室 編『写真集 那覇百年のあゆみ』那覇市企画部
『日本経済新聞』(2017・1・24)
比嘉宇太郎『名護六百年史』沖縄あき書房
比嘉《ふぃじゃ》克博『琉球のアイデンティティ——その史的展開と現代の位相』琉球館
『東恩納寛惇全集』第一書房
東恩納寛惇『琉球の歴史』至文堂
真久田正「琉球水軍伝 12回」(『月刊琉球』24号/2015・5)
八重洋一郎詩集『日毒』コールサック社
安井俊夫『ともに学ぶ人間の歴史——中学社会(歴史的分野)』学び舎
与那覇幹夫詩集『赤土の恋』現代詩工房
琉球新報社 編『「琉球処分」を問う』琉球新報社

石川逸子（いしかわ・いつこ）

1933年、東京生まれ。詩人、作家。日本現代詩人会会員。

1982年より29年間にわたって、ミニコミ通信『ヒロシマ・ナガサキを考える』全100号を編集・発行。

主な著書に、『オサヒト覚え書き――亡霊が語る明治維新の影』(一葉社)、『道昭――三蔵法師から禅を直伝された僧の生涯』(コールサック社)、『戦争と核と詩歌――ヒロシマ・ナガサキ・フクシマそしてヤスクニ』(スペース伽耶)、『日本軍「慰安婦」にされた少女たち』(岩波ジュニア新書)、『われて砕けて――源実朝に寄せて』(文藝書房)、『〈日本の戦争〉と詩人たち』(影書房)、『てこな――女たち』(西田書店)。

主な詩集に、『新編 石川逸子詩集』(新・日本現代詩文庫／土曜美術社出版販売)、『たった一度の物語――アジア・太平洋戦争幻視片』(花神社)、『定本 千鳥ケ淵へ行きましたか』(影書房)、『［詩文集］哀悼と怒り――桜の国の悲しみ』(共著、西田書店)、『狼・私たち』(飯塚書店)などがある。

オサヒト覚《おぼ》え書《が》き 追跡篇《ついせきへん》
――台湾・朝鮮・琉球へと

2019年9月19日 初版第1刷発行
定価 2600円＋税

著　　者　石川逸子

発 行 者　和田悌二
発 行 所　株式会社 一葉社
〒114-0024 東京都北区西ケ原1-46-19-101
電話 03-3949-3492 ／ FAX 03-3949-3497
E-mail : ichiyosha@ybb.ne.jp
URL : https://ichiyosha.jimdo.com
振替 00140-4-81176
装 丁 者　松谷 剛
印刷・製本所　モリモト印刷株式会社

ISBN978-4-87196-079-3

石川逸子・関谷興仁の本

「天皇制」の虚妄と「近代化」の不実を剥ぐ
［ドキュメンタリー・ノベル］

オサヒト覚え書き

亡霊が語る明治維新の影

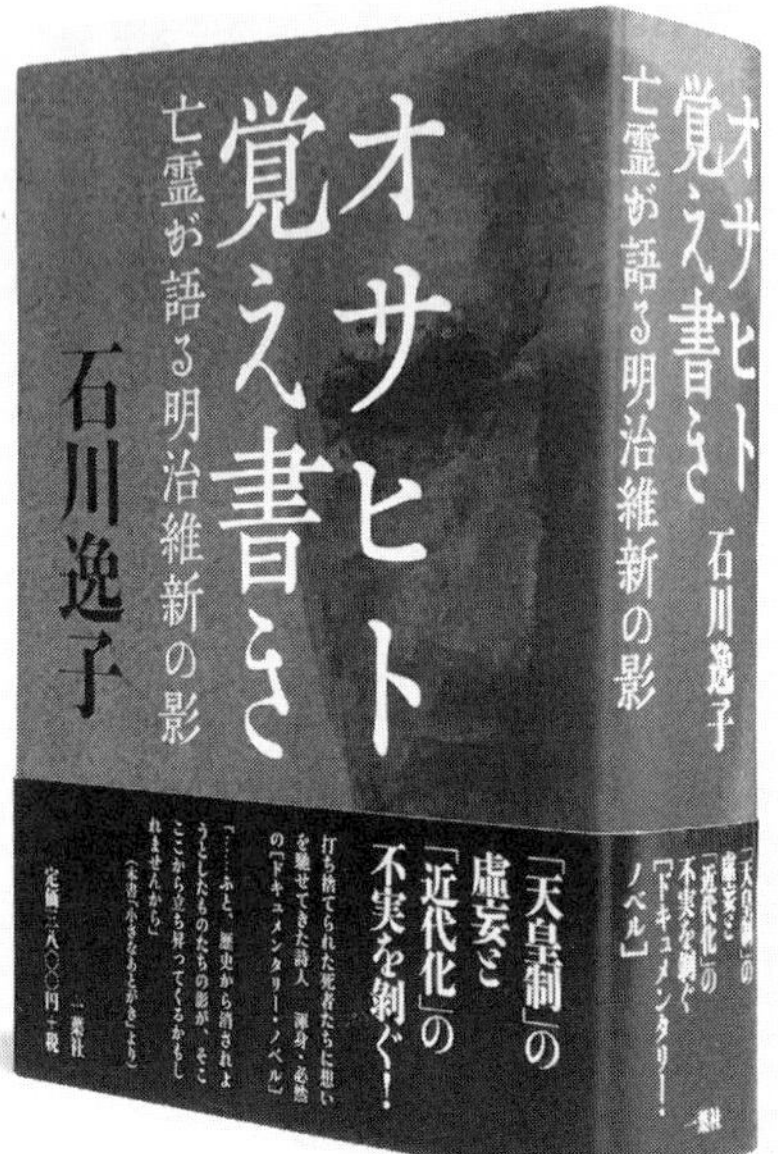

石川 逸子 著

四六判・2段組・928頁
定価 3,800円＋税
ISBN978-4-87196-039-7

**打ち捨てられた死者たちに
想いを馳せてきた詩人
渾身・必然の歴史長編！**

「……ふと、歴史から消されようとしたものたちの影が、
そこここから立ち昇ってくるかもしれませんから」
（本書「小さなあとがき」より）

死者たちの無念を彫る「関谷興仁陶板作品集」決定版！

関谷興仁 作品集

悼 —集成—

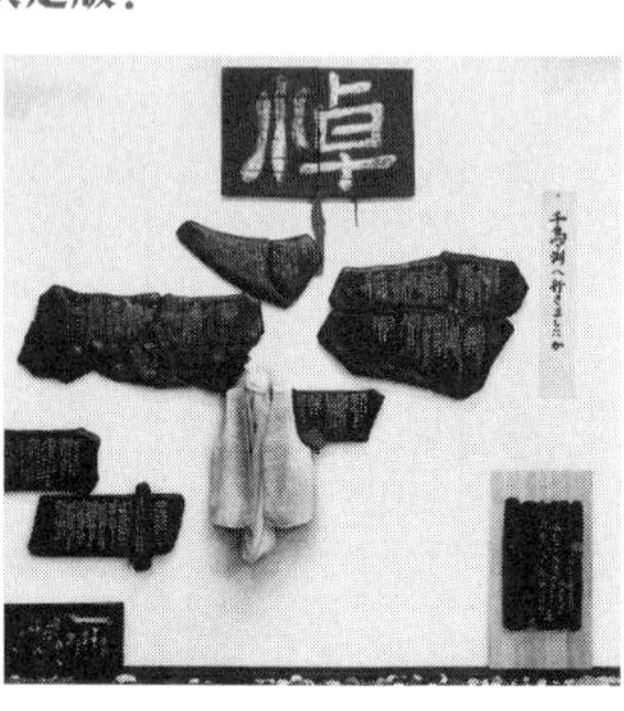

A4判変形・カラー・114頁
定価 3,800円＋税
ISBNSBN978-4-87196-061-8
発行 朝露館（Tel:0285-72-3899）
発売 一葉社

もの言わぬ死者たちの声　その無音が放つ念《おも》いを刻む